虚を突かれて一歩下がった
フェルドウェイを無視して、
ヴェルグリンドを抱え上げたのだ。
GC NOVELS
転生したらスライムだった件 19
Regarding Reincarnated to Slime
Story by Fuse, Illustration by Mitz Vah
伏瀬 イラスト／みっつばー

決戦！
天使軍VS魔王連
——マサユキ？』
ヒナタ・サカグチ
テスタロッサ
ヴェルグリンド
ジャヒル
ザラリオ
ヴェガ
フェルドウェイ
ミカエル

転生したらスライムだった件 19

Regarding Reincarnated to Slime

目次 ― 王都騒乱編

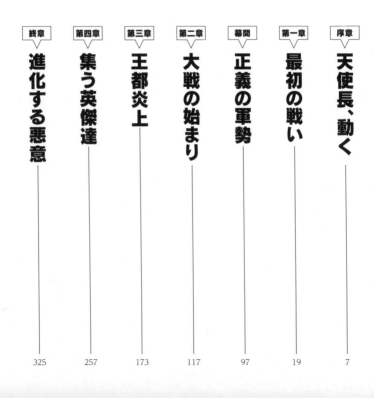

序章

天使長、動く

Regarding Reincarnated to Slime

それは夢だと理解していた。

叶わぬ夢。

完全な形での〝星王竜〟ヴェルダナーヴァの復活を目指すなど、ただの権能に過ぎない『正義之王《ミカエル》』に可能な業ではないのである。

だがそれでも、望まずにはいられない。

ヴェルダナーヴァのいない世界など、ミカエルにとっては何の価値もないのだから。

………

……

…

ミカエルは目を開く。

感傷を振り払うように軽く頭を振った。

初めて感情を剥き出しにした自分自身に、戸惑いが隠せない。


（余は、ルドラほど甘くないと思っていた。しかし、違ったのだな）

結論としては、これに尽きるだろう。

誰も信じず、駒として利用する。最初からそうしておけば、オベーラの裏切りを阻止出来たのだから。

そうしなかったのは、フェルドウェイを信じていたからだ。友である彼が信じる部下達は、ミカエルにとっても信用の置ける者達であろうと考えていたのである。

しかし、それは間違いだった。

自身の手に紐づけておいた究極能力《アルティメットスキル》『救済之王《アズラエル》』が戻った時点で、ミカエルは己の失敗を悟った。

オベーラが裏切ったのだ。

管理者権限を用いて『救済之王《アズラエル》』を消去してまで、ミカエルの支配から逃れたのである。

その失点を取り戻すべく、支配下にある天使系保有者に対しフェルドウェイを通じて〝天使長の支配《アルティメットドミニオン》〟による支配強化を行った訳だが――

（これで、妖魔族《ファントム》は問題ない。蟲魔族《インセクター》は裏切る可能性があるが、利害関係は一致している。監視が必須だが、戦場を用意してしまえば後はどうとでもなるだろう）

戦場とはすなわち、蟲魔族《インセクター》との契約の地である。ミカエルはゼラヌスを相手に、指定する地域なら切り取り次第所領にしてよいと約束していたのだった。

そう。

そこに住まう者がいたならば、蟲魔族《インセクター》が始末してくれる手筈となっている。つまりミカエルは、一番の激戦地にゼラヌスを向かわせるつもりなのだった。

その場所はゆっくりと見極めるとして、問題は幾つかあった。

一つ目は言うまでもなく、裏切ったオベーラの始末である。

妖魔族《ファントム》はフェルドウェイに忠誠を誓っているので、士気が低下するといった心配はない。ならば脅威度だけを考えて、後回しにしてもいいという判断も出来るが、それは悪手である気がしていた。

オベーラの役目は、〝滅界竜《めっかいりゅう》〟イヴァラージェの監視だった。しかし今となっては、その重要度は低下している。異界がどうなろうとミカエルの知った事ではないし、何ならイヴァラージェが基軸世界に顕現する状況も、戦略に組み込んでいるからだ。

つまりは、オベーラが任務を放棄しようと構わないのである。ただし、魔王リムルや魔王ギィといった敵勢力に協力しようとするならば、話が変わってくるだろう。

そうした心配の芽を摘む為にも、先手を取る方が確実と思えた。

では、誰を向かわせるべきか？

それが問題となる。

これには、次なる問題も関連する。

次の標的を予定通りに進めるべきかどうか。オベーラを始末するなら、計画を見直すべきではないかという悩みが生じたのだ。

些細な問題ではない。

何しろオベーラ麾下《きか》の軍団は、ミカエルの軍勢の一翼を担っていたからだ。

自分のミスによる戦力喪失とあって、ミカエルは不快な気分になっていた。これもまた、初めての経験である。

神智核《マナス》たるミカエルにとって、〝感情〟というものは理解に苦しむものなのだ。それなのにここ最近、楽曲にノイズが走るが如く思考が乱されていた。

だからふと、その気分を楽しんでみようかと思いつく。

（これが感情というものならば、逆に幸運であったと考えるべきなのかもな。完璧な答えが一つしかなくても、そこに至る手段は無数にあるもの。その最短を駆け抜けるのが正解とも限らぬ以上、過程を楽しんでも許されよう）

問題が発生するたびに感情が乱されるのならば、それを楽しむ方が健全だ。

焦りは視野を狭め、怒りは思考を鈍らせる。

後悔しても意味はなく、この先に失敗しないようにするのが建設的というものなのだ。

であれば、今現在の悩みの種への対応にも、一つの解答が導き出された。

「……そうだな。余、自ら、逆賊を討伐すればいい」

失点は、その日の内に取り戻すべきなのだ。

自らの失敗を他人に押し付けるよりも、早急に挽回してしまえばいいのである。そうすれば、これ以上傷口が開く心配もなく、落ち着いて次の問題に挑めるようになるだろう。

そう答えを出すなり、ミカエルの気分は高揚した。

それもまた初めての経験で――

（〝感情〟というものも、存外悪くない）

と、ミカエルは感じたのだ。

＊

異界には重力など存在しない。

天と地という概念もないという点では、宇宙空間に似ているると言えよう。

何もない空間に、魔素が凝縮して出来た物体が点在しているのみ。そうした物体は強度が〝魔鋼〟並みな上に、強力な引力を発生させているので、それを加工する事で拠点としているのだ。

元天使族《エンジェル》である妖魔族《ファントム》は重力圏での生活を忘れぬように、そうした拠点を利用して基軸世界と同様の生活をしていたのだった。

小惑星に匹敵する規模であるオベーラの拠点は、対イヴァラージェの最前線基地だ。その強度は他の拠点の追随を許さず、妖魔族《ファントム》にとっては最重要施設の一つであった。

ミカエルは、その拠点を目指して跳躍したのだ。

〝天星宮《てんせいきゅう》〟からオベーラの拠点に『空間転移』すると、そこは既にもぬけの殻だった。しかし、直ぐ近くに大軍の気配を察知する。

そこか――と、ミカエルは視線を向けた。

オベーラもミカエルの存在に気付いたらしく、即応して迎撃態勢を取っていた。一糸乱れぬ動きで満天の陣形になり、ミカエルに敵意を向けてくる。

天と地がないからこそ、陣形の種類は地上のそれとは違っている。満天の陣形というのは、敵が少数であるという前提で構築される、上下左右から包囲して殲《せん》滅《めつ》するのを目的とした戦術だった。

対幻獣族《クリプテッド》の必勝陣形である。

幻獣族《クリプテッド》は個としての戦闘能力に特化しており、滅多に群れる事はない。故に、多数でもって包囲する戦術がとても有効なのだ。

オベーラは常に最前線で戦い続けていただけあって、その指揮も見事だった。そして、それに応える将兵達も、称賛に値する働きを見せている。

（ああ、実にもったいない。どうせなら、この戦力も有効活用したかった――）

ミカエルはそう嘆息した。

長い時間、幻獣族《クリプテッド》を封じて来た猛者達だ。その有用性は申し分なく、ここで失うのはとても惜しい。

しかしながら、交渉の余地は残されていない。

裏切者を消去して失点を取り戻すというミカエルの決断は、オベーラ達を前にしても揺らぐことはなかったのだった。

「思ったよりも早かったですわね」

オベーラがそう口にした。

ミカエルもそれに応じるべく、言葉を紡ぐ。

「余の失態に気付かせてくれた点については、君の行動にも意味があった。しかし、それを赦す事はないと知るがいい」

「もとより、お前に許しを乞うつもりなどないわ。ミカエルですって？　権能の意思か何か知らないけれど、そんな胡散臭い相手の命令に従う義務などありませんもの」

両者の意思は確認された。

そして流れるように、戦端が開かれたのである。

先に動いたのはオベーラだ。

彼女の意のままに数十万の軍勢が動き、異界を滅殺の光で満たしたのだ。

満天の陣形によって、将兵達は三次元的に、半球を形成するよう展開している。前面には防衛専門の者が立ち並び、その後列の層が入れ替わるようにして、絶え間なく攻撃が繰り返されていた。

これによって、光で埋め尽くされたように感じられるのである。

半球の全方面から、ミカエルに向けて集束する光。

幻獣族《クリプテッド》を相手に鍛えられた軍勢は、全軍規模であっても問題なく機能する。徹底的に効率を重視したエネルギー波による攻勢は、部隊が入れ替わっても連続で放たれるのだ。

当然、回避など不可能で――――ミカエルに集中砲火が直撃する。

しかし、ミカエルは慌てない。

どんな攻撃だろうとも、〝王宮城塞《キャッスルガード》〟には通用しないからだ。

――が、ここで問題が発生した。

「グッ、これは――痛み、なのか？」

あらゆる攻撃を無効化するはずの〝王宮城塞《キャッスルガード》〟が、何故か発動しなかった。その結果として、重なり合って凄まじいエネルギーとなったオベーラ軍の集中砲火が、ミカエルの身を焼いたのである。

それは、ミカエルにとって信じ難い出来事だった。それにじわりじわりと自分の身体が傷付いていく。それに慌てるでもなく、ミカエルはどうしてそうなったのか原因を追及する。

（……〝王宮城塞《キャッスルガード》〟にエネルギーが届いていない？　そうか……どうやら余には、誰一人として忠誠を誓っていないのか）

それが理由かと納得するミカエルだが、その推測は正解だった。ルドラというカリスマには、帝国臣民という絶大なる支持層がいた。しかしミカエルには、誰一人として忠実なる部下がいなかったのである。

それもそのはず、世にミカエルの存在を知る者は少なく、そうした希少な者達には既に主がいたからだ。

また、そうした主達とは利害関係で結ばれているだけであり、互いに信頼している訳もなく、決して忠誠を誓われるような間柄ではなかったのである。

唯一の例外がフェルドウェイだが、彼とは友誼で結ばれていた。しかも、ミカエル自身の並列存在である究極能力《アルティメットスキル》『正義之王《ミカエル》』を譲渡している為に、同一存在という扱いになっていたのだった。

〝王宮城塞《キャッスルガード》〟という権能を発現させるには、自身の忠誠心では意味がない。それは、実に当然の理屈である。

（そうか、余は自身の権能について何も知らなかったのだな）

人は意外と、自分について知らないものである。それと同様に、ミカエルも『正義之王《ミカエル》』について勘違いしていたのだ。

以前、飛空船上でリムル一派と対峙した際、自分の〝王宮城塞《キャッスルガード》〟でフェルドウェイを守っているつもりでいた。

しかし、違ったのだ。

フェルドウェイはフェルドウェイで、自分の権能を使用していたのである。

当時と違って、今のミカエルにはルドラへの忠誠心を利用出来ない。だからこそ、〝王宮城塞《キャッスルガード》〟は効果を発揮しなかったのだ。

あらゆる攻撃を無効化するだけあって、その権能の利用条件は厳しいものでなければならない。ミカエルは自分の痛みでもって、それを深く理解したのだった。

攻撃した側であるオベーラも、予想外の展開に驚いている。

情報として、ミカエルの〝王宮城塞《キャッスルガード》〟について知っていたからだ。

どんな攻撃でも意味がないと聞いていたので、ミカエルがダメージを負っている様子に戸惑っていた。しかし、それが好機なのは間違いないので、悩むより先に命令を発している。

「全力で攻撃を続けなさい！　連係をスムーズに、決してミカエルを休ませないで‼」

将兵達も心得たもので、命令されるまでもなく全力全開で攻撃を敢行していた。

オベーラは思う。

ミカエルの追撃は予想の範疇にあった。天使系の権能を消した時点で裏切りがばれる可能性が高く、その時点で何らかの手を打たれると覚悟していた。

何故なら、自分なら間違いなくそうするからだ。

そうなった場合の対処としては、今のように全力攻撃を仕掛けつつ、密やかに撤退戦を続けるつもりだった。

逃げる先は、仇敵の領域。

上手くミカエルを誘導し、幻獣族《クリプテッド》にぶつけるつもりだったのである。

しかし現状、その必要はなさそうだった。

オベーラの見立てでは、ミカエルのエネルギー量は自身の数倍以上に及ぶ。恐るべき戦闘能力を秘めていそうだったが、その戦闘経験は思ったほどではないように思えたのだ。

（もしかすると、このまま勝てる？　いえ、それは流石に甘過ぎるわね。末端の兵士達には悪いけど、囮になってもらいましょう）

オベーラは冷徹にして、優秀な指揮官だ。

軍団を数字として割り切って、弱い配下を犠牲にするのも厭わない。多数を生かす為に少数を犠牲にする決断が出来るのも、大軍勢を指揮する上で必須条件であった。

だから迷わず、配下に向かって『死ね』と命じられるのである。

誰を生かすかの選別は終えてあった。ミカエルに動きがないのなら、その隙に『転移』させてしまえばい い。

ミカエルがここに来た今ならば、異界の内側から大門――〝天空門〟を開けられるだろうから。

そこまで見越した上で、策士オベーラはこの脱走劇を仕掛けたのだった。

「オーマ、このまま第一軍団を率いて、戦線を離脱しなさい。向かう先は我等が主、魔王ミリム様の御許《おんもと》です」

忠実なる腹心に向けて、そう命令するオベーラ。自分自身はこの場に残り、最後まで指揮を執るつもりなのだ。

第一軍団こそ、オベーラ配下の最精鋭である。オーマもまた素晴らしい副官であり、その戦闘能力はずば抜けている。妖死族《デスマン》という肉体を得て力も増しているので、この先、魔王ミリムにとってなくてはならぬ存在となるはずだ。

そう信じての、オベーラ最後の命令だった。

が、しかし。

それに頷くオーマではない。

妖死族《デスマン》となった時点で言葉を取り戻したオーマが、流暢に主張する。

「御冗談を。門の鍵は、〝始原〟たる貴女様にしか扱えますまい。それでなくとも、武人として守るべき主君を置いて逃げるなど、有り得ませんがね」

そう言って、静かな笑みを浮かべて見せた。

それに同調するように、オベーラ魔下の将兵全員が声を限りに叫ぶ。

「「我等の栄光は、貴女様と共にッ!!」」

オベーラがいなければ、生き残っても意味がない。それが彼等の偽らざる心情であり、誇りであったのだ。

もしもオベーラに『正義之王《ミカエル》』が宿っていたら、絶対的な〝王宮城塞《キャッスルガード》〟が発現していた事だろう。崩れる事のない指揮と忠実なる将兵が実現しただろうが、それは残念ながら仮定の話に過ぎなかった。

「お前達……」

オベーラは悩む。

最悪なのは、ここで全員死ぬ事だ。最低でも誰かがミリムの下まで辿り着き、自分達の状況と知り得る限りの情報を伝えなければならない。

(私が残るか、オーマに後を託すべきか——)

ここまでくると心情は関係ない。大事なのは、どちらの成功率が高いのかという判断だった。

オベーラは決断し、それを口にしようとして——

「総員、全力で散開せよッ!!」

異変を感じ取って、咄嗟《とっさ》に命令していた。

オベーラは思案しつつも、集中砲火を浴びていたミカエルにずっと意識を向けていたのだ。戦場で隙を見せるほど愚かではないのである。

だから気付けた。

突如、ミカエルのエネルギーが減少しなくなったのだ。

つまりは、ダメージを負わなくなったという意味になるのだが、その原因を探るより先に、ミカエルが膨大なエネルギーを凝縮させるのを察知した。故に、悩むより先に口を開いたのである。

オベーラの命令に従い、数十万の軍勢が一斉に動き出す。外縁部に近い者達ほど速度が速いので、渋滞になる事なく四方八方に散開しようとした。

が、その動きを嘲笑うように、ミカエルの技が発動する。

「灼熱竜覇加速励起《カーディナルアクセラレーション》」

ヴェルグリンドを取り込んだ際に得た権能を、完全に我が物とした一撃であった。

数多の頭を持つ深紅の竜が、オベーラの軍勢を蹂躙し、万を超える者達がその一瞬で絶命する。

それはまさに、悪夢の如き光景であった。

だが、それでもまだマシな被害だったのだ。もしもオベーラが気付かなければ、その一瞬で全てが終わっていたであろうから。

「き、貴様ァ——ッ!!」

可愛い部下達を殺されて激高するオベーラ。しかし彼女は、怒りながらも冷静であった。

今の攻撃を分析し、その威力から戦力比を算出。その上で、彼我に圧倒的なまでの差があると結論を出している。

このままでは、最悪の結末が訪れるのは明白だった。

事実、散開しつつも反撃に転じた数万の光線が、ミカエルの張った氷壁《バリア》によって弾かれていた。

（ヴェルグリンド様だけではなく、アレはもしかして、ヴェルザード様の御力か――）

青白く輝く美しい細氷《ダイヤモンドダスト》が、ミカエルの身体を包み込んでいる。大気すらもないこの異界であっても関係なく、ミカエルの神気《オーラ》が超自然現象を発生させているのだ。

そしてその権能は、紛れもなく〝白氷竜〟ヴェルザードの『雪結晶盾《スノークリスタル》』だった。

あらゆる攻撃を防ぐとされる、絶対防壁。物理現象に分類される防御技でありながら、その性質によってありとあらゆる波長すらも断絶させるという。

霊子攻撃なら通用するのだが、貫くにはヴェルザードに匹敵するだけのエネルギー量が必要となる。

今のミカエルは、そのヴェルザードに匹敵――いや、それ以上の存在となっていた。つまりは、オベーラ単体では『雪結晶盾《スノークリスタル》』を砕く事は不可能という結論に至るのである。

そもそもの話、オベーラの部下の中で〝霊子崩壊《ディスインテグレーション》〟のような霊子攻撃を行える者は少ない。仮に、生き残った者全員の力を結集させて〝霊子崩壊《ディスインテグレーション》〟を仕掛けたとしても、もはやミカエルには通じないと思われた。

「オーマ、お前に任務を託します。逃げなさい。そしてミリム様に――」

「承服しかねます。オベーラ様、自分は〝参謀〟として、貴女様からの命令に背く権限を有しています。今回こそがまさに、その最たる瞬間で御座いましょう！」

滅多にない不承知を、オーマが再び奏上した。

オベーラは、そこにオーマの覚悟を感じ取る。

ならば、採るべき行動は一つであった。

「ここは任せます。皆、死力を尽くしなさい!!」

死ねと、オベーラは命じたのだ。
それなのに――
オベーラ麾下の者達は、誰もが嬉々とした表情を浮かべていた。
「「我等の命は、貴女様の為にッ!!」」
その宣言が合図となる。
無慈悲な蹂躙が再開され、そして――

第一章

最初の戦い

Regarding Reincarnated to Slime

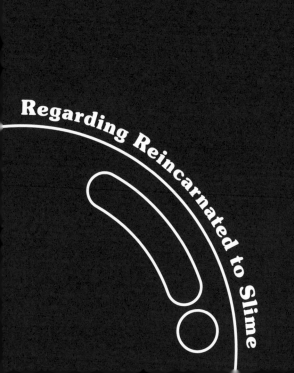

皆を伴って『転移』した先は、極寒の地だった。

一面の銀世界。

まるで、ギィの根城に迷い込んだように錯覚するほどだ。

〝転移用魔法陣〟を利用しようとしたら、魔法が発動しなかった。そこで、監視魔法〝神之瞳《アルゴス》〟で確認出来る限界地点に『空間転移』した訳だが、肌を刺すような冷気によって出迎えられたという訳だ。

心まで凍えそうなほど寒い。

これは、アレだね。

寒さをシャットダウン出来る俺でも寒いのだから、間違いなくヴェルザードの影響が出ている感じだ。

大気を震わせるほどの気配が漂い、ここが紛れもなく戦場だと告げている。

その中でも一番大きな力の発生源は、ギィとヴェルザードが対峙する戦場だ。余人の介入を許さぬほどの、絶死の空間を創り上げていた。

という訳で、そこは放置。

何か視線を感じた気がしたけど、無視。

この野郎、オレを無視しやがって——といった感じの怒りの波動を浴びた気がしたが、深く考えてはダメだ。

俺も余人なので、介入は許されないからね。

《……》

何者かの呆れたような気配を感じたが、俺の出した結論は揺るがない。

危険とわかっている場所に自分から飛び込むなど、英知ある人類が採るべき選択ではないのだよ。

という事で、俺はどこに介入すべきか探る。

次点の気配は——っと、ディアブロだな。

相手はザラリオっぽいが、ここも放置で。

まあね。

ディアブロがいるんだから、任せておけば問題ないはずだ。

アイツがどうにも出来ないのなら、俺が行ってもどうにもなるまい。

《いいえ、それは流石に——》

チッチッチ、わかってないね、シエルさんは。

最近気づいたんだけど、ディアブロのヤツはね、俺が見ているとサボるんだよ。

多分本人に自覚はないっぽいが、俺の活躍を見たくて働かなくなっている感じだな。

《……なるほど、納得です》

おお、久しぶりにシエルさんを言い負かせたぞ。

俺は気分をよくしつつ、皆に指示を出す。

「外は放置して、レオンのトコに向かう。幾つかの戦場があるようだから、適宜《てきぎ》対応してくれ！」

ベニマル、ソウエイ、ランガにクマラが、俺の判断に頷いた。

大雑把だが、今は緊急時だ。取り敢えず、全員で向かえば間違いないという判断であった。

ちなみに、外の戦場はもう一組？　あった。

地上付近から、濃厚な魔法の残滓を感じ取っていたのだ。

だが……俺の本能的直感が、そこは無視すべきだと訴えたのである。

何故だろう？

まったく理由も根拠もないのに、俺はそれに従う事にしたのだ。

まあ、今は悩んでいる場合ではないので、即座に行動に移る事にした。

皆にも異論はないようで、全員城を目指して移動を開始したのである。

＊

視界は最悪。全力で『万能感知』を発動させているのに、距離感すらつかめない。

その理由は簡単で、ヴェルザードの吹雪が魔素で汚染されているからだ。そりゃあ『自然影響無効』を無効化する訳である。

大気中に存在する魔素の反射によって距離感などを察知している以上、空間が魔素で満たされてしまえば全てが曖昧になるって話だな。

だから俺達に出来るのは、魔素が大きく揺らぐ方向に進む事だった。そしてそれは正解で、直ぐにレオンの居城に辿り着いたのである。

城内はまだマシだった。

視覚も戻って一安心。

という事で、俺は戦いの気配を探った。

「よし、レオンの気配を察知した。俺とベニマルで向かうから、お前達は他の戦場の援護に向かってくれ」

「承知！」

「了解でありんす！」

「お任せを」

俺の命令に異論を挟まず、ランガ、クマラ、ソウエイの三名が動き出す。それを見送りもせず、俺はベニマルを連れて『空間転移』を発動させていた。

何しろ、俺達が城に入った瞬間、戦闘の気配が大きく膨れ上がったからである。

ゾッとするような気配。今の俺の全力を上回るほどの激しいエネルギーが感知され、これはヤバイと判断したのだった。

跳んだ先の光景は、まさに時間との勝負という様相だった。

俺は、数億倍の速度で『思考加速』を行い、状況を読み取ろうとしたのだが——

最後の気力を振り絞ったユウキを先頭に、ラプラスとティアが一人の女性を守っていた。

その女性には見覚えがある。ユウキの秘書で——魔王カザリームの憑依体だったはずだ。名前はカガリと言って、最後に会った時は近藤《こんどう》中尉に操られた状態だったんだよな。

何がどうなったのか知らないが、ここでは自由意思を取り戻している様子。いや、今はそんな事よりも、敵の放とうとしている大火球が問題なのだ。

究極の権能で強化され、純粋に熱量と破壊力を高められたその大火球は、霊子すらも打ち砕く。

つまりは、〝魂〟すらも破壊するだろう。

そしてそれは、もうとっくに放たれていたのだ。

俺は無事だ。俺の『虚空之神《アザトース》』なら破壊の力を喰らい尽くせるので、放出系への守りは万全なのだ。

当然ながらベニマルもその影響下にあるので、心配する必要は皆無であった。

しかし、大火球に晒されて、その直撃を真っ向から受け止めているユウキ達は、もうとっくにダメージを受けている状態だった。

あれでは、もう――


《いいえ。『虚空之神《アザトース》』で喰らえば、或いは――》

やれ！

全ての説明を聞き終えるよりも先に、俺は命じた。

時間差もなく、シエルさんが行動に移る。

だが、しかし――

その結果は、城も吹き飛ぶような大爆発だった。

ユウキが、光に呑まれて消えていく。

そして、ラプラスも。

空間が歪むほどの大爆発は、俺の力で大分抑え込んでいる。だがしかし、直撃を受けている二人にとっては……。

『今まで、色々と迷惑をかけたけどさ、嫌いじゃなかったぜリムルさん』

『ワイもや。アンタが来てくれたなら安心やな。後は任せたで！』

――という声が聞こえた気がした。

幻聴だと思う。

ユウキとラプラスは、跡形もなく消えたのだから。

確かにさ、迷惑をかけられてばかりだった。

だけどユウキは、シズさんから託された同郷者だったのだ。

ついでにラプラスも、今では憎めない感じで親しくなれるんじゃないかと思っていたのに……。

《——あの両名はしぶといので、どこかで生きている可能性もゼロではありません》

慰めはいらないさ。

この状況を見れば、それが絵空事なのは一目瞭然なのだから。

だけどまあ、その言葉で現実に引き戻されたよ。

俺はシエルさんに感謝しつつ、思考を切り替えた。

ユウキとラプラスは犠牲になったが、そもそもあの二人は今回の勝利目標とは関係なかった。それに、俺の知る限りもっともしぶといヤツ等なので、もしかしてという可能性は確かに残されていた。

ならば、感傷に浸るのは後だった。

俺には俺の仕事が残っているのだから。

それを為さずに後悔にとらわれるなど、それこそ彼等への侮辱となってしまう。

ユウキとラプラスが稼いだ時間は無駄ではなかった。

ユウキとラプラスが力を振り絞って張った『結界』を、ティアがその身を賭してまで全力で支えた事で、カガリは大怪我を負う事もなく無事だったのである。

そうとわかるのは、俺の『胃袋』に隔離して、今も状態を観察しているからだ。

それを行っているのはシエルさんだが、つまり——ユウキとラプラスの行動の結果として、ティアとカガリの救出に間に合ったのだった。

二人の安否確認が済んだところで、俺は敵へと目を向ける。

一人は、フェルドウェイ。

そしてもう一人はフットマン——ではないな。

何というか、気配からして別人だった。

気になっていたレオンだが、見知らぬ誰かと戦っている。いや、顔はエルたんそっくりだが、こちらもまた別人なのが感じ取れた。

　めっちゃ強い気配なのはエルたんと同じなのだが、何というか、本質が違う感じ。どなた様なのかの追及は後回しにして、彼女が味方なのは見て取れた。レオンと互角に戦っている様子だし、ここは任せて敵さんに集中するとしよう。

「レオンを狙ってくるという予想はしてたんだが、思ったよりゆっくりした出勤だね」

　取り敢えず、煽っておく。

　そんな素振りを見せるつもりはないが、ユウキ達を助けられなかったのは悔しい。自分自身、腹立たしく思っているので、容赦する気などないのだ。

「何者だ？　ワシの邪魔をするとは、不届き千万であるな」

「ジャヒルよ、そいつが最重要人物の一人、魔王リムルだ。覚えておくといい」

　ふむふむ。

　フットマンを乗っ取ったと思われる男は、ジャヒルという名前なのね。今の攻撃を放った張本人なので、間違いなくヤバイヤツだ。

　敵は二人、こちらも二人。

　俺がフェルドウェイの相手をするから、ジャヒルはベニマルに任せる事になる。だが、見るからに――

「ジャヒルというのか。俺が相手をしてやろう」

　おっと、ベニマル君？

　俺の心配を他所に、嬉々として前に出ちゃったよ。

　こうなるともう、心配しても仕方ない。取り敢えずなるようになれと、俺も開き直ることにした。

「フッ、ここで戦うのは想定外ではあるが、手間が省けるというものだな」

「それはこっちのセリフだっての！」

　俺はそう言い返し、剣を抜いたのだ。

＊

　やるからには、本気で行く。

　ミカエルには〝王宮城塞《キャッスルガード》〟があるので攻略困難だが、幸いにもこの場にはいない。この機会を活かして、フエルドウェイだけでも始末しておきたいのが本音だった。

そして俺は、決断したなら迷わない主義だ。

長々とした戦闘とか、邪魔が入ったりとロクな事がない。こういう時は、必殺の一撃で勝負を決めるべきなのである。

そう、こういう時の為に用意しておいたのだよ。

古今東西、少年漫画の主人公が有しているアレ――必殺技、を。

「虚無の剣撃《イマジナリーブレード》!!」

対個人で最強の威力を発揮する剣技が何かと問われれば、答えは決まっている。

霊子すらも斬り裂く、崩魔霊子斬《メルトスラッシュ》だ。

では、対個人で最高の技量を誇る技が何かと問われると、その答えが〝朧《おぼろ》・百華繚乱《ひゃっかりょうらん》〟であるのは揺らがないだろう。

この両者の性質を併せ持つのが、最終奥義とも呼ぶべきベニマルの必殺技――〝朧黒炎《おぼろこくえん》・百華繚乱《ひゃっかりょうらん》〟だ。

この剣技は最高の技の型をそのままに、究極の権能を上乗せして威力を高めたものとなる。故に、その威力は霊子を砕く領域にまで高められている為、崩魔霊子斬《メルトスラッシュ》に匹敵するというわけ。

威力面でも技量面でも最強なのは間違いあるまい。

で、俺も考えた。

ベニマルに負けてられないよね、と。

だからシエルさんに頼んで、使い勝手のいい必殺技を考案してもらったのだよ。

無論、意見だけは出しましたとも。

説明されても理解に苦しむ『虚無崩壊』を流用して、剣技の威力を高められるようにして欲しいってね。

そうして誕生したのが、この〝虚無の剣撃《イマジナリーブレード》〟という訳だ。

霊子を斬り裂くのではなく、喰らう。それがこの技の特徴である。

喰らって『虚数空間』へと放り込む為に、事実上防御不可能という壊れ性能を発揮するのだ。

これに対抗する有効な手段は、避ける一択である。

剣で受け止めても即終了という、完全なる初見殺しの側面も持っていた。

俺の美学として〝必殺技とは必殺であるべき〟というのがある。二度目が通じないなど、俺の仲間達には当たり前の話だからね。

一度でも見せれば対策を講じてくるから、本当の必殺技は本番まで見せてはならないのだよ。

まあ、ヴェルグリンドのように『並列存在』で対処するという方法もあるが、高位の精神生命体同士の戦いとなると、エネルギーの奪い合いに主眼が置かれる訳で……つまりは、相手を疲弊させた方が勝つんだよね。一撃必殺ではなくなるものの、恐るべき必殺技というのは間違いないのだった。

俺はこの局面で、フェルドウェイをこの場で仕留めるという強い意志を込めて、その必殺技を惜しげもなく公開したのである。

だが、それなのに――

空間が軋むような音を立てて、俺の剣が受け止められてしまった。

《――ッ⁉》
シエルさんが驚く気配がした。
それはそうだろう。俺だってビックリしているのだから。
《まさか、主様《マスター》が恐れていたあのジンクスが証明されるとは……》
うん？
えっと、ジンクスですと？
《はい。必殺技を初手に持ってくると防がれるというのが、少年漫画のお約束だと……》
ブフォッ‼
お前ね、このシリアスなシーンで思わず吹き出してしまったじゃねーか‼
いや、言ったよ？

確かにそういう事を言ったともさ。

でも、まさか……ねえ？

………。

《………》

ふう。

忘れよう。

こういう事もあるさ。

冗談みたいにアッサリと剣で受け止められて、ちょっとばかし動揺してしまったようだ。

俺は気持ちを切り替え、フェルドウェイに意識を集中させる。

シエルさんは俺に先んじて、どうして防がれたのか原因究明を開始していた。結果が出るまでは攻撃しても無駄だろうけど、敢えて気にしてないフリをする必要がある。

ここはハッタリも交えつつ、フェルドウェイと会話を試みる事にした。


「へえ、今のを防ぐとはやるじゃん」

内心の動揺をなかったことにして斬り付けながら、俺から話しかける。無視されるかと思ったが、意外にも反応があった。

「黒の王《ノワール》が懐くからどれほどのものかと思えば、まるで脅威を感じませんよ」

イラッとする物言いをするヤツだな。

ディアブロと比べられても何とも思わないけど、せっかく新必殺技まで出したのに歯牙にもかけないなんて……。


《いいえ、流石に不自然です。あれを脅威と感じない者が存在するとは思えません。強いて言えば、〝王宮城塞《キャッスルガード》〟に守られているミカエルくらいで——》

そうは言うけどさ、現実問題としてまったく通用しなかったじゃねーか。

この調子だと、カレラが迷宮内で使っているのを見て覚えた〝終末崩縮消滅波《アビスアナイアレーション》〟すら通用しない気がするぞ。

　どうやらフェルドウェイの剣も神話級《ゴッズ》みたいだし、神気でも纏わせているのか〝虚無の剣撃《イマジナリーブレード》〟は通用しない。当然ながら、下位互換の崩魔霊子斬《メルトスラッシュ》など意味がなさそうだ。

　では、身体を斬りつければいいと思うだろうが、これがそう簡単にはいかないのだ。

　だってフェルドウェイのやつ、普通に強いのである。

　こうして剣を交えると感じるのだが、フェルドウェイの実力もかなりのものだ。純粋な剣技だけを見ても、俺と同等かそれ以上はある。多分だが、ベニマルと互角ってところだな。

　俺も〝竜種〟もどきになったから、身体能力が大幅に上昇していた。比喩ではなく、以前の数倍の動きが可能になっていたのである。それに加えて剣の腕前も上達していると思っていたのに、フェルドウェイには通じなかったのだ。

　俺の場合は色々とズルをしてるから対処出来てるし、いざとなったらシエルさんに代わってもらうという手段も残されているけど、正々堂々とした真剣勝負なら勝ち目はない感じだった。

　そうなると、剣では受け止めきれない魔法攻撃にシフトすべきなのだが、大規模魔法ではレオンの王国に甚大な被害を出してしまう。

　なので、対個人向けの魔法しか選択肢はないんだよね。

　今言ったような〝終末崩縮消滅波《アビスアナイアレーション》〟なぞ、この星にまで影響が出そうな破壊力を秘めているので、どっちにしろ使用不可能なのだった。

　しかし、威力面では最強クラスなので例に出してみたのだが、これを超える対人魔法となると、そうそう思いつかない。かろうじて〝霊子崩壊《ディスインテグレーション》〟が匹敵するくらいのもので、後はお察しなのである。

　お手軽な対個人用核撃魔法：熱収束砲《ニュークリアカノン》などは、〝霊子崩壊《ディスインテグレーション》〟に遠く及ばない威力だし……。

　究極の権能で威力を上乗せ出来るとは言え、相手も究極持ちなら対処可能なのだ。もしかしなくても、打つ手ナシという状況だった。

幸いなのは、フェルドウェイが様子見に徹していることだろう。

反撃に転じられたら、俺としても余裕がなくなる。今はともかく、会話しながら打開策を模索するのが最善手だと思われた。

俺はイラッとしたのを悟られないよう、言葉を口にした。

「俺は無害なスライムだからね。脅威に思えなくても当然かな」

「フッ、減らず口を叩くものだ。そういうところを見れば、ヤツと主従なのだと感じるな」

「嬉しくないんだけど？」

「そうか。私にとって貴様は邪魔なので、喜ばせる理由もないからな。嫌な気分になってくれたのなら、それは重畳《ちょうじょう》というものだ」

無視されるかと思ったが、意外にも会話が続くぞ。

だから余計に残念だ。

会話も通じない相手なら、何の迷いもなく倒せるのに……。

まあ、今は攻略法を探っている最中なので、上から目線で語れるほどの余裕はないのだが。

しかし、気になるな。

フェルドウェイはどうして反撃に出ないのだろう？

俺にとっては好都合なのだが、このままでは千日手に突入である。

俺は『虚無崩壊』を使っているけど、放出ではなく吸収系なのでそこまで疲労する訳ではない。しかしそれは、ダメージを受けていないフェルドウェイも同じなのだ。

何らかの権能で守りを固めている様子だが、守備一辺倒なので疲労は軽微だと思われた。

フェルドウェイにも受け止められないような剣技で仕掛けるというのも、策の一つとしてあるにはあった。

実は俺、本当の奥の手をもう一つ隠し持っているのである。

ベニマルやカレラの〝百華繚乱《ひゃっかりょうらん》〟をヒントに改良進化させた技で、シエルさんによる全面バックアップなしでは扱えない必殺奥義なんだけどね。

今の俺の実力以上の技だから、かなりズルした気分で使用が躊躇《ためら》われるのだ。

だけど今はそんな事を言ってられない状況だし、機を見て使っちゃおうかなと思っている――のだが、どうしても成功するイメージが浮かばなかった。

何だか不気味な感じなのだ。

それはシエルさんも同意見らしく、ともかく今は、フェルドウェイの秘密を探る方を優先させるべきだろう。

そんなふうに考えるから千日手になっているんだけど、逆に考えれば、落ち着いて戦況確認するには持って来いの状況だった。

他の者達の安否も気になるところなのだ。

俺はフェルドウェイへの警戒を緩める事なく、仲間達にも意識を向けたのである。

＊

心配なのはベニマルだ。

相手はどう見ても格上だったので、視線を向けずに『万能感知』で様子を窺ってみた。

うん⁉

ジャヒルが、禍々しい血色の槍を振り回していた。

いつの間に何処から取り出したのか不明だが、その槍から凄まじい力が感じ取れたのである。

《あの槍は、神祖《オリジン》の血槍《ブラッド》というようです。「神祖様より賜ったこの槍で、貴様を刺し貫いてくれるわ！」と豪語してました》

な、なるほど……。

シエルさんは俺とは違って、ベニマルの方の戦況も把握していたみたいだね。

まあ確かに、今は油断出来ない状況ではあるが、逼迫はしていないのだ。俺は最悪、ヴェルドラがいるから死んでも復活可能だし。だから危機感が足りないという話ではあるが、攻略方法を見つけるまでは焦りは禁物なのだった。

て な訳で、観察を続行する。

ジャヒルというのがどんな存在だったのかは知らないが、フットマンを乗っ取ったにしては違和感がない。

つまり、軽やかな動きで槍さばきも様になっていた。

知覚速度を数億倍にしているから見て取れるが、どう見ても達人のそれである。他人の身体だったとは思えないほどで、如何にジャヒルが厄介かそれだけでも明白だった。

しかも、だ。

ジャヒルの存在値はベニマルの三倍以上だし、信じ難い事にあの槍——神祖の血槍《オリジンブラッド》とやらも、存在値にして一千万以上だと推測されるのだ。

反則だよね、そんな武器。

ここはラミリスの迷宮外なので、正確な数値までは不明なんだけど、総合すると四倍以上の戦力差がある事になる。

技量《レベル》ではベニマルが上回っているからこそ、かろうじて勝負が成立している状況だった。

というか、ベニマルに『陽炎《ようえん》』がなかったら、とっくに敗北を喫していただろう。

それほどまでにあのジャヒルという野郎は、厄介極まりないのだ。

本当だったら、今すぐにでも助っ人に入りたい。

しかし俺にそんな余裕はなく、ベニマルに頑張ってもらうしかないというのが実情だ。

では、もう一組の戦況はというと——

こちらはもう、完全に千日手。

レオンの相手をしている謎の女性、エルたんそっくりだから血縁者だと思われるけど、覚醒魔王に匹敵するほどの実力者だ。

いや、それ以上かな?

どうやら究極能力《アルティメットスキル》を保有しているようで、レオンを相手に一歩も退かずに頑張ってくれていた。

《両者の戦闘スタイルですが、とても似ています。師弟関係にあると推測されますね》

ふむふむ。

種類が違う武器を使っているから気付かなかったが、言われてみればソックリかも。もしかしたらあの女性の方が、レオンの師匠なのかも知れないな。

そして、究極能力《アルティメットスキル》の系統まで似通っていると。

互いが互いの手の内を読めてしまうから、こちらも千日手に陥っている訳だ。

これはもう、簡単に決着するとは思えない。助けは期待出来ないけど、応援を必要とされていないだけマシだと考えるべきだった。

「リムル君だよね？　こっちを観察する余裕があるのなら、ちょっとは手助けして欲しいんですけどぉ？」

おっと、なかなか勘の鋭い人だわ。

ジロジロと観戦しているのがバレてしまった。

俺にも余裕はないのだが、他人の戦いぶりを眺めていたのは確かなので、断るのが難しい感じだ。

なのでここは、思いっきり正直に答える。

「スミマセン。こっちも打つ手ナシなんで、ついつい余所見してました」

「はあ？　どういう神経してたら、余裕もないのにそんな真似が出来るわけぇ？　エルちゃんから常識知らずだとは聞いてたけどさ、君、大概にした方がいいと思う」

ごもっとも過ぎる意見である。

バレると思ってなかったから油断してたけど、確かに戦闘中に余所見するのは常識外れだった。

「頂戴した御意見は一度持ち帰り、真摯に検討したく思います」

「うーん、改善する気がないって聞こえるけどぉ、まあいいわ。それで、そっちは勝てそうなの？」

鋭いな、この人。

軽く誤魔化しておくつもりだったが、見抜かれちゃったね。

っと、そろそろ真面目に対応しないと、フェルドウェイが凄い形相で俺を睨んでるよ。

ぼちぼち反撃が来るかもと身構えつつ、俺は質問に答えた。

「今のとこ、無理だね。付け入る隙がない」

それを聞いて、フェルドウェイが鼻で笑う。

そして予想外にも、会話に参加してきた。

「フッ、私との戦闘中に余所見するどころか、呑気《のんき》に会話するとは恐れ入る。それなのに、『付け入る隙がない』だと？　笑止。どの口で言っているのやら」

「うるせーよ！　せっかく俺が切り札を見せたってのに、お前が簡単に防いじまったのが原因だろうが！　大人しくあれでやられてくれてたら、こっちは要らぬ苦労をせずに済んだんだよ！」

「笑わせるな。貴様が私の邪魔をしなければ、計画はもっと早期に実現していたのだ。そもそも貴様の配下の黒の王《ノワール》のせいで、我等の計画がいくつ頓挫《とんざ》したと心得る！」

どうやら煽り過ぎて、怒らせてしまった。

「ディアブロの件については、俺は無関係だぞ」

「飼い主の責任だよ」

「いや、そんな昔から付き合いないし」

俺はね、要らぬ責任まで背負《しょ》い込まない主義なのだ。

ここは断固として、自分には非がないと主張しておいた。

「本当に生意気なヤツだ」

「うーん、同感。凄いわ、君。この状況でそこまで余裕かませるなんて、ちょっぴり尊敬しちゃったぞ！」

褒められてないな、これ。

というかさ、それならアンタもレオンに集中しろっての！

なんてね。

そんな事を言ったら藪蛇《やぶへび》どころじゃないので、絶対に言わないけど。

「ところで、貴女は？」

「ああ、私？　私はね、エルちゃんのママよ。シルビアって呼んでね！」

驚きの自己紹介だった。

いやまあ、エルフは長命種だから、そういう事もあるんだろうけど……エルたんソックリでママとか言われても、前世の常識が邪魔をして素直に頷けない気分であった。

チラッと観察してみると、しゃべっている余裕があるのが不思議なほどの接戦を演じている。

そう、まさに演じているという言葉がしっくりくる感じで、レオンもシルビアさんも、互いの剣を紙一重で避けて反撃に転じるという、約束稽古のような戦いを繰り広げていたのだ。

　そんな状況で軽口を叩けるのだから、この人も大概肝が据わっているようだ。

「それで、レオンはどうにかなりそう？　師匠なんでしょ、貴女」

「あ、わかっちゃう？　師匠なのは否定しないけど、何とかするのは無理っぽいかな。正直にぶっちゃけちゃうと、レオン君がここまで強くなってるのは想定外だった感じよねぇ……」

　その返答はふざけている感じだが、多分本音だ。

　俺達が来る前から綱渡りのような戦闘を継続しているのだから、そろそろ集中力が途切れても不思議ではない。今の均衡状態はどこが欠けても崩壊するので、あまり悠長な事を言ってる場合ではないのは確かだろう。

　そうなると……俺はレオンについて、どうしたものかと思案する。

　対レオン用の策があるのだが、果たしてそれを実行すべきかどうか。どうせなら、より効果の高いタイミングを狙いたいのだが、今はその時ではないように思える。

　状況的には厳しいのだが、まだ均衡状態を保っているし。ここで無理すれば、かえって危険に身を晒す事になりかねないという気がした。

　レオンについては様子見続行だ。

　そんな判断をしていると、ベニマルからも苦情が入る。

「リムル様、そっちが余裕なのはわかりましたがね、俺の方はマジでキツイですよ！」

　珍しくも、ベニマルが泣き言を言ってるよ——って、それも無理はないわな。

　四倍以上の差は流石に厳しいよ。

「ヤバイ？」

「マジヤバです」

　だよね。

ジャヒルが得意とするのが火炎系だったみたいで、相性的にはベニマルに有利だったのが幸いしている。

そうでなければとっくに敗北していただろうから、今の状況は奇跡的だとさえ言えた。

さて、どうしたものか……。

この均衡が崩れた時点で戦局が決する訳だけど、俺にだって余力はない。切り札は幾つか隠し持っているけど、切り時が難しい感じである。

対する敵さんだが、レオンはともかく、フェルドウェイとジャヒルは余裕そうに見えた。

圧倒的にこちらが不利。

となると、他で敵を倒して誰かが駆けつけてくれるのを待つか、奥の手の一つである悪魔召喚を行って、テスタロッサでも呼び出すかすべきなのかも。

ただ、それをしたら相手も同じ真似が出来る訳で、一気に泥沼化しかねないという恐れがあった。

やはりここは、もうしばらく様子見するのが吉であろう。

「ベニマル君、もう少しだけ頑張ってくれたまえ！」

「ちょ、マジでそんなに時間は稼げませんよ!?」

ベニマルの情けない返事など久々だな。

俺はそんな事を考えながら、この状況を打破する手段がないか、シエルさんを交えてもう一度検討を開始したのだった。

●

リムルと別行動になったランガ、クマラ、ソウエイの三名だが、各々は違う相手の援護に向かっていた。

特に相談するでもなく、敵の大体の強さから自然と行き先を決めた感じである。

ランガが向かった先にいたのは、ヴェガだ。

一番大きな気配を発しており、ランガをも上回る勢いだった。

そして予想通り、そこが一番の激戦区だったのである。

（むむ、やはり我より強そうだが、時間を稼いでいれば、ソウエイ殿達が敵を始末して応援に駆けつけてくれるはず……）

ランガは仲間を信頼している。

だから疑いもせずそう確信し、強敵相手に怯える事なく挑むのだ。

「助太刀するぞ！」

ランガはそう叫ぶなり、ヴェガへと飛びかかった。

これに喜んだのがメーテルである。

レオン配下の白騎士団団長である白騎士卿《ホワイトナイト》メーテルは、必死に回復役を務めていたが、今の戦力だけでは時間稼ぎにも限界があったのだ。

レインとミザリーの配下である五柱の悪魔――ミソラ、スコール、ウルリッヒ、アルバン、ゲオルグという名の〝悪魔公《デーモンロード》〟達は、旧魔王勢に匹敵するほどの実力者ぞろいだ。しかしながら、相対するヴェガの存在値は一千万を超えており、実力差が大き過ぎたのである。

指揮担当の公爵級であるミソラは、レインの副官だけあってとても優秀だった。常にサボりがちなレインの面倒を見ているだけあって、視野も広くフォローもそつがない。

だがそれでも、ヴェガの一撃で行動不能になる者もいるのに、指揮もクソもあったものではなかったのである。

にもかかわらず戦線が崩壊しなかったのは、ミソラが頑張っていたお陰であった。そして、それを必死に支えていたのが、メーテルの回復魔法なのだった。

本来なら個人主義の誇り高き大悪魔達が、五名全員による協力を惜しまず、小手先の幻覚魔法によるまやかしまで駆使して、どうにかこうにか戦線を維持していた。だがしかし、ウルリッヒとアルバンが同時に倒れた事で、残る者達の負担が増えた。メーテルの回復も追い付かず、全滅が目前に迫っていたのである。

そんな危機的瞬間に、ランガが乱入したという訳だ。

「何だ、この犬っころがぁ！　この俺の邪魔をするかよ！」

ヴェガは有頂天だ。

大いなる力を手に入れ、今の自分は無敵だと錯覚している。

そんな訳で、そこに魔物が一体増えたところで、大した脅威ではないと判断したのだった。

が、それは間違いだ。

ランガの存在値はヴェガの半分以下でしかないが、その戦闘経験は侮れない。常にリムルの影に潜み、様々な戦いを目撃もしている。

だからこそランガは、臨機応変に敵に応じた立ち回りを取れるのだった。

今回の戦略的勝利は、犠牲者を出さずにこの場を乗り切る事だ。それを理解していれば、自ずと自身の役割も見えてくるというものだった。

「我を盾にして、体勢を立て直すがいい。援軍は必ず来る。我が主が負けるはずがないからな！」

尻尾を振り振り、ランガはそう言い切った。

それだけで、ミソラ達もリムルの到着を察した。

ミソラは的確にランガの意図を読み取り、どう動くのが最適解なのかを導き出したのである。

「御言葉に甘えます。メーテル殿は、ランガ殿へ集中して下さいな」

そうして速やかに戦術が組み替えられて、ランガを要とした戦いへと変化したのだ。

ここから、ヴェガにとっての絶頂期は終了する事になった。

格下と断じていたランガが、予想以上の働きを見せたからだ。

ヴェガは何も考えずに、ランガの排除を試みる。自身の権能である究極能力《アルティメットスキル》『邪龍之王《アジ・ダハーカ》』を存分に揮い、純粋な力でもって制圧しようとした――

究極能力《アルティメットスキル》『邪龍之王《アジ・ダハーカ》』だが、ヴェガの生い立ちにちなんで獲得された権能であった。

ヴェガは、ロッゾの研究成果の一つである〝魔法審問官〟の血を受け継いでいる。魔物と人間の性質を併せ持ち、エサさえあればどんな怪我からも復活する化け物だった。

それにユウキが改造を施した事で、擬似人造粘性体《イミテーションスライム》とでも言うべき存在になっていたのは秘密である。

ヴェガの身体は、極小の魔性細菌《バクテリア》の集合体なのだ。

故に、再生も自由自在であり、身体の何割かが残ってさえいれば、問題なく復活可能なのである。

　生物の構造を模倣するのはお手の物だし、確率によっては捕食した相手の能力《スキル》まで獲得出来た。

　そんなヴェガだからこそ、究極能力《アルティメットスキル》『邪龍之王《アジ・ダハーカ》』を獲得出来たのだ。

　この権能の真骨頂は、ヴェガの本質そのままに、喰らった対象の力を吸収する事にある。

　リムルが所有していた『暴食之王《ベルゼビュート》』に酷似した権能であり、『超速思考・並列思考・解析鑑定・有機支配・複製量産・能力吸収・多重結界』といった恐るべき能力《スキル》の集合体であった。

　その性能は非常に高い。

　喰らった相手に肉体があれば、『有機支配』によって情報を読み取り、種族能力を獲得する。

　精神生命体であったとしても、『能力吸収』でエネルギーを奪う上に、所持している能力《スキル》を我が物にする事さえ可能であった。

　それに加えて素材となる有機体さえあれば、自身に似せた『複製体』を量産して操る事まで可能なのだ。

　使いこなせるならばどこまでも強くなれるというのが、究極能力《アルティメットスキル》『邪龍之王《アジ・ダハーカ》』の全貌なのだった。

　使いこなせるならば……。

　残念な事に、ヴェガは生まれてから、それ程の経験を積んでいなかった。

　恐るべき速度で成長し、その力だけは高まっていったのだが、権能を使いこなすには至っていなかったのだ。

　ヴェガに扱えたのは、『有機支配』による肉体強化と、『解析鑑定』による敵の弱点把握、そして『能力吸収』による敵の弱体化のみ。

　無意識で『超速思考』も使用していたので、それなりの判断力はあったのだが、残念な事に『並列思考』までは至らず、圧倒的有利な状況でありながらも勝利をその手に出来ずにいたのである。

　もっとも、ヴェガ本人は自身の強さを楽しんでいた為に、自分が最大のチャンスを逃した事にすら気付く事はなかったのだが……。

――そして、凶悪な力を秘めたヴェガの拳が、ランガを貫いた。

「――む？」

その手応えのなさに、ヴェガが訝しむ。

確かに貫いたはずなのに、何の感触もなかった。

エネルギーを奪うどころか、敵の『解析鑑定』すら行えなかったのである。

その理由は、ランガが自身の権能を十全に使いこなしているからだ。

ランガの権能――究極能力《アルティメットスキル》『星風之王《ハストゥール》』には、その身を〝魔風〟に変化させる効果があった。

触れるモノ全てを汚染する恐るべき〝魔風〟と化したランガには、物理攻撃など通用しない――どころか、触れた瞬間、〝死を呼ぶ風〟によって逆にダメージを負ってしまうのだ。

今のランガは、魔法そのもの。

カリオンの獣王閃光吼《バースト・ロア》と理屈は同じで、定型を維持して質量がありながらも、精神生命体らしく破壊エネルギーを秘めた意思ある粒子へと変化しているのである。

単なる体当たりでさえ、大いなる破壊力を秘めた攻撃となるのだ。これがどれほど恐ろしい技であるかなど、語るまでもないだろう。

しかもランガの場合、カリオンと違って必殺技ではなく状態変化の括りに分類される。当然ながらエネルギー消耗率が高くなるものの、〝魔風〟状態になったからといって何らかの制限が加えられる訳ではないのだった。

これこそが、権能を十全に扱える者の強みなのだ。

存在値ではヴェガの方が勝っているものの、実力的にはランガの圧勝となるのであった。

「ハッハッハ、その拳、我には効かぬようだな？」

実はランガも驚いていた。

ヴェガがもっと強いと想定し、警戒していたからだ。

リムルがいつも慎重だから、ランガも真似るようになっている。だからこそ、自身の倍以上のエネルギーを秘めたヴェガを相手に、一切の油断などしていなかった。

それゆえ逆に、何かの罠かと疑ってしまったほどである。

「クソがァ！　犬っころのくせに、舐めた真似をしやがってよう」

と、激昂したヴェガに殴りかかられて、初めて相手がバカなのだと悟ったのだ。

〝魔風〟と化したランガを無策で殴ったならば、その結果は自傷行為と変わらない。ヴェガが勝手にダメージを負って、ランガを呆れさせる破目になった。

この場合の正解は、権能で強化したオーラで拳を包んでから殴る、である。武器で攻撃する場合も同様で、権能には権能で対処するしか方法はないのだ。

精神生命体であれば、気力を高めれば究極の権能並みの効果を発揮出来る訳だが、ヴェガはそのような配慮も一切していなかった。

究極能力《アルティメットスキル》『邪龍之王《アジ・ダハーカ》』を使いこなしていれば、そのような無様な姿を晒す事などなかったのだ。

「愚かなヤツめ。我を騙しているのかと思えば、どうやらそれが本気だったようだな。ならば、ここは一気に仕掛けさせてもらおうか」

ランガはそう宣言するなり、本気で疾走を開始する。

ヴェガを翻弄する漆黒の風となって、音を置き去りにし、地から空へと残像で空間を埋め尽くしていく。

そしてそれは、空間内部へと反響するハウリングとなった。

ランガが『星風之王《ハストゥール》』の『音風支配』で自身の速度と破壊力を増幅して、疾駆しながら『空間支配』で力場を構築、そしてトドメの『天候支配』によって、力場内に〝黒雷嵐《デスストーム》〟を発生させて――やがてそれは、全てを破滅させる〝終末の雷鳴《アポカリプス》〟を轟かせた。

その技の名は、〝終末魔狼演舞《アポカリプス・ハウリング》〟という。

ランガが編み出した対個人用最強攻撃技なのだった。

ちなみに、遠吠えのように咆哮すれば、指向性のビームとしても撃ち出せる。本来はそちらが簡単で、正しい使用法なのだが、よりダメージを大きくしようと考えるならば、今回のように空間を限定して放つ形になる。対象を閉じ込める事でエネルギーの無駄をなくせるので、より大きな効果が期待出来るのだった。

これの直撃を浴びたヴェガだが、驚くべき事に生きていた。

上手く『邪龍之王《アジ・ダハーカ》』を使いこなせていないながらも、無意識下では、肉体にまで権能の影響が及んでいたからだ。

しかも、ヴェガの特徴はしぶとさに集約される。

無事ではなかったものの、『有機支配』と『複製量産』を働かせることで、消滅より先に自身の肉体の再生が間に合ったのだ。

魔素《エネルギー》量の大きさは伊達ではない、といったところである。

ヴェガは大きく息を吸い、全力で吠えた。

「クソが、クソが、クソがぁぁぁァ────ッ!!」

そして、ギロリとランガを睨み付ける。

ヴェガは心を落ち着かせるように深呼吸してから、吐き捨てるように告げた。

「チッ！　連戦だったし、どうやらこの俺様も疲れてたみてーだ。今日のところは引き分けって事にしといてやるから、次に会ったら覚悟しやがれ！　じゃーな」

ヴェガは臆病だからこそ、危機感知だけは優れているのである。状況が不利になったと悟り、即座に逃げる判断を下したのだった。

ランガとしても異論はない。

自身の最強技に耐えた事からもわかる通り、ヴェガの方が存在値では格上なのだ。今の一撃で仕留められなかった時点で、ヴェガを倒せないと理解している。であれば、無理をする必要はないと考えていた。

戦術目標は時間稼ぎであり、ヴェガを撤退にまで追い込めたのなら上出来だった。故に、ランガがヴェガとの交戦を見送ったのも、実に的確な判断だったのである。

こうして、一番の激戦区と言えるヴェガとの戦いは終息したのだった。

さて、ランガの応援に喜んでいた一同だが──

ミソラは思った。

（このランガって魔狼、魔王リムル様のペットだったわよね。それなのに、どうしてこんなに強いのよ!!）

その強さは理不尽だった。

ヴェガとランガのエネルギーの大小くらい、ミソラにもおおよその見当はついていた。強者たる者、敵の強さを計れなければ生き残れないからだ。

ミソラの見立てでは、ランガも大概なレベルだがそれでもヴェガの方が厄介な相手に思えていた。

それなのに、結果はランガの圧勝である。

今からランガを盾にして戦術を組み直そうと考えていたのに、肩透かしを喰らった感じだった。

『ミソラさあ、この世には凄い存在がいるんだよ。アンタもリムル様を見れば、今の私の気持ちがわかると思うよ』

という、上司《レイン》の言葉を思い出すミソラである。

「なるほど……ペットを見れば、飼い主にも理解が及ぶというものですわね。レイン様の御言葉を疑っていた訳ではありませんが、今、心から理解しました」

ミソラが思わず呟くと、残る四柱の〝悪魔公《デーモンロード》〟達もコクコクと頷いたのだった。


そして、魔力が尽きかけていた白騎士卿《ホワイトナイト》メーテルなどは、自分の出番がなかった事に唖然としていた。

ついつい現実逃避気味に考える。

（私、犬が好きで飼ってみたかったのよ。こんなに頼りになるんだもの、この戦いが終わったら、急いでペットショップまで買いに行かなきゃならないわね！）

完全なる思考放棄であった。

ちなみに、こっちの世界にあるペットショップには、愛玩犬などは売られていない。調教師《テイマー》によって躾けられて本当に戦える動物や魔物などが、高額で売買されているのだ。

後日、メーテルは購入した森林魔狼《フォレストウルフ》にランガ二世と〝名付け〟る事になるのだが、それはまた別の話なのだった。

●

赤騎士団団長・赤騎士卿《レッドナイト》フランと黄騎士団団長・黄騎士卿《イエローナイト》キゾナは、オルリアを相手に苦戦していた。

苦戦という言葉は、甘く見積もってのものである。

オルリアが本気で二人を殺すつもりになったならば、その瞬間に勝敗が決していただろうからだ。

「クッ、強過ぎる……」

唇を噛み締めるようにして、フランが呟く。

それに同意するのは、オルリアの攻撃に晒されているキゾナだ。

「遊ばれてるわね。次は棍棒《メイス》？　さっきは短剣《ショートソード》だったけど、どんどん武器を弱くして、私達で性能を試してるってとこかしら」

キゾナの指摘は正しい。

最初、オルリアは星球棍《モーニングスター》を構えていた。

その一撃で、キゾナの全身鎧は砕かれたのだ。次の一撃で殺されると覚悟したのだが、そこでオルリアが取った行動は、武器を持ち替える事だった。

舐められているとしか思えないが、幸運だと思ってしまったのも事実である。

「ここまで馬鹿にされると嫌になるけど、そこまで実力差が開いてるのだから仕方ないか……」

「前向きに考えましょ。時間稼ぎをしていれば、きっとレオン様が助けに来て下さるわよ！」

フランとキゾナは、ありもしない希望を胸に、諦めずオルリアへと立ち向かう。二人とも、そんな希望は幻想だと理解しているのだ。

自分達の主である魔王レオンは、より厄介な状況にあるのだろうと。

でなければ、レオンが部下を見捨てるはずがないからだ。

なので、彼女達に出来るのは、救援が来るまで生き延びるよう努力する事であった。

しかし、それもとっくに限界だった。

実力差が大き過ぎる。戦いが始まってから十分も経過していないのに、既に二人は満身創痍なのである。

そしてオルリアも、ある程度自分の権能を試し終えて満足していた。

「うん。もういいかな？」

オルリアはそう口にするなり、得物を三叉槍《トライデント》へと変形させる。それは、かつて〝オルカ〟という名前だった女性の本気装備だった。

　オルリアの気配が変わったのを、フランとキゾナも理解した。

（ここまでか……頑張りましたが、使命を果たせず申し訳ありません――）

　フランはそう絶望した。

　キゾナはもっと即物的だった。

（最後にケーキが食べたかった……）

　などと考えながら、最後の時を待っている。

　しかしながら、それは訪れない。

　代わりにやって来たのは――

「どうやら困っているようでありんすな。出しゃばるのは無粋かとも思いんしたが、この場はわっちに任せるでありんすえ」

　傾国の美女へと変化《へんげ》したクマラが、フランとキゾナを庇うようにオルリアの前に立ち塞がったのだった。

　こうして、クマラとオルリアの戦いが始まった訳だが、今度もまた一方的な内容となった。


　先程までと違うのは、オルリアが完全に押されているという点だ。

「馬鹿な、どうして⁉」

　驚愕の叫びが、オルリアの口からこぼれ出た。

　オルリアの究極付与《アルティメットエンチャント》『武創之王《マルチプルウェポン》』は、あらゆる性能の神話級《ゴッズ》武器を生み出す権能である。着用している全身鎧もまた、当然の如く神話級《ゴッズ》なのだ。

　それなのに、クマラが尾を操って放つ九尾穿孔撃《きゅうびせんこうげき》は、神話級《ゴッズ》の装甲を無視してオルリアにダメージを与えていたのである。鎧が砕けはしないが、衝撃が浸透してオルリアの体力を削るのだった。

「弱いでありんすね。これならば、八部衆を出すまでもないでありんす」

　尾獣を出して敵の戦力を計るべきかと思案していたクマラだが、一戦交えてみてその必要はないと判断していた。

　オルリアは一流の戦士でありながら、高度な魔法まで操る恐るべき相手だ。が、その動作は人の領域から逸脱するものではなく、クマラの予想を何一つ裏切らない。

カリオンやフレイといった強敵を相手に経験を積んだクマラからすれば、あまりにも物足りない相手だったのだ。

気に留めるべきはオルリアの武装だが、それもまた、クマラの脅威とはなり得ない。

何故ならばクマラは、更なる進化を遂げていたからだ。

天星九尾《ナインテイル》から、神狐《ジンコ》へと。

クマラは神性を帯びた事で、その力を大いに増していたのだった。

無論、オルリアとて熾天使《セラフィム》を宿しているので、神性を帯びてはいる。それに、存在値だけを比べるならば、両者にそこまでの違いはなかった。

クマラは少し成長したものの、それでも二百万弱なのに対し、オルリアは二百万を少し超えていた。数値だけの比較ならば、オルリアが有利なのである。

それなのに――

人間としての経験しかないオルリアでは、力の使い道の幅が狭すぎたのだった。

人であった頃のオルリア――オルカとアリアは、ユウキ直属の混成軍団の中でも幹部級の者達であった。帝国内で最強集団だった近衛騎士《ロイヤルナイト》にも匹敵する強者、それが彼女達だったのだ。

そんな二人の〝魂〟が混じり合い妖死族《デスマン》として目覚め、熾天使《セラフィム》の力まで得た。その上、ミカエルより与えられた究極付与《アルティメットエンチャント》『代行権利《オルタナティブ》』が『武創之王《マルチプルウェポン》』に変化したのだから、地上に敵はいないと確信していたのである。

それを確かめるようにフランとキゾナで実験してみた結果、オルリアは自身の力が最強であるとの確信を得ていた。

権能で創り出す武器は、現存するいかなる神話級《ゴッズ》にも負けはしない。その証拠として、フランやキゾナの攻撃はオルリアに一切通用しなかった。身体に触れる事さえ敵わず、神話級《ゴッズ》鎧の前に弾かれていたのだ。

そしてその武器は、軽く振っただけで敵の武器を砕くのである。

オルリアは自身の力を過信してしまった。

だからこそ、現実を認めずに悪足掻きする。

「舐めないで欲しいわね！　ここからは本気でいくわよう！」

もう実験は終わりとばかりに、持てる技の全てを駆使してオルリアが三叉槍《トライデント》を振り回す。

アリアが得意としていた魔法を紫電に変えて纏わせ、オルカの冴え渡る技量で繰り出されるその槍を受ければ、クマラであれど致命傷は必至であった。

が、しかし。

神気を纏わせた九つの尾が自在に動き、三叉槍《トライデント》を防ぎきるのだ。

ここまでくるともう、誰の目にも実力差は明らかであった。

身体能力が同じでも人の強さに違いがあるのが当然であるように、武術を学んでいる者と喧嘩の素人――いや、それ以上の開きが両者の間に存在しているのだった。

両雄の戦いを見ているだけのフランとキゾナにも、その違いが明確に理解出来た。

「す、凄い……」

「ねえねえ、あの人も魔王リムル陛下の配下なの？」

「知らないけど、味方なのは間違いなさそうね」

「なんて言うかさあ、絶対に敵対しちゃダメって理解したよね。だってさ、私達が知らないような人でも、あんなに強いんだもんね……」

「黙ってて。言われなくても同感だから」

などと会話しつつ、クマラの勇姿に見惚れていた。

妖艶な美女であるクマラ本体は、一歩も動かず優雅に佇んでいるのである。その事実に気付いてしまえば、どちらが上かを論じる段階ではないのだと見せつけられているようだった。

「さて、覚悟はいいでありんすか？」

笑みを深めて、クマラが問う。

「認めないわ。ええ、認めません。私は、私達は最強の力を手に入れたの。偉大なるミカエル様の御役に立つ為にこそ、この力はあるのだわ！」

「ふーん、そうでありんすか。でも、わっちには通用しないでありんすよ」

いきり立つオルリアに、クマラが無慈悲に告げる。

それは歴然とした事実なのだが、オルリアを怒らせるのに十分な侮辱だった。

「ふざけないで欲しいわね！　私はオルリア。ミカエル様の敵を討ち払う者なり!!」

オルリアは自身の誇りにかけて、全力でクマラに仕掛けた。

が、それは無謀の一言に尽きた。

策もない特攻など、クマラにとっては無意味な攻撃でしかないのだから。

オルリアの槍はクマラの尾に弾かれ、その四肢も四本の尾に搦め捕られる。

関節を砕く鈍い音が響き——オルリアにとって無情なる結末が訪れた。

「わっちの〝名〟はクマラ。〝幻獣王《キメラロード》〟クマラでありんす。冥途の土産にしなんし」

動けなくなったオルリアに尾の連撃を叩き込みながら、クマラは遅まきながら名乗りを上げたのだった。


アリオスは究極付与《アルティメットエンチャント》『刑罰之王《サンダルフォン》』を使いこなして、青騎士団団長である青騎士卿《ブルーナイト》オキシアンとミザリーの副官であるカーンを相手に圧倒していた。

アリオスが握る片手剣《バスタードソード》も、オルリアから借り受けている神話級《ゴッズ》である。人間だった頃には考えられぬほどに強力な力を得た事で、増長しまくっていたのだ。

だからアリオスは、二人を殺すのを後回しにしていた。自分の力を試すのに、格下の二人は丁度いい遊び相手だったのだ。

オルリアにしろアリオスにしろ、強者が弱者をいたぶるのは褒められた行為ではないと知ってはいる。ヴェガと違って二人は常識も備えているので、本来ならば任務の最中に私情を交えたりはしないのだ。

だが今回は、事情が違った。

今までとは大きく違う力を試しておかなければ、今後の戦いに支障が出ると考えたのである。

　自分に何が出来て何処まで無理がきくのか、それを把握するのも一流の戦士として必要な仕事だった。だからこの機会に、ある程度の遊びを自身に許容したのである。

　オキシアンやカーンも、そんなアリオスの意図などお見通しだった。誇り高い二人からすれば屈辱そのものではあったが、今回は都合が良かった。

　勝利条件が時間稼ぎであり、二人の実力ではそれを達成するのが困難だったからだ。

　だから遊ばれていると理解しつつも、必死になってアリオスと向き合うしかなかったのである。

　理知的なオキシアンはともかく、古き大悪魔であるカーンの内心は、マグマの如く煮えたぎっていた。

（殺す。こいつは絶対に許さん!!）

　カーンはミザリーの配下筆頭であり、普段は冷静なまとめ役であった。

　しかし、忍耐力はミソラに及ばない。あのレイン様の下でよく耐えられるものだと、常に同僚に畏敬の念を抱いていたほどである。

　だから今、これほどの屈辱を味わわされて、カーンの鬱憤は最高潮まで達していた。

　しかし、アリオスとの間には残酷なまでの壁があった。

　実力面では差はない。むしろ、オキシアンやカーンの方が上回っているだろう。

　それでもここまで一方的になってしまうのは、存在値に数倍の隔たりがあるからだ。しかもアリオスには、恐るべき『刑罰之王《サンダルフォン》』があるのである。

　神話級《ゴッズ》の武器だけならばともかく、究極の権能が相手では太刀打ち出来なかったのだ。

　短くも長い苦痛の時間だが、それも間もなく終わろうとしていた。

　アリオスの顔付きが変わったのが、気配で察せられた。

「へへ、もう十分だな。アンタらもそこそこ強かったんだろ？　ま、結構楽しめたからよ、これ以上苦しめずに楽に殺してやるわ」

自分の力を十分に試したアリオスは、そろそろ遊ぶのを終わりにしようと考えたのだろう。カーン達にそう告げたのだ。

こうなっては手立てはないと、オキシアンは覚悟を決めた。

（後はレオン様に託すほかない。最後まで任務を果たせそうもないこと、あの世で謝罪しましょう！）

と、内心で詫びを入れるオキシアンである。

カーンもまた、怒りを〝魂〟に刻み込んでいた。

（ここで死んでも、恨みは忘れぬ。アリオスだったか、その名は覚えた。必ず復活して殺してやるぞ‼）

悪魔にとって、死は単なる状態変化である。

心核《ココロ》さえ損傷しなければ、数年がかりで復活が可能なのだ。ダメージの過多によっては数百年以上の年月が必要となるが、それでも必ず生き返れるのだった。

故にカーンは、復讐を誓うのだ。

ちなみに、心核《ココロ》まで損傷を与えるには、霊子に干渉する必要があった。〝霊子崩壊《ディスインテグレーション》〟が代表するように、霊子を壊さなければ〝情報子〟まで届かないのである。

今のアリオスには『刑罰之王《サンダルフォン》』があるので、そうと知っていれば心核《ココロ》をも砕けるだろう。

だがしかし、カーンはそれほど心配していなかった。

アリオスの剣技、体術、権能、その全ては一流と言っても過言ではないのだが、その精神は人のそれから逸脱していなかったからである。

人外を相手にした経験が少ないようで、どうすれば悪魔にトドメを刺せるのかまでは熟知していない様子だったのだ。

だからこそカーンは、死んだフリをすればこの場を逃れられると考えているのだった。

アリオスの剣がオキシアンへと構えられ、その手に持つ銃がカーンへと向けられる。

カーンの肉体は既に限界だった。アリオスが本気になった以上、これ以上の戦闘継続は不可能である。オキシアンには悪いと思うものの、冷静な割り切りが出来るのがカーンの強みだった。

（ここまでだな。上手く撤退して――）

カーンがそう考えていると、アリオスが哄笑しながらカーンを一瞥し、トリガーに指をかけた。

「ひゃは！　先ずはお前から――」

せいぜい今は笑ってろ――と思ったカーンだったが、そこで目を剥く事になった。

アリオスの背後、足元にあった影から何者かが飛び出し、剣を振るったからだ。

危機的状況は、この時点をもって終了したのだった。

＊

カーンはその者に見覚えがあった。

魔王リムルの配下であり、ソウエイと名乗っていたのを思い出す。

ほぼ同じタイミングで、オキシアンも気付いていた。

「ソウエイ殿、援軍が間に合ったのですね⁉」

喜色を浮かべて叫ぶオキシアンに、ソウエイは苦々し気に答える。

「チッ、一撃で仕留めるつもりだったが、少し考えが甘かったようだ。そいつはまだ生きているから、お前達も油断するなよ」

リムルの前では紳士的なソウエイだが、基本的には自信家で、自己中心的な性格をしている。他国の国家元首ならともかく、幹部如きにおもねったりはしないのだ。

まして今は緊急時、当たり前のようにこの場の主導権を握り、オキシアンとカーンを自分の指揮下に置いたのだった。

一方、不意討ちを受けたアリオスだが、ソウエイの言葉通り生きていた。吐血しつつもどうにか体勢を立て直している。

アリオスは、ソウエイの権能である『一撃必殺』を乗せた死角からの必殺の一撃――暗死の一撃《アサシネイト》に直前で気付き、心臓を穿つはずだった攻撃を辛うじて回避することに成功していたのである。

「テメエ、やってくれるじゃねーか」

「お前の反応速度も大したものだ。だが、次は外さん」

両者、それだけを口にするなり戦闘に突入する。

アリオスは傲岸不遜だが、用心深い性格をしている。

〝妖天《ようてん》〟として生まれ変わる前は、〝異世界人〟として
それなりの強者だった男なのだ。

暗殺任務にも従事し、ありとあらゆる技術を学んでいた。対人戦のエキスパートであり、自身が狙われた際に注意すべき作法を、身体に叩き込んでいたのだった。

だからこそ、どんな状況であれ油断などしない。

オキシアンやカーンを追い詰めながらも、きちんと周囲への警戒を怠ってはいなかったのだ。

それが命を救った。

しかし、それだけだ。

「ふむ、力は俺よりも上か。正攻法では厄介だな」

「ならばどうするよ？」

拮抗した実力。

そして、命の奪い合い。

アリオスは自分が生きていると実感していた。

もう既に、受けた怪我など快癒している。異常なまでに生命力が強化された上に、熾天使《セラフィム》の力まで我が物としているのだ。未だに人間だった頃の慣習から抜け出しきれていないだけで、アリオスもとっくに人外の領域に棲んでいた。

（魔王すらも凌ぐこの力があれば、どんな者であろうとも敵じゃねえ！）

そう自画自賛しつつ、次なるソウエイの手を楽しみに待つ。

アリオスは既に気付いているのだ。ソウエイが口にした通り、自分の方が力が上だと。

技量面でも、そこまでかけ離れていないと実感しているので、自分の勝利を疑ってもいなかった。

それは油断ではない――が、ソウエイを相手にして傲慢が過ぎた。

ソウエイは最初から、アリオスとまともに勝負などしていなかったのだ。

戦いは、勝たねばならない。

どんなに良い勝負だろうと、負ければ終わりなのである。

だからソウエイは、勝ち方に拘ったりしないのだ。

最初から『別身体』を潜ませたまま、ずっとアリオ

スの隙を窺っていたのである。そうして接戦を演じつつも少しずつ負けを匂わせて、アリオスの油断を誘った。

　死力を尽くしているように見せかけつつ、アリオスの手札を一枚一枚剥がしていって、確実に勝利への道筋を構築していったのだ。

　そして、その瞬間が訪れる。

「ひゃっは！　テメエは強敵だったぜ。この俺が認めてやらあ。だからよ、とっておきで殺してやんよ！」

　そう言って、究極付与《アルティメットエンチャント》『刑罰之王《サンダルフォン》』の奥の手である必殺の一撃、〝神滅弾《ジャッジメント》〟を放ったのだ。

　撃ち抜かれ、ソウエイの『別身体』が霧散する。それを見たアリオスは、勝ったと確信した。

　無理もない話だ。

〝神滅弾《ジャッジメント》〟は一日に一度しか撃てないが、最強の攻撃手段なのだから。近藤中尉が放っていたものより威力は低いのだが、それでも砕けぬモノなどない一撃だったのだ。

　ソウエイの死は間違いないと思ってしまったのは無理もないが、それこそがソウエイの思惑通りだった。

「千手影殺《せんじゅえいさつ》」

「は？」

　影が伸び、アリオスを搦めとる。

「ま、待て――」

　そのまま動きを封じたソウエイは、手に持つ双剣でアリオスの心臓を破壊したのだった。


　膠着状態に陥っていた戦況を変えたのは、フェルドウェイの一言だった。

「――そろそろ潮時か。これ以上の戦闘は無意味のようだ」

　俺はそれを聞いて思った。

　もっと早く決断しとけよ、と。

　ここでこいつを追い詰められるのなら、それが一番いい。だが残念な事に、どちらかというと俺達の方が不利だと感じていた。

このまま戦い続けていたら応援が来るとは思うのだが、正直言って確信はない。ランガ達なら負けるはずはないだろうが、楽観的過ぎる可能性も否定出来なかった。何だか城内にも危険な気配があったから、もしかしたら苦戦してるのではと不安になっていた。

俺は基本的に、絶対に勝てる勝負しかしたくないのだ。

それなのに、今回は準備が足りなかった。

まさか通信まで遮断されるとは思わず、敵戦力の分析を行わぬまま、戦地までやって来てしまっていたのである。

ディーノからの報告があったからある程度の予想はついていたが、実際に戦ってみたらそれ以上の戦力だったもん。

あのジャヒルとか、ベニマルを圧倒するとか反則だろ。

俺はいつものように、ベニマルならさっさと敵を倒してくれると思っていたんだよ。それなのに、こっちが倒されていないのが不思議という、信じ難い状況になってるし……。

だからまあ、ここで退いてくれるというなら、こっちにも止める気はないのだ。

ないのだが——ここでも煽っておくのは忘れない。

「おっと、逃げようなんて考えが甘いんじゃないか？」

それを聞いて目を剥いたのは、レオンを相手にしているシルビアさんだ。余計な事を言うなと言わんばかりの形相で、俺を睨んでいる。

エルたんと違って、腹芸は苦手なのかもね。

こういうのは本音を隠した方が勝つのだ。

苦しい時こそ、逆の事を言って相手を欺くのがセオリーなのだよ。

「フッ、こちらは『純潔之王《メタトロン》』の所有者であるレオンを仲間に引き入れるという目的を達成している上に、邪魔な裏切者を炙り出し始末出来た。オマケに、貴様の実力の底まで探れたからな。上々の戦果なのだよ」

うーむ、流石にこんな煽りには乗ってこなかったか。

もっとも、それが目的ではある。

負け惜しみっぽく言えば、相手は気分良く撤退してくれるからね。

ここで「やっぱやーめた」と言われた方が、俺としては困るのだ。

だから内心では「帰れ帰れ、さっさと帰れ！」と思いつつ、俺はフェルドウェイを煽り続ける。

「さてはテメー、ビビッてんな？　まあな、もう直ぐ俺の仲間達が駆け付けて来るからな。そうなったら俺達の勝ちだし、逃げたくなる気持ちはわかるけどな！」

そう言いつつ、猛攻を仕掛けた。

俺の言葉で少し動揺したのか、フェルドウェイの剣が一瞬鈍った。俺の刀が身体をかすめた感触があったが、しかしフェルドウェイは無傷だった。

どうやら勘違いだったかな？

いやいや、どうもさっきから、何度かかすってる気がするんだけどな……。

「あの黒の王《ノワール》の主だけあって、忌々しいまでに生意気なヤツだ。次に貴様と見《まみ》える時は、絶望的な戦力で圧し潰してやるから覚悟しておくがいい」

「こっちのセリフだってーの！　どうやらお前、ディアブロを苦手にしてるみたいだし、次はアイツに相手させてやんよ！」

「……」

俺がどこぞの不良マンガっぽい言い回しで捨て台詞を吐くと、フェルドウェイが絶句した。めっちゃ嫌そうな表情を浮かべたのを、俺は見逃さない。

これぞ秘技、他人任《ひとまか》せ！

しかし今回はとても効果的だったので、ディアブロが嫌がっても押し付けようと思う。

まあね、その場の空気を読むとか、他人の反応を観察するとかは、社会人にとっては必須技能だからね。相手をよく見ていれば、何に喜ぶのか、何を嫌がるのか、それとなくわかるようになるものだし。

そうした経験の上に、人付き合いが物を言う建設業で十年以上揉まれたこの俺にとって、こうした嫌がらせはお手の物なのだ。

フェルドウェイの言動を見れば、ディアブロを苦手にしているのが一目瞭然だったからね。もしかしたら間違ってるかもと思いつつ投げかけた言葉だったが、どうやら正解だったみたいで安心したよ。

「本当に嫌なヤツだな、貴様は」

「お褒めに与り光栄ですとも」

「――チッ、せいぜい調子に乗っているがいい。ジャヒル、レオン、撤退するぞ」

フェルドウェイは俺との口論から逃げて、撤退を宣言した。

精神的勝利――というのは冗談で、実際のところ戦術的勝利である。

「ふむん。ここで決着をつけぬのか？」

「ああ。ミカエル様からの命令だ」

「――まあいい。貴様には恩があるからのう。ワシの身体も本調子ではないようだし、この場は従ってやろうぞ」

ジャヒルはベニマルを圧倒していたが、不承不承ながらも承諾している。正直言って、コイツがごねたら面倒だと思っていたので、俺としては助かった気分だ。

と、思っていたら――ベニマルがジャヒルを煽り始めた。

「フッ、逃げるのか？　もう少しで勝ち筋が見えそうだったんだが、ここで仕留めきれなかったのは俺の未熟さだな。次は勝つから、そのつもりでいるがいい」

何してくれてんのと思ったが、先に始めたのが俺なので文句も言えない。

何なのよコイツ等――という、シルビアさんの視線が痛いよね。

その気持ちはよくわかる。

俺も第三者視点なら、アホだなと思っていただろうし……。

「身の程も知らぬゴミムシめが!!　魔導大帝たる余を愚弄するならば――」

「ジャヒル、それがそのスライムの手なのだ。冷静さを奪われたら、勝てる戦いも負けてしまいかねんぞ」

ありがとう、その勘違い！

ちょっと匙加減《さじかげん》を間違っちゃってた感があったけど、そう受け取ってくれたのなら万々歳だ。

俺は初めて、フェルドウェイがいいヤツかもと思えた。これもまあ、俺の日頃の行いが良かったお陰だろうけど、こちらを必要以上に警戒させるのは成功していたみたいだね。

「ふむ……そうだな。この場は貴様の顔を立ててやる。小僧共、次はないと思え」

ジャヒルも短気そうに見えて、意外にも思慮深い様子。もうひと暴れするかもと身構えていたけど、ここは素直にフェルドウェイに従っていた。

そしてレオンは、操られているので反論しない。

意見がまとまった三名は、壊れた天井から天空へと飛び去って行ったのだった。


それを見送った俺とベニマルは、力が抜けてその場に座り込む。

喧嘩っていうのは煽った方が勝ちだと思うけど、今回は流石にやり過ぎた。次はもっと慎重にしないと、逆効果になりかねない。

そんなふうに思っていたら、ベニマルが疲労困憊《ひろうこんぱい》しながらも愚痴ってくるではないか。

「リムル様、あの状況で煽るのはヤバ過ぎでしょ！」

先に言われちゃった感が満載である。

「お前が言うなよ！　話が纏まりそうだったのにジャヒルを煽るなんて、どうしたものかと焦ったぞ！」

「いや、俺はリムル様に続いたまでですよ。主君が退かぬ構えなら、俺がイモを引く訳にはいかないでしょうが。それにまあ、あのままじゃ負けた気になりますしね」

イイ笑みを浮かべるベニマルを見て、そっちが本音だろと思う俺である。

そして、そんな俺達を呆れたようにジト目で見るシルビアさんに気付いていたが、俺とベニマルは素知らぬ顔で、何事もなかったかのように振る舞うのだった。

●

ランガから逃亡したヴェガだが、自分が負けたとは考えていない。

反省しないのがヴェガの欠点なのだが、その前向きさだけは見習うべき点があるのだ。

そんなヴェガが辿り着いたのは、クマラとオルリアが戦っている戦場だった。

気配を隠して様子を窺うヴェガ。

決着は直ぐに付いた。

クマラの尾の連撃によって、オルリアが致命的なダメージを負ったのだ。しかもヴェガにとって幸運な事に、ヴェガの隠れている場所の付近まで吹き飛ばされて来たのである。

（こいつはラッキーだぜ。天が俺様に、コイツを喰えと言ってるようなもんじゃねーか！）

ヴェガは自分勝手に考える。仲間意識などあってないようなものなので、相手を助けようなどという殊勝《しゅしょう》な態度とは無縁なのだ。利用価値のない者であればなおさらである。

ヴェガは舌なめずりをして、オルリアへと忍び寄った。

「よう、いい様だな」

「ヴェ、ヴェガなの？　助かったわ、アイツ、思ったよりも強くて――」

「みてーだな。だがよ、安心しな。後はこの俺様が、ちゃんと仇を取ってやるからよ」

ヴェガにも優しいところがあったのかと、オルリアはそう思った――のだが、それが勘違いだったのだと、直後に激痛を感じた事で強制的に悟らされた。

優しく触れたヴェガの手が、オルリアの肌を焼く。そしてそのまま侵蝕を開始して、オルリアを喰い始めたのだ。

「ギャア、な、何をするの――」

「お前の〝魂〟ごと喰らってやるから、その権能も俺に寄越せや。そうすりゃよう、あんな雑魚共なんて簡単に片付けられるだろうぜィ」

「そんな真似、ミカエル様がお許しになるわけ――」

「うるせーよ！　この世はよう、弱肉強食なんだぜ？　ミカエルの野郎もよ、この俺がもっと強くなる方が喜ぶに決まってらあ！」

そう叫び、ヴェガが下品に笑う。そしてそのまま、苦しむオルリアに情けをかける事もせず、侵蝕を加速させた。

それはやがて首筋へと至り、グチャリと、オルリアを噛み殺したのだった。

「まさに、鬼畜の所業……醜いでありんすね」

「俺にとっちゃよう、それは誉め言葉だぜ」

事実、オルリアを、仲間を食すという、他者から見たら非道極まりない残虐行為であったとしても、ヴェガにとっては生命維持の為の自然な行為なのだ。本能に従い、究極能力《アルティメットスキル》『邪龍之王《アジ・ダハーカ》』を使いこなしていく。

その結果、オルリアは『有機支配』によって完全に分解されて、ヴェガの血肉となっていった。

「いいね、いいねえ！　この力、ますます自分が強くなったと実感出来るぜィ！」

ヴェガは有頂天になりつつ、オルリアから受け継いだ権能を試してみた。

取り込んだ神話級《ゴッズ》——青龍槍《せいりゅうそう》を『金属操作』で作り変えていた全身を覆う異質な鎧が、血色に輝いた。そしてその両手両足、肘や膝にまで、獣の牙や爪の如き武装が生じたのである。

ヴェガの魔人形態が、更に禍々しく進化した瞬間だった。

そんなヴェガを目の当たりにしたクマラだが、最初から警戒心を最大限働かせていた。オルリアにトドメを刺さずに投げ出してしまったのも、粘つく視線を感じて手元が狂ったからである。

それほどまでに、ヴェガの禍々しい気配は隠しきれていなかったのだ。

結果的には、オルリアは死んだもののヴェガが強化されてしまった。この場に来た時点では手負いだった様子なので、完全にクマラの失態だと言えそうだ。

（失敗したでありんすね。重要なのは、数より質。敵を強化させてしまうなど、リムル様に顔向け出来ませんせん）

内心で冷や汗を流しながらも、クマラはどう挽回すればいいのか思考する。

カリオン、そしてフレイと、続けて敗北を経験しただけに、クマラは自分の力を過信していない。この場でヴェガを仕留められるのが一番いいのだが、どうやら自分の手に余ると理解していた。

強者と出会った際には、相手の力量を見極めなければならない。それに失敗すると、待つのは敗北――即ち、死であった。

それは断じて許されぬと、クマラは心から理解している。死のない迷宮から外に出してもらえたのだから、間違っても自分が殺されるような失態だけは避けねばならない、と。

そんな訳で、ヴェガを強化してしまった件には忸怩《じくじ》たる思いがあるものの、それを引きずってより大きな失態を招く事態だけは避けられたのだ。

ほんの一瞬の差が明暗をわけた。

もしもクマラが短気を起こしてヴェガに仕掛けていたならば、返り討ちにあって捕食されていたに違いない。だが、クマラが様子見に徹した事で、この場に第三者の介入を許す事になったのである。

「撤退命令が出ました。ヴェガ、戦闘はここまでです」

その場に突如出現した人物が、攻撃態勢になっていたヴェガを制止した。

その人物とは、静観に徹していた古城舞衣《マイ・フルキ》だ。

フェルドウェイから全員を回収するよう命令が下り、オルリアの位置座標へと『瞬間移動』したのである。しかしその場に彼女はおらず、奇しくもヴェガの暴走を止める形になったのだった。

ヴェガは大人しく従った。大きな力を得たばかりであり、これ以上のエサを得ても吸収しきれないと、本能的に理解していたからだ。

こうしてクマラの危機は去り、この場での戦闘は終了したのだった。

ヴェガを回収したマイが向かった先では、まさにアリオスが死にかけていた。ソウエイによって心臓を破壊され、アリオスの敗北が決定していたのだ。

もっとも、〝妖天《ようてん》〟となったアリオス達ならば、心臓がなくても死にはしない。心臓が流すのは血液ではなく、魔力や神霊力と呼ばれる力の源なのだから。

熟練すれば、意のままに力を操れるようになるのである。

ただし、心臓がなければ大きな力を発揮出来ないので、危機的状況なのは間違いないのだが。

アリオスの場合は、人間だった頃の名残も抜け切れておらず、致命的な弱体化を招いていた。

このままではトドメを刺されて、死は免れなかっただろう。

「何者だ？」

気配を感じて咄嗟に飛び退いたソウエイが、マイに向けて誰何《すいか》した。

答えたのはヴェガだ。

「俺様の名は、ヴェガ。木っ端の雑魚に名乗ってやったんだ、感謝して覚えておくがいいさ」

それを聞いてソウエイは、表情が抜け落ちるかと思った。

実はソウエイ、自分がキレやすいのを自覚している。

しかし隠密としてそれは減点要素なので、頭と心を切り離して怒りをエネルギーに変える手段を身に付けているのだ。

常ならば、怒りつつも冷笑を浮かべて、冷静に敵を嬲《なぶ》るのだが、今回はそれも難しそうだった。一目見ただけでソウエイは、ヴェガが異常なまでに強くなっているのを理解したからである。

（コイツは……〝三巨頭《ケルベロス》〟の頭《ボス》の一人、〝力〟のヴェガだったはず。以前までの調査結果と大きく食い違っているが、この短期間で何があった？）

この世界では、何かのキッカケで別人の如く力が増す事がある。

ソウエイ達の主であるリムルもまた、魔王化や〝竜種〟化といった超強化を経験している身なのである。故にソウエイも、そうした事例そのものには理解があった。

だがしかし、だからと言って素直に頷けるものではないのだ。ヴェガの身に何が起きているのか、それについては疑問を解消しておく必要があるとソウエイは考えたのである。

しかしながら、その機会は失われた。

マイが無駄口を叩くのを良しとせず、アッサリとその場から撤退してしまったからである。

「……あの女、気配もなく出現し、何の前触れもなく消え失せるとは、ヴェガ以上に厄介な相手かも知れんな」

と、思わず呟くソウエイ。

それに同意して頷くのはカーンだ。

「アレはおそらく『瞬間移動』だな。魔法にしろスキルにしろ、空間を越えるには前段階が必要となる。それを無視して痕跡も残さず、その場から瞬時に跳べるとなると、原初の御方々でさえ不可能だったはず。理論上は可能とされているが、まだ誰も実現した事のない幻の御業だな」

ソウエイの下まで歩み寄りながら、マイが何をしたのか推論を述べた。

満身創痍でありながらも、カーンの態度は堂々たるものだった。魔界の大悪魔として、ソウエイの助力に感謝の言葉を続けている。

オキシアンもやって来て、カーンと同様礼を述べた。

「礼には及ばん。俺はただ、リムル様の命に従っただけだからな」

二人に感謝されても、ソウエイとしては不満顔だ。

敵を取り逃がすというのは、ソウエイにとっては大きな失点だからである。

「——それに、あのアリオスという男を始末し損ねた。これで、敵には俺達の情報が流れてしまったと考えねばならんし、次はもっと苦戦する事になる。生き残るという戦術目標は達成したが、喜んでばかりはいられんだろうさ」

ソウエイがいつものように淡々と応じると、カーンとオキシアンが顔を見合わせた。二人からすれば、この場を生き残れただけでも恩の字なのだ。

もっとも、ソウエイには決して余裕などなかったので、次を警戒して当然なのだった。

ともかく、敵の情報を得たのは自分達も同じなのだ。それを元に今後についての戦略を見直す必要があると、失敗を反省しつつも思考を切り替えるソウエイなのだった。

戦闘は終結した。

城外で戦っていた勢力も、フェルドウェイの撤退と同時に矛を収め、その場から去って行ったのである。

ってな訳で、俺達は無事だった会議室に集合していた。

途中参戦した俺とベニマル、それにソウエイ。ついでにディアブロ。

レオン勢力の騎士団長達。

そして、ギィと悪魔達。

謎の助っ人、エルメシアの母だというシルビアさんも参加だ。

忘れてはならないのが、今回の重要参考人である元魔王カザリームことカガリ女史。ギリギリのタイミングで隔離に成功したので、大した怪我もなく無事だったのだ。

ただし、カガリを庇っていたティアの方は大怪我を負っていた。回復薬でも治癒しなかったので、現在は病室にて、回復を得意とする白騎士団団長のメーテルさんが、付きっきりで看病しているとのこと。

究極の権能を乗せた攻撃には、本人の意思で打ち克つしかない。ティアの快復を祈るばかりだった。

とまあ、ティアについても気にはなるが、俺に出来る事は少ない。今大事なのは今後についてなので、こうして俺達は集まったという訳だ。

各人から報告し合って、敵についての情報を共有する。その上で、今後の戦略を見直すのが目的であった。

目が合うなり、俺に絡んできたヤツがいる。

「リムル君――」

ギィだ。

戦場で無視したのを恨まれてそうだし、間違いなく苦情だと思われるので、ここはスルースキルを全開にして誤魔化そう。

「テメエ、さっきはよくも無視してくれたな」

「い、嫌だな！　無視って、何の話かサッパリ」

「オレと目が合っただろうが！」

「ぜ、全然気付かなかったわ。それよりもさ、みんな無事で良かったよね！」

「おい、話を逸らすんじゃねーよ。それによ、レオンが連れ去られちまったんだから、みんな無事って事はねーだろうが！」

ですよね。

でもまあ、それについては織り込み済みではありますし？

「まあまあ、レオンについては予定通りだろ」

「テメエの言ってたアノ案かよ。問題を先送りにしただけとしか思えねーが、本当に大丈夫なんだろうな？」

「多分……」

ギィから思いっきり睨まれた。

実はレオンに関してだが、事前に策を考えていたのである。

シエルさんが提案してくれたように、レオンを『捕食』して〝支配回路〟そのものを破壊するのが確実な対抗手段だった。

俺がそれをしなかったのは、レオンを信じていたから——ではなく、生理的になんかイヤだったというのが大きな理由だ。

というのは冗談……でもないのだが、本当の理由は別にあった。

まず一つ目が、下手にミカエルを警戒させない為だ。

ここでレオンを放置しておく事で、ミカエルのヤツに、俺達には対抗手段などないと思わせたかったのである。

そして二つ目だが、こっちはあわよくばという作戦だ。

「でもさ、相談した時にお前だって賛成しただろ？敵の支配下にあるレオンが攻めて来てから正気に戻したら、戦力差を一気にひっくり返せるって」

「まあな。レオンが無事ならという前提があるが、その作戦が合理的なのは認めるぜ。レオンが攻めて来た地点にお前が出向けば、それだけでこっちが有利になるだろうよ」

という感じの思惑だったのだ。

問題の先送りというのはその通りだし、果たして都合良く俺が出向けるかどうかという問題も残っちゃいるが、これが上手く行けば容易く敵の一角を崩せるって寸法だった。

　どれだけの軍勢がいようとも、レオン級の戦力が敵と味方で入れ替わるならば、その戦いは勝ったも同然になるだろう。シエルさんからそう提言された時点で、俺の腹も決まったのだった。

　何にせよ、賽は投げられたのだ。

　レオンが連れ去られてしまった以上、作戦の成功を信じて行動するしかないのである。

「あの、レオン様は大丈夫なのでしょうか？」

と、アルロスが問いかけてきたので、俺は大きく頷いておいた。

「解放する手段はあるから、心配しないでくれ」

　いきなり処刑されたりとかしたら最悪だが、ミカエルだって、流石にそんな意味不明な真似はしないと思う。だから俺も、シエルさんの計画を承認したのだ。

「どちらにせよ、我等には打つ手がなかった。リムル陛下を信じるとしましょう。それで、これからの方針ですな」

　クロードさんがそう言って、その場を仕切り直す。


　ギィはまだ不満そうだが、これで話を逸らすという目的は達成——

「レオンについてはいいとして、だ。リムル君さあ、さっきオレと目が合ったよな？」

　くっそ、コイツ……しっかりと根に持っていやがった。

「えっと、何のお話ですかね……？」

「しらばっくれるんじゃねーよ！　テメエ、オレがヴェルザードを相手に苦労してたってのに、手伝う素振りすら見せずに逃げやがって！」

「逃げたんじゃない。俺はさあ、お前を信じてたんだよ！」

「はあ？　相変わらず、口だけは上手い野郎だぜ。大体、テメエがさっさと救援に来てりゃあ、こっちは苦労せずに済んだんだよ！」

　ちょっと待て、それについては俺のせいじゃないでしょうよ。

「おいおい、連絡もせずに何を言ってんだ？　こっちはちゃんと警戒してだな、可能な限り速やかに対応してるんですけど？」

「はあん？　その為の〝転移用魔法陣〟だったんじゃねーのか！」

「発動しなかったんだよ！　って言うかさ、この指輪があればどんな状況でも通話可能だったんじゃないんですかね？」

そう、魔王になった時に貰った魔王の指輪《デモンズリング》ならば、あらゆる状況下で連絡が取れると聞いていたんだよ。

それなのに、ギィからもレオンからも連絡はなかったのだ。

ディーノが教えてくれなければ、さらに対応が遅れていたかも知れないのである。そこんとこ、もっと評価してもらいたいものだ。

「ああ、それな。その指輪はヴェルザードが作ったもんでよ、アイツなら簡単に妨害出来るんだわ。スマンな、オレも忘れてた」

ええと、そう堂々と言われてしまうと、俺としても返事に困るんだが……。

「えっと、うん。じゃあまあ、今回はお互い様ってことにしますか」

「そうだな。オレ達の間にわだかまりが残るのも問題だし、今回はこのへんで喧嘩は止めにしとこうぜ」

そういう事になった。

ちょっと釈然としない点もあるが、正直言ってこれ以上揉めるのも面倒だし。ここは俺が大人になっておくとしよう。

それはそれとして、だ。

「で、この人達はどうして正座してるのかな？」

俺が視線で示した先にいるのは、レインとミザリーである。

何故かその部屋に招かれた時から、床に正座させられていたのだ。

ちなみに、レオンの城は石造りだから、床も大理石が敷き詰められている。畳の上でもしんどいのだから、こんなところで正座するのはかなりの苦行だと思われた。

「ああ、ソイツ等な。聞きたいか？」

聞きたいか、と問われると困ってしまうね。

何だかギィの目つきもヤバイし、巻き込まれるのは勘弁って感じだし。

「あ、別に興味ないし――」

「実はよ、このボンクラ共、オレ達が必死に戦ってる最中に酒盛りして楽しんでたんだわ。オレもちょっとカチンときちまってよ、どうしたもんかと思案中なのさ」

ああ、そういう――って、興味ないって言ってんのに、ギィの方が愚痴りたいんじゃねーか。

というか、マジでそんな真似を？

「本当なのか？」

俺はギィではなく、レイン達にこそっと聞いてみた。

すると、ミザリーは遠い目になって無言のままだったのだが、レインが涙目で訴えかけてきた。

「違うのです。悲しい誤解なのですよ、リムル様」

俺はそれを聞いてピンッときたね。

これ、誤解じゃないな、ってね。

「聞くな。耳が汚れるぞ」

「了解。時間もないし、さっさと情報交換といこうじゃないか」

俺はギィの言葉に飛びついた。

俺達の会話を見守ってくれていた他の面々も、この件については無言を貫く様子。ディアブロだけが呆れたように頭を振っていたけど、口を挟むつもりはないようだ。

という訳で、シクシクと泣き真似をするレインと達観した様子のミザリーを放置して、本題に入る事にしたのだった。

＊

さて、皆の意見を順番に聞いていく。

途中で余計な一幕もあったが、報告は順調に行われていった。

ちなみに、余計な一幕というのはカーンとミソラが報告する際のやり取りだ。

順番となりカーンとオキシアンが立ち上がったのだが、そこでカーンが皆に向かって断りを入れてから、ギィに頭を下げて願い事を口にしたのだ。

「本来であれば、我等が主上たる赤の王《ルージュ》に口上を述べるなど、許されざる大罪であると理解しております。ですが何卒、お聞き届け願いたく――」

とても真摯なその態度に、ギィが発言を許した。

それを受けて、「我が主たるミザリー様の咎を、どうかお許し願えませんでしょうか」と、カーンが奏上したのである。

これには俺も納得した。

話し合いの最中も、ずっと正座状態が続けられていたし。悪魔だから大丈夫なのかも知れないけど、もうそろそろ解放してあげた方がいいんじゃないのかと気になっていたのだ。

が、ここで激昂したのはギィではなく、罰を受けている当人のミザリーだ。

「カーン！　この痴れ者が。許しもなく――」

正座中なのに凄い迫力で、カーンを叱責しようとしたのだ。

それを止めたのはギィだった。

「まあ待てよ。オレに向かって口を利けるようになるなんざ、カーンも成長したじゃねーか。いいぜ。今回はその功に免じて、ミザリーを許してやらあ」

その言葉通り、ギィはミザリーを許し、皆に飲み物を用意するよう命じたのだった。

ここまでだったら良かったのだが、問題はその後に起きた。

お察しの通り、まだ正座を継続中だったレインがやらかしたのである。

今度はミソラが立ち上がって発言する番となったのだが、そこでカーンと同様、彼女の主であるレインの解放を望んだのだ。

しかし、ギィがそれを許さなかった。

二番煎じだからダメとか、そんなケチな理由ではなさそうだった。

俺も場の空気を読むのを得意としているので、ギィがイラついているのを察していた。ミソラもそれに気付いたのか、ダメだと言われてアッサリと引き下がったのである。

引き際を心得ているのは有能の証だ。ミソラってレインの部下らしくもなく、かなり出来る人だなと思ったものだ。

ところが。

いるんだよね、空気を読めないヤツって。

「どうしてなの、ミソラ⁉　貴女の方がカーンより優秀なのに、どうしてそんなに簡単に諦めてしまうの？　もっと頑張って私を助けて！　ミザリーは解放されたっていうのに、どうして私だけが正座続行なのですか？納得がいきません‼」

とまあ、喚く喚く。

俺は確信したね。やっぱりレインって、ワガママ放題の末っ子属性だと。

そんなレインに、ミソラが諭すように告げた。

「諦めて下さい。それ以上罪を重ねると――」

そこまで言われてようやく、レインも冷静になれたようだ。

チラッとギィに視線を向けて、自分がヤバイ立場に立たされているのを理解した様子。


「お前はよう、もう少し心から反省すべきだぜ。そもそも、何が悪かったのか理解してるか？」

「はい？」

ギィから問われて、キョトンとした表情で首を傾げるレイン。可愛いけど、本性を見抜いてしまった今となっては、あざとさしか感じられなかった。

ギィが心底から疲れた表情で、レインに告げる。

「こんな事をしてる場合じゃねーんだが、お前の悪事を見逃してると、オレが迷惑するからよ。あのカマクラん中に転がってた空き瓶だが、滅多に出回らないような高級酒だったよな？　どうやって調達したんだ？盗んだ訳じゃなさそうだし、また配下からカツアゲでもしやがったか？」

えっと、そんな真似までしてたんじゃ、完全に悪い子じゃん。

というか、悪魔がカツアゲって、どうよそれ？

そんなショボイ犯罪に手を染めなくても、お金に困りそうなイメージはないんだけど……。

そんなふうに考え込んでいると、見てられなくなったのかミソラが口を挟んだ。

「奏上しても宜しいでしょうか？」

「許す」

ギィから許可をもらい、ミソラがレインを擁護する。

「我等が主も、流石にそこまで姑息ではありません」

「こ、姑息って……」

レインが何か言いかけたが、全員からスルーされている。日頃の行いって大事だな、と思わされる出来事だった。

「最低限の筋は通す御方ですので、その点だけは信じて頂ければと」

「ふむ」

「そもそも、レイン様が必要としていたのはお金ではないのです」

「む？　それじゃあ、コイツはどうやって――」

レインの言葉には耳を貸さないのに、ミソラの訴えは真面目に取り合っている。そういう姿を見ると、ギィって意外にまともだよなという感想を抱いてしまうのだ。


ここで不思議な事が起きた。

「まあまあ、もういいではありませんか。これからについて大事な話の途中ですし、レインの処罰など取るに足らぬ事でしょう」

と、ディアブロがレインの肩を持ったのである。

それはあからさまに不自然過ぎて、俺だけではなくギィまでディアブロを凝視している。

「やはり信じられるのはディアブロですね！」

レインがキラキラと目を輝かせて、感激したようにそう口にしているが、他の者達は困惑しきりだった。

何かある。

俺の勘がそう告げていた。

「怪しいな」

ギィも同意見だったようで、そう呟いている。

「ディアブロ、隠し事はよくないよ？」

「クフ、クフフフフ。リムル様、私はリムル様に対して、何も隠してなどおりませんとも。ただ、その者が哀れに思えたもので、少しばかり手を差し伸べてやろうと考えたまで」

いやいやいや、お前ってそういう性格じゃないじゃん――と、思わず口に出しかけたが、グッと我慢して呑み込んだ。

その代わりに、ジッと見つめてやった。こういう時はコレが効果抜群なのである。

するとと案の定、ディアブロが目を泳がせ始めたではないか。

悪魔の癖にメンタルが弱いヤツだと思っていたが、やっぱりだった。直ぐに狼狽《うろた》えて、真実を口にしたのである。

「いえ、その高級酒ですが、実は私がレインにプレゼントしたものでして……」

「はあ？」

「おかしいじゃねえか。いくら協定を結んだからって、ちょっと前まではいがみ合っていたテメエが、何でレインに物を贈ったりするんだ？」

まったくその通りだ。

まあ、ディアブロが簡単に口を割った理由はわかったけど。

呑み終えた酒瓶という物証が残っているのなら、直ぐに流通ルートは割り出せるからね。ここにはソウエイもいるし、しらばっくれるのは無理と判断したのだろう。

それはいいとして、問題は犯人《レイン》との関係性だな。

ギィとディアブロが口論を始めたのを他所に、俺はソウエイに目配せした。すると心得たもので、速やかに証拠品を確保してくれる。

魔黒米《まこくまい》で作った甘酒に、日本酒モドキ、黒清酒と、どんどん度数が高くなる品々の空き瓶が並べられていくのを見ると、生産量が少ない試作段階のものまであった。

こんなもん、市場に出回っていないのだから、金を積んでも買える訳がない。我が国でしか入手不可能だし、ソウエイじゃなくても犯人を特定するのは余裕だろう。

というか、さあ……。

「えっと、さっき酒盛りしてたって言ってたけど、こんなに飲んでたの？」

「そうだぜ。オレがキレるのも当然だろ？　テメエからも何とか言ってやってくれや、リムル」

いやあ、そりゃあ怒るわ。

「嘘だろ⁉　みんなが仕事してる時に、自分達だけ……？」

俺がギィに同情する事になるとは思わなかったが、部下の後始末は上司の役目だしな。正座だけで済ませているなんて、ギィにしては寛容な方だと思えるほどだ。

それなのに、レインが言い訳を口にする。

「違うのです。これは、高度な心理戦に必要なアイテムでして、決して自分達だけで楽しもうとしていた訳ではないのです!!」

「心理戦？」

「そうですとも。私は、ピコやガラシャの口を割らせる為に、この品々を苦心して手に入れていたのです。むしろ、褒めてもらっても差支えないかと！」

凄いな、この子。この状況で、飽く迄も自分の成果だと主張するなんて……。

やっぱ原初の悪魔だけあって、生半可な精神力をしてないわ。

ディアブロも、敗北を認めなければ負けていないという理屈を支持しているようだし、根っこの部分では似た者同士って感じがするよ。

「で、ディアブロ。俺も気になってるんだが、これってポイントで購入出来るヤツだろ？　お前がこれを、レインに無料《ただ》でプレゼントするとは思えないんだが、どういう契約を交わしたのかな？」

レインの主張を判断するのはギィに任せて、俺は俺でディアブロの関与を追及する。

「そ、それはですね……」

俺に対して嘘は吐けないと思っているようで、言葉を濁しているのだが、それも長くは続かなかった。何しろ、この場にはソウエイもいたのである。

「さっさと吐け」

というソウエイの一言で、ディアブロも観念した。

レインから絵画を融通してもらう見返りに、件の品々を横流ししていたと告白したのだった。

「そうか、俺の絵を流通させていた正体不明の画家って、レインだったのか……」

「道理で……」

そりゃ、足取りがつかめない訳だ。

けどまあ、ディアブロが共犯かも知れないという、最悪の想像はハズレていたみたいだね。物品の提供だけなら、正規の手続きを踏んだ行為なので責められないし。

もっとも、俺の似顔絵を放置するつもりはないので、そこはソウエイに手を打たせておいた。

「御安心を。既にソーカに命じて、ディアブロの部屋へ家宅捜索を行わせていますので」

「それはちょっとやり過ぎじゃない？」

「いいえ。肖像権を侵害していますし、そこまでして当然の大罪です。既に捜査令状の発行も完了しておりますので、何ら問題ありません」

仕事、早ッ！

流石はソウエイとしか言いようがない。

ディアブロがショックで崩れ落ちているけど、それは見なかった事にしておいたのだった。

＊

俺とソウエイが一つの謎を解き明かしていた頃、レインがギィに対する釈明を終えていた。これがまた腹立たしい事に、本当に有用な情報だったので驚きである。

敵本拠地が何処に在るのかや、集った戦力についてのあらまし等々。どこまで信用していいのか未知数ではあるものの、かなり役立つ情報を聞き出していたようだ。

何よりも、最後に語られた情報が重要だった。

適当に話を聞き流していた俺でさえ、レインに向き直ったほどなのだ。

「──そんな感じで、私は彼女達から情報を聞き出したのです！　そうしたら、戦闘が終わった気配がしまして、ピコも『あ、フェルドウェイから連絡きた。もう帰るってさ』とのたまうものですから、女子会──

じゃなくて尋問を終了させたのです！」

本音が見え隠れしていたのは措いておいて、レインの話は無視出来ない内容だった。

重要なのはピコ達の反応なのだ。

ミカエルによる完全支配が行われた結果、レオンも敵方に降った訳だ。ディアブロからの報告でも、ザラリオが途中で支配されてしまったのが確認されていた。

それなのに、ピコとガラシャには支配が及んでいなかったらしい。そうでなければ、最後まで女子会とやらを楽しんでいた説明がつかないのである。

となると、ここで一つの解答が導き出された。

ミカエルの支配とやらは、隔離状態では効果を及ぼさないのではあるまいか、と。

これは、かなり確度の高い情報である。

多分だが、視認にせよ『魔力感知』にせよ、対象を認識して初めて効果を発揮するのだろう。となれば、支配されている者がミカエルの支配圏から離脱した場合、被支配が成立しているかどうかを認識出来ない可能性が高いのだ。

定期的に『思念伝達』などで命令を発して、それが適切に行われるかどうかを確認していれば、そうした疑惑を抱く事はないのかも知れない。

しかし、ミカエルのいない戦場で、レオンをコッソリと解放したならば――それが敵方に把握される前に、趨勢《すうせい》を決する事が出来そうだった。

俺がチラリとギィを見ると、ギィも俺に視線を向けていた。

「レインの功績は高いと思う」

俺がそう言うと、ギィも渋々ながら頷く。

「だな。コイツはボンクラで、肝心な時は役立たずなんだが、思いもしない働きを見せるんだ。認めたくはないが、今回もソレだな」

俺も認めたくはないが、世の中には要領のいい者がいる。遊んでいるように見えても、ちゃんと成果を出すタイプが。

いわゆる天才肌と呼ばれる人種だが、こうした者達の仕事ぶりを認めるのは、上に立つ者の度量が問われるんだよね。

人の功績を奪うようなら問題だが、そうでないのならちゃんと評価すべきなのだ。

俺達の会話を聞いていたレインだが、助かりそうだと気付いたのか目が潤んでいる。

俺へ向けた感謝の念まで感じられた。

流石はリムル様——と、心の声が聞こえてきそうなほどだ。

いや、思いっきり口にしていた。

「やはり、リムル様ならば本当の私を理解して下さると思っておりました。リムル様、今後何か御用が御座いましたら、どうか私にお申し付け下さいませ！」

そんなキリッとした顔で言われても、正座しているから台無しだ。そういうトコがダメなんだよ。

ひょっとしなくてもレインは残念な子なのだと、俺はそう再認識してしまった。

「そんなふうに調子がいいから、ギィを怒らせるんだぞ。君はもっと反省した方がいい」

思わず心からの忠告をしてしまった程である。

ただまあ、功績は功績として認めねばなるまい。

レインの行為は褒められたものではなかったが、ちゃんと結果は出している。ならば、これ以上の罰は必要ないだろう。

「信賞必罰《しんしょうひつばつ》というし、もう許してあげてもいいんじゃないか？」

「そうだな。今回はこのくらいで許してやるか」

俺はギィと頷き合った。

こうして、レインの放免が決まったのである。

正座から解放されて、レインはミソラ達に祝福されていた。

そんなレインに、紅茶を運んできたミザリーが呆れたように声をかける。

「貴女がやれば出来る子なのは認めますから、普段の態度をもう少し改めて欲しいわ」

それを聞いて、レインは誇らし気だ。

「ふふふ。どうですか、ミソラ？　ミザリーからも褒められてしまいましたよ。私のように出来る女は、隠そうとしても有能さが溢れ出てしまうものなのです」

そのやり取りを聞いていた俺は思ったね。

この子、アカン娘や――ってね。

ギィも同意見だった様子。

「〝やれば出来る子〟ってのは、誉め言葉じゃないんだぜ？」

と、重々しく吐き捨てていた。

初見どころか最近まで優秀なメイドさんだと思っていたのに、ギィを呆れさせるなんてとんだ大物だったんだな……。

そんな感じで諦め加減の俺達を他所に、レインと彼女の部下達は大いに盛り上がっていた。

「流石です、レイン様！」

ミソラって子も、どうして煽ててしまうのか。

そんなだから、レインが調子に乗ってしまうのである。

既視感があると思ったら、アレだ。

ラミリスに対するトレイニーさんと同じなんだ。

そうやって甘やかすから、残念な子に育ってしまったんだろうな。

レインについてはかなり手遅れ感があるので、今から再教育しても矯正は難しそうだ。なのでせめて、ラミリスだけはレインのようにならないように、ちゃんと教育しようと思ったのだった。

＊

さてさて、思わぬ脱線をしてしまったが、話のすり合わせ自体は順調に行われた。

なので、敵の情勢について判明した内容を纏めてみる。

ユウキの仲間だったはずのヴェガだが、力を得てえらく増長していたようだ。ミソラ達が危機一髪という状況でランガが介入し、どうにか撃退したそうである。

しかし、クマラが倒したオルリアと名乗る敵を喰らい、急速に怪我を治癒して戦闘能力まで向上させたとのこと。

正確な数値は不明だが、存在値だけを比較するならランガやクマラよりも強そうだな。

強者には媚びて弱者には威圧的という、絵に描いたような下種い性格をしているらしい。しかし、生存本能は優れているようで、何のかんのといってここまで生き延び、大きな力を手にした訳だ。

実に面倒そうな相手だというのが、俺が抱いた感想なのだった。

ちなみに、オルリアとやらは自らの権能で神話級装《ゴッズ》備を創り出せたらしい。ヴェルグリンドとは違って具象化させているだけっぽいのだが、ヴェガに喰われても武器が消えたりはしていなかったそうだ。

レオン配下の騎士団長であるフランとキゾナの証言だったのだが、クマラにも確認したので間違いないと思う。

つまり、ヴェガにも『武器創造』の権能が引き継がれたと見るべきだろう。こういうタイプは放置しておくと危険度が増すので、早急な対応が望ましいと思った。

俺自身も似たようなものなので、これについては実感を伴う感想なのだった。


ソウエイが不意討ちで倒したのは、アリオスと名乗る戦士だったとのこと。しかし残念ながら、トドメを刺す前に逃げられてしまったらしい。

ソウエイにしては珍しい失態なのだが、話を聞けば仕方ないと思われた。

何しろ敵側に『瞬間移動』の使い手がいたからだ。

これについては、カーンからも証言が取れている。

魔法ではなくスキルだった、と。

予備動作なしに空間を跳べるとなると、その強さを数値で計れなくなるから厄介だ。

その権能を熟練されてしまえばこちらが不覚を取りかねないし、敵方にそんな相手がいると事前に判明しただけ、大きな収穫だったと言えそうだ。

古城舞衣《マイ・フルキ》という名前の少女だったとの事だが、今後は彼女の権能も織り込んで戦略を練り直す必要がありそうだった。

と、ここまでの四名は敵の中では弱い方だったのだが、それなのに曲者ぞろいなのだから頭が痛い。

レイン達が酒盛りした相手であるピコやガラシャの

ように、乗り気じゃないけど従っている者達もいたようだが、これもミカエルの〝天使長の支配《アルティメットドミニオン》〟によって完全に敵になってしまったと思われるし、これをどう解除するのかが今後の鍵となりそうだ。

まあ、シエルさんならば何とかしてくれそうだけど、解除にはそれなりの手続きが必要となる。本人の意思で打ち破れる可能性もあるから、敵の見極めは慎重に行わねばならないだろう。

そして、ここからが敵の本命。

ヴェルザード、ザラリオ、フェルドウェイである。

コイツ等はもう、脅威以外の言葉がなかった。

フェルドウェイは実際に戦ってみたので、その強さは身に染みて理解した。どうも本気を出していなかった様子だし、マジでディアブロに任せるのが吉だと思う。

という事で、フェルドウェイについては後回し。

「ところでギィさん、ヴェルザードさんは大丈夫そうなのかな?」

「テメエ、助けにも来ず、他人事みたいに言いやがって……」

「いやいやいや、そこは痴話喧嘩っぽかったし、第三者はお呼びじゃないかなって」

「ふざけんな!」

〝夫婦喧嘩は犬も食わない〟ってね!

これを言ったらマジギレされそうだから、心の中で突っ込んでおいた。

そんな感じにほのぼのとやり取りしつつ本音を伺うと、ギィはウンザリしたように答えてくれた。

「ありゃあ、正気を失ってはねーな。鬱憤が溜まってる感じで、オレへの嫌がらせが主目的なんだろうぜ」

この国が消滅しないように、ギィとしてもかなり必死だったみたい。

「本来なら『異空間』を創ってそっちで戦うんだが、流石のオレでもヴェルザードは御しきれねえ。ヤツが同意したならともかく、オレの都合を押し付けるのは無理があるからな」

なるほど、魔王達の宴《ワルプルギス》の時に使ってたような『結界』なんて、ヴェルザードをどうこう出来るとは思えないもんな。もっと強力な術があるんだろうけど、それでも難しいというのがギィの判断みたいだね。

「となると、ギィさんの役目は大変だな」

「オイ、待てよ――」

「我々ではとても手に負えそうもないし、ここは一つ、ギィさんの恰好良いトコを見せてもらおうじゃないか！」

ギィが何か言いかけたが、それを無視して話を進めた。そうしなければ、確実に巻き込まれると本能が告げていたからだ。

その甲斐あって、恨めしそうに俺を睨みながらも、ギィは納得してくれた様子である。俺はそれを見て安堵しつつ、次の敵について思考を切り替えた。

「で、ディアブロ。ザラリオはどうだったの？」

「クフフフフ、正直に申しまして、ザラリオは強敵です。単純な強さだけを比べれば、フェルドウェイよりも上ではないかと」

「マジで？」

「ええ。フェルドウェイは煽れば乗ってきますが、ザラリオは冷徹な武人肌でして。心理戦など通用しないのです。実に面白味のない相手とも言えますが、だからこそ、実力勝負にならざるを得ないのですよ」

これにギィも同意する。

「ああ。ザラリオはコルヌなんかと違って、昔っから強かったもんな。〝滅界竜《めっかいりゅう》〟イヴァラージェとの戦いでも、アイツはかなり役立っていたぜ」

なるほど。番狂わせが起きにくい、堅実な相手って事だな。心を乱されないヤツが強いってのは、どんな世界でも共通認識って事なのだろう。

負け戦になりかけただけで直ぐに逃げ出すようでは、どれだけ実力があっても脅威ではない。逆に、どんな苦境でも諦めないような相手は、最後まで油断出来ないから厄介なのだ。

そういう意味では、コルヌというのが前者で、ザラリオが後者という感じだったのだと。

特にコルヌの場合、副官に一人優秀な者がいたらしく、ギィとしてはそっちの方に目をかけていたくらいなのだそうだ。

今となってはコルヌ勢は全滅したので、ここで語っても意味はないのだけど。

ともかく、ザラリオが脅威なのは十分に伝わってきた。

と、ここでディアブロが面白い事を言い始める。

「ですが、フェルドウェイが再び現れた直後から、ヤツの動きが単調になりましてね。どうやら何かあったのではないか、と」

不審に思ったディアブロは、警戒しつつ様子見をしていたそうだ。その結果、それが罠ではなく何らかの異変なのだろうと判断したらしい。

気になるのは、フェルドウェイが動いた直後という情報だな。

そもそも、フェルドウェイの目的は何だったのか？

「カガリ達の戦いにも参戦しなかったんだよね？」

「はい、その通りですわ。フェルドウェイの姿を目にした途端、ワタクシはミカエルの支配下に置かれてしまいましたが、フェルドウェイ自身は様子見に徹しておりました」

それを聞いて、俺とベニマルも顔を見合わせる。

もっと早くフェルドウェイが参戦していたら、俺達は間に合わずカガリも殺されていたはずだ。

下手をすると、シルビアさんだって危なかったと思われる。

それなのに動かなかったのは不自然だし、何もするつもりがないのなら、わざわざカガリ達が戦っている場所まで出向く必要もなかったはずで……。

それではどうして動く必要があったのか？

「何か目的があったんでしょうね」

「そうだろうな。って言うか――」

「ふむ。可能性としては、あの推論が正しかった説だな」

俺が思い当たると同時に、ギィも確信を得た様子で頷いた。

認めたくはないが、どう考えてもそれしかない。

「フェルドウェイも〝天使長の支配《アルティメットドミニオン》〟を扱える、と判断するべきでしょうね」

そう口にしたのはディアブロだ。

先に言われたとばかりに、ギィは不満顔である。

「どういうコト？」

そう問うのはシルビアさんだが、カガリは思い当たる事でもあるのか考え込んでいる様子だった。少し思案した後、口を開く。

「あのう、ワタクシの意見など信じてもらえないと思いますが……」

カガリは自分が微妙な立場にいると理解しているようで、そんなふうに話を切り出した。

しかしギィが、それを真っ向から否定する。

「信じるぜ、カガリーム。だから遠慮はなしだ」

ギィは一目見ただけで、カガリが元魔王カザリームであると見抜いていた様子。それなのに、まるで気にする事なく話を聞く構えだ。

ある意味、ギィって凄い大物だなと思った瞬間だった。

「相変わらず自信家ですのね、ギィ。ワタクシはもう、魔王ではありません。ですので、ただのカガリで結構ですわ」

そう言って小さく微笑んだカガリは、とつとつと自分の考えを語り始めたのだ。

＊

カガリの話を要約すると、フェルドウェイが来るまでは自由意思があり、レオンとも内密に相談の上、裏切る算段をつけていたのだと。

綱渡りのように危ない橋を渡り終え、もう少しで〝転移用魔法陣〟に飛び込めるという段階で、フェルドウェイが姿を見せた。その直後、抗う事すら許されずに支配されてしまったとの事だった。

不運としか言いようのないタイミングの悪さである。

ユウキは自我を取り戻していたらしいので、我が国に逃げ込めていれば本当にハッピーエンドだったのだ。

もっとも、これはもしもの話になるので、今それを語っても意味がないのだけど。

ともかく、フェルドウェイと支配に密接な関係があるのは疑いようもなかった。

つまり、ディアブロの推論の信憑性が増したワケだが、それを認めるのが癪なので、否定的な可能性を提示してみる。

「問題なのは、〝天使長の支配《アルティメットドミニオン》〟の発動条件だな。ミカエルは一定の権能を譲渡出来るっぽいし、誰かの視界を通じていれば、遠方からでも発動可能なのかも知れないぞ」

俺の場合、監視魔法〝神之瞳《アルゴス》〟を通じて確認した先にまで、ある程度の権能の効果を及ぼす事が可能だった。これを駆使すれば超遠距離からの不意討ちすら出来るので、なるべく秘密にしておきたい裏技の一つなのである。

だけどまあ、自分に出来る事は他人にも可能だと考えておくべきだった。

そう考えての俺の発言だったのだが、それをギィが否定する。

「ふむん。有り得る話だが、空間系ならともかく、精神に影響を及ぼすような権能ともなると、発動条件はもっと厳しいと思うがな」

それもそうかと納得した。

何度も言うように、『空間転移』は移動先の位置座標を知る必要がある。その情報を得られるのならば、応用としてその座標周辺にも影響を及ぼせる訳だ。

または、位置座標がわかっているならば、魔法を発動させるのも簡単なのである。そう考えると、裏技とか言って喜んでいたのが虚しくなったね。

そもそも、ミカエルの〝目〟になっているのがフェルドウェイだけとは限らない訳で、それこそミカエルから権能を与えられた時点で、カガリが自由だったのが不思議なのである。

つまりは、オベーラが裏切ったからこそ、ミカエルが警戒を強めたという話なのだろう。

警戒を強めた時点で〝天使長の支配《アルティメットドミニオン》〟を発動させられるならば、フェルドウェイに頼る必要はない。しかしそうではなかったのだから、フェルドウェイがミカエルの〝目〟となっている理由があるはずなのだ。

となると……やっぱりディアブロの言うように、フェルドウェイが〝天使長の支配《アルティメットドミニオン》〟を譲渡されていた？

もしくは——

《推論ですが、ミカエルはヴェルグリンドの因子を取り込んでいます。であれば、彼女の『並列存在』を扱えるようになっていたとしても不思議ではありません》

ああ、そういう可能性もあるのか。

一定レベルなら支配能力まで貸し与えられるのではと考えていたが、全権能を複製しているとは想定外だった。しかしながら、シエルさんの意見は無視出来ないというか、今思えばミカエルを相手にしていたような錯覚さえ起こすほどだ。

そう考えれば、確かに〝天使長の支配《アルティメットドミニオン》〟を使える理由にも説明がついた。それどころか〝王宮城塞《キャッスルガード》〟まで使えたんだから、俺の攻撃が一切通用しなかったのも当然だった訳だ。

剣で受けていたのがブラフで、本当は防御の必要すらなかったということだ。奥の手を見せなくて良かったと、俺は心底ホッとする。

「確かにギィの言う通りだけどさ、ミカエルと全く同じ権能をフェルドウェイも使えるとしたら、今回の件にも説明がつくんじゃないか？」

「ほう？　ミカエルがフェルドウェイに、自分の権能を割譲していたってか？」

「いいや、違う。俺も認めたくないが、二人とも同じ権能を扱えるんじゃないかって話さ」

「は？　テメエは何を言って——いや、アレがあったか！　ヴェルグリンドの『並列存在』かよ⁉」

流石はギィだな。俺の言わんとする事を、アッサリと理解してくれた。

そのイヤ過ぎる推察に、顔をしかめる俺とギィ。

間違っていてくれたらいいなと思ったが、だからこそ、絶対に当たってそうだと思えた。

「支配されたのが全員同時じゃなかったみたいだし、その点は僥倖《ぎょうこう》だな」

支配の影響が同時に及ばないのは、ザラリオが支配されてからレオンやカガリが支配されるまで時間差があった事からも明らかだ。

また、支配の影響が及ぶ範囲だが、これも限定的であると言える。城の内と外だけの違いではなく、カマクラで外界と隔離されていたピコやガラシャも支配されるのが遅れた事が証拠だ。

カマクラの是非は措いておくとして、この情報には価値がある。何らかの手段で認識されていなければ支配が及ばないのだと、これで確定したようなものだからだ。

「ああ。レイン達がサボってやがったが、それをチャラにしてもいいほどの成果だぜ。〝支配するには直接相手を認識する必要がある〟と、ハッキリと証明された訳だからな」

ギィも俺と同じ意見だったのか、不満そうにそう口にしていた。レイン再評価の流れだが、これは確かに微妙な気分になるだろうね。

だがまあ、これで敵を正しく評価出来るというものだ。

「えっと、私、まったく話についていけないんですけどぉ……」

遠慮がちに挙手して発言したシルビアさんに、俺は簡潔に説明してあげた。

エルたんは恐ろしく頭がキレたが、シルビアさんはそうでもない様子。いや、比べる相手が悪いのかも。レオン配下の騎士団長達も、俺達の会話についてこれていないみたいだし。

そもそも、レオン配下の皆さんについては、話が別か。

頭の良し悪しは関係ないのだ。

そもそも、究極能力《アルティメットスキル》を所有していなければ、この話を理解するのは不可能だろうしね。

エルたんが天帝として国を興した事からわかる通り、そういう手腕についてはシルビアさんよりも娘の方が有していたって事なのだろう。

事実、強さではシルビアさんの方が上らしいが、洞察力や対応力が高いのはエルたんの方なのだと。政治力は言うまでもないので、キッチリと役割分担が出来ているのだそうだ。

そんな訳で、俺はシルビアさん達に説明をしつつ、自分なりに状況を整理してみた。

ミカエルが自分の権能を複製して、フェルドウェイに与えているっぽい。だから事実上、〝王宮城塞《キャッスルガード》〟を破らなければ、フェルドウェイを倒せないのだ。

そして恐らく、〝天使長の支配《アルティメットドミニオン》〟だけでなく支配系も操れるだろうから、究極所有者以外では太刀打ちすら不可能。そうなると、フェルドウェイやミカエルを相手取れる面子も限られてしまうという事になるな。

「ただまあ、悪い話ばかりじゃないな」

「ほう？」

「フェルドウェイに俺の攻撃が一切通用しなかったけど、その理由がわかってスッキリしたし。それに、ヴェルグリンドから聞いたんだけど、あの権能は権能主への忠誠心がエネルギー源となっているそうだ。ルドラが使ってた時は帝国臣民がいる限り無敵だった訳だが、フェルドウェイとは関係ないからな。対象は恐らく妖魔族《ファントム》だろうから、罪悪感が多少は薄れるかなって」

何の罪もない帝国の人達を殺すってのは、正直なところ無理だった。

いやまあ、それでも本当にそれしか手段がないのなら、少数の犠牲の上に多数の幸福があると割り切るしかなかったのだろうが……覚悟は決めたつもりだが、果たして本当にやれたかどうかは疑問が残る。ミカエル相手にはハッタリかましただけで、実際には実行出来なかったと思うのだ。

妖魔族《ファントム》なら侵略者だから、死ぬ覚悟を持って攻めて来ているのだろう。なので、こちらも全力で抗うのが礼儀というものだし、俺の良心も痛まないのである。

そういう気持ちをストレートに述べたら、ギィから呆れられた。

「ハッ！　テメエはまだ、そんな甘いコトを言ってんのかよ。まあ、らしいっちゃらしいが、考え過ぎると死ぬのは自分だぜ」

親身な忠告まで頂いちゃったけど、ギィも案外、身内には甘い性格をしていると思ったのだった。

＊

さて、ここまで主要な敵について語り合った訳だが、まだ一人残っていた。

「で、あのジャヒルって何者なんだ？」

「俺が相手をした野郎ですね。正直言って、俺もかなり強くなったと思ってましたが、あの野郎は驚くほど強かったですよ。得意属性が同じだったから、辛うじて生き残れたようなもんです」

俺が話をふると、ベニマルが食いついた。

いつもイケイケな性格をしているのに、敵であるジャヒルを褒めている。いやまあ、褒めている訳ではなく敵戦力を的確に分析しているだけなのだろうが――

「ベニマルが素直に負けを認めるなんて珍しいな」

「いや、負けてませんけど？　次は勝ちますと簡単に言えないだけでね」

それはそれでどうなんだと思ったが、ベニマルの自信家っぷりが健在で安心した。

けれど、推定四倍以上も存在値に差があったら、多少の実力差では覆せないよな。ベニマルはかなりの特訓を経て今の技量《レベル》に至っているので、ここから急激な成長は見込めないだろうし……。

《……》

まあ、心が負けていなければ立ち向かえる。

逆に、ベニマルが無茶をしないように、俺が気をつけておく必要がありそうだった。

ギィなどもベニマルを気に入ったようで、「その意気や良し！」と嬉しそうにしている。それから、何かを思い出したようにふと呟いた。

「ん？　そう言えばよ、オレを召喚したクソ野郎の名前って、なんつったっけ？」

これに答えるのはミザリーとレインだ。

「超魔導帝国の国家元首、魔導大帝ジャヒルを名乗る下種野郎でした」

「あのバ――神祖が創造した真なる人類《ハイ・ヒューマン》ですね。あの神祖でさえ、精神に難アリとして、失敗作に認定していた人物だったかと」

大昔、ギィを召喚して殺されたとかいう、色々な魔導書や歴史書なんかにも記される人物だな。

俺がイングラシアで見た書物には名前までは載っていなかったけど、最悪の悪魔を世に解き放った愚者として、その愚行はかなり有名なのだ。

その悪魔が原初――つまりはギィやディアブロ達だった訳だが、そりゃあエルたんやガゼルが警戒するのも納得である。

でも、今となっては気にしても仕方ない話だ。

その最悪の悪魔《ギィ》さんとも、こうして仲間になっている訳だしね。

で、その愚者の名前がジャヒルという話だが、これが偶然とは考えにくいよな。

なんて事を思案していると、カガリが驚くべき事を口にしていた。

「そんなはず……あのジャヒルは、間違いなくワタクシの父でした」

肉体を失い彷徨《さまよ》える〝魂〟となっていたジャヒルをフェルドウェイが保護しており、フットマンに受肉させたのだと。ジャヒルとの会話からも、カガリの父だった人物なのは間違いないとの事だった。

が、これに異を唱えたのがシルビアさんだ。

「いやいや、それってオカシイわよぅ？　だってアイツ、私と同僚だって認めてたもの。アイツが神祖様の高弟第一位で、私は三位だったのよね。ちなみに、二位はルミナスちゃんね」

神祖が創造したという真なる人類《ハイ・ヒューマン》、その祖となるのがジャヒルなのだそうだ。そして吸血鬼《ヴァンパイア》の真祖は、言うまでもなくルミナスだね。

風精人《ハイエルフ》の祖がシルビアさんって感じかな？

他にも高弟はいたらしいけど、今では存在が確認されていないらしい。ジャヒルのように、歴史の中に消え去ったのだそうだ。

ちなみに、ガゼルの祖父であるドワーフの初代英雄王グラン・ドワルゴは、地精人《ハイドワーフ》の血を色濃く受け継いだ先祖返りのような人物だったらしく、シルビアさんとも親交があったとの話だった。

長命種にとっては、歴史上の人物でも知り合いだったりするから困るよね。そんな歴史の生き証人みたいなシルビアさんやギィ達の発言だ。とても間違っているとは思えないのである。

「え？　そんなはず……父は紛れもなく風精人《ハイエルフ》でした……」

そう言って困惑しているカガリだが、自分の認識の方が信用されないのは理解している様子。どうしてそんな齟齬が起きているのか、原因を追及しようと頭を働かせていたようだ。

そして、結論は同時に出た。

「父もジャヒルに――」

「乗っ取られてるな、それ」

「まあ何だ、アイツは下種野郎だったからな。レインとミザリーでは始末し損なっていたとしても不思議じゃねーが、そのせいで迷惑かけちまったようだ」

カガリ、俺、ギィの発言である。

三人の意見が一致した事で、ジャヒルの正体は確定したとみて間違いなさそうだった。

「では、ワタクシの父上は……」

カガリがそう呟き、力なく椅子にもたれる。

その姿を見てどう声をかけていいかわからなくなり、俺達はそっと部屋から出る事にしたのだった。

＊

そして、その夜。

俺とギィは場所を移して、酒を酌み交わしていた。

ちなみに、ここで提供している酒は、俺が『胃袋』に保管していた品だ。レイン達が酒盛りで楽しんでいた現物を用意しろと、ギィがうるさくした結果である。

ふざけんなと断りたかったが、俺は長い物には巻かれる主義なのだ。

ギィを相手に我を通すのはメンドクサイし、疲れるだけなので、アッサリと折れて恩を売る事にしたのだった。

その酒宴には、ディアブロやベニマルにソウエイ、レインとミザリーも同席している。

もう一人、シルビアさんも参加して、深夜の密談は粛々と進められたのだ。

レオンがいない今、この国をどうするのか？

それが、この密談の内容である。

昼間の話し合いである程度の敵戦力は把握出来たので、今後の方針について再確認していたのだ。

町への被害はそこまででもないが、レオンの居城も大破しているし、行き場を失った人もいる。避難民の受け入れ先がないというのは問題だった。

騎士団長達の総意としては、この国に残って町と城を復興する、だったのだが、万が一にも侵略種族《アグレッサー》がここを狙った時に対処に困る。対抗戦力が足りていないので、蹂躙されるのを阻止出来ないだろう。

レオンがいない今、ここが狙われる確率は低いのだが、それでも対策を何もしないというのはダメだと思うのだ。

「アイツ等が残るってんだから、好きにさせりゃいいじゃねーか」

というのが、ギィの意見。

それは危険だろと反対しているのが、俺。

「でもでも、理想論だけ語っても仕方ないわよぉ？エルちゃんに聞いてみても良いけど、サリオンにも受け入れ先はないと思うし」

レオンの国の総人口は、二千万弱との事だった。これだけの数を養う食糧を用意するとなると、普通に考えて無理がある。

いやまあ、数日間なら耐えられるにしても、どれだけの期間かも不明ならどうしようもないのだ。

働きもせずに保護されるだけとなれば、黄金郷《おうごんきょう》エルドラドの人々だって心理的に嫌厭《けんえん》してしまうだろう。長い間自分の仕事から離れるというのは、それだけで不安になるものなのだ。

他の国に疎開してもらうという案は、指摘されるまでもなく現実的ではなかった。

かと言って、誰かが護衛に残るというのも……。

「ところでギィってさ、ここにこのまま残ってくれたりはしないよね？」

「ま、別にいいぜ」

「ダメだよね。だと思った――って、え？」

「何だよ、仕方ねーだろうが。どうせこの地の重要度は低いがよ、それでも八つ当たりで狙われる可能性だってあるんだからな」

うっそだろ、おい⁉

ギィがこんなにも素直に頷いてくれるとは思っていなかったので、どう反応すべきか戸惑ってしまった。

「驚いたわぁ……。恐ろしく冷酷で、残虐極まりない赤の王《ルージュ》が、まさかこんなに話がわかる悪魔だったなんて……」

人の噂って当てにならないわね、とシルビアさんが驚いている。

俺も同意見だ。

「テメエ等、オレに喧嘩売ってんのか？」

「まっさっか！　勝てるはずもないのに、喧嘩なんて売る訳ないわよぅ！」

「嫌だなあ、僕はギィさんを頼りにしてますとも！」

「……」

ジト目で睨まれた。

俺とシルビアさんは目配せし合って、愛想笑いで誤魔化したのだった。

とまあ、懸念だったレオンの領地は、ギィが防衛するという事で話がまとまった。

そこにやって来たのがカガリ女史だ。

「あ、カガリさん。もう落ち着いた？」

「ええ、今となっては詳細を覚えていないくらい大昔の話ですもの。今更感傷に浸っても、虚しいだけですわ」

そう答えたカガリだが、強がっているのが丸わかりだ。

ミザリーが気を利かせて、カガリの為に席を用意していた。それに礼を返しつつ、カガリが座る。

「で、何か話でもあるのかよ？」

直球で聞いたのはギィだ。

これが出来るのがギィの強みだと思う。

カガリもそう感じたのか、苦笑しつつ口を開いた。

「ワタクシが知る限りの事を話しておこうと思って」

そう答えたカガリが吹っ切れたように清々しい表情なのを見て、俺は思った。

今度の話は長くなりそうだ、と。

昼間の話し合いでも大雑把に話を聞いていたのだが、今から聞かされる内容はカガリのプライベートな面も含まれている気がした。

なので俺は、一応の確認を入れておく。

「その話、俺達が聞いても大丈夫なの？」

「ええ。リムル殿には感謝していますので、お嫌でなければ是非に」

そう言われては、断る理由はない。

俺達は黙って、カガリの話に耳を傾けたのだ。

………

……

…

それは身の上話だった。

大国の姫として生まれたカガリの、長い人生が要約されていた。

ミリムへの罪悪感や、ギィに向けた畏れ。

レオンに対する恨みと、その昇華。

カガリの話を聞いて、俺もクレイマンを殺してしまった事への罪悪感が芽生えそうになった。

何しろ、カガリの話に登場するクレイマンは、気が優しくて気配りの出来る男だったからだ。

仲間達から愛されていたというのが、カガリの口調からもうかがえた。

だがしかし、魔王という重役を担う事になって歪んでしまい、最後は近藤中尉に利用されてしまった。その結果、多くの不幸を撒き散らす元凶となり、ギィを筆頭とする魔王達からも見捨てられたのだ。

そして、そんなクレイマンを殺したのは俺で――

「クレイマンについては、その……」

「ああ、謝罪は不要です。策を練ったのはワタクシ自身ですし、リムル殿の方が上手だっただけのこと。所詮この世は弱肉強食なのですもの、敗者への情けなど無用ですわ」

それもその通りだった。

そもそも、俺達から見たクレイマンは完全に悪そのもので、これを排除しなければ甚大な被害を被っていただろうから。別の一面があったと言われても、それはそうだろうとしか言えないのだ。

ただ、操られていたであろう点については思うべき点もあり、理屈ではない部分で同情心が芽生えてしまっていたのかも知れない。

だからつい、俺は言おうか言うまいか悩んで保留にしていた話を、ポロッとカガリに伝える事にしたのである。

「実はさ、ティアについてなんだけど――」

ティアもまた、中庸道化連の一員として俺達に迷惑をかけてきた者の一人だ。クレイマンやフットマンほどではないが、厄介な敵だった事実は覆せない。

ただ、今は協定を結んでいるから、敵対はしていなかった。仲間とまでは言い切れないが、同盟相手として助けるのは当然だったのだ。

だからこそ、ジャヒルに殺されそうになっていたところを救助した訳だが、カガリを庇ったティアは重傷を負っていた。今も病室にて休養中なのだが、彼女を助ける為にシエルさんが手助けしていたのだ。

《クレイマンの〝心核《ココロ》〟を構成していた〝情報子〟を『隔離』してありましたが、これを寄せ集めてティアの欠けた部分を補いますか？》

そう問われた俺は、これを許諾した。

考えてみれば、クレイマンの最期は俺が丸呑みにしたんだった。その全てをエネルギーとして吸収したと思っていたのだが、残滓は『隔離』してあったらしい。

そんなモノを残しておきたくないという本音もあったし、クレイマンとしても俺に宿ったままでいるより仲間の下へ帰る方が喜ぶだろうと思ったのだ。

ひょっとしたら、シエルさんならクレイマンを完全復活させる事も可能だったのかも知れない。〝擬似魂《ギジコン》〟に〝情報子〟の残滓を宿らせて仮初《かりそめ》の肉体を与えれば、成功率もそれなりに高かったのではないかと思えた。

しかし、俺はその答えを聞かなかった。

クレイマンはもう死んだのだ。

だからこそ、今後はティアの一部として、彼女の手助けになってくれと望んだのである。

これは完全に俺の独断であり、エゴだったたので、カガリ達に伝えるかどうか迷っていた。しかし今、伝えておくべきだと思ったのだ。

「そうでしたか……あの子が、ティアに……感謝しますわ」

カガリはそう呟いて、切なそうに微笑んだのだった。

＊

俺の自己満足かと思っていたが、カガリも喜んでくれたようで良かった良かった。

と、そこで話が終わっていたら良かったのだが——

「ところでリムル君。話を聞いていたらよう、テメエ、好き勝手し過ぎじゃねーか？」

「そうねぇ……死んだ者の残滓を集めて他人に移植するとか、そんな狂気《マッド》な真似は神祖様でもなさらなかったわよう！」

コイツ等がいるのを忘れていた。

サラッと聞き流してくれたらいいのに、シッカリと食いついてきたのである。

「君達、いつの間にそんなに仲良くなったのかな？」

「はあ？　別に仲は良くねーぜ。悪くもねーけどな」

「そ、そうよぅ！　私からしたらね、あの恐怖の代名詞である〝暗黒皇帝《ロード・オブ・ダークネス》〟と気軽にお喋りしてる貴方の方が、もっとずっと理解出来ないって言いたいわよぅ！」

そんな事を言われても、ねえ？

何と言うか、ギィって意外と懐が深いし。

些細な事では怒らないから、気を遣うべき点さえ守っていれば、案外付き合いやすいんだよ。

「やっぱり、リムル君って異常だわ。エルちゃんから聞いてた以上にね。そもそもね、そこにいるギィ・クリムゾンってね、私の兄弟子だったジャヒルを秒で殺して魔王になったという、恐ろしい悪魔だと思っていたのよ？　そんなに簡単に仲良くなれるなら、誰も苦労しないって話よね」

勢いよくまくし立てられて、口を挟む隙もなかった。

そんな俺達を見て、話題の当人が笑いながら言う。

「オレを前にそこまで言えるアンタも、なかなか図々しいと思うけどな」

ああ、シルビアさんもギィに気に入られたみたいだ。

ギィってば、自分を畏れない相手に敬意を払うようなトコがあるからね。今後の事を思えば、良好な関係を築けそうで幸先がいいと言えそうだった。

ともかく、これで話を逸らせたなと思ったのだが、そうは問屋が卸さなかった。

「で、リムルよ。クレイマンの残滓をどうしたって？」

残念ながらギィが忘れていなかったので、俺は仕方なしに説明を行う。

「いやいや、たまたまね？　ホント偶然、ジャヒルの攻撃から助ける際にさあ――」

と、口から出まかせで適当に誤魔化したのだ。

こういうのも手慣れてしまったのが少し悲しいが、真実を話すというのは論外だ。俺の権能を明かす気はないし、いざとなったら黙秘権を貫く所存なのである。

「怪しいわねぇ……何か隠してない？」

「もっと言ってやれ。コイツはよ、いつもいつも肝心な事は口にしねーんだよ」

「う、うるさいよ君達！　俺にだってわからない事だらけで、今回もどうしてそんなふうになったのか理解不能なんだよ！」

実際、やってくれたのはシエルさんだし？

俺には何にもわかりませんからね。

だから突っ込まれても困るワケで……。

大体、ギィとシルビアさんは初対面のハズなのに、何故か息ピッタリだし。俺とも今日が初対面なんだけど、シルビアさんはエルたんソックリだから、なんか初めてって気がしなかったんだよね。

そんな訳で、意外にも和気あいあいと、深夜の密談は盛り上がっていく。

その流れに乗って、シルビアさんが話を切り出した。

「ところで、さ。カガリさん、これ、聞いちゃってもいいか迷ったんだけど、貴女の仲間について話を聞かせてくれたりしないかな？」

そこに茶化した態度はなく、意を決して、という様子だった。

「え？」

と応じたカガリも、そんなシルビアさんを見て戸惑っている。

が、何かを思い出したように口を開いた。

「貴女の聞きたい事にも見当がついたし、いいわよ。それと、ワタクシの事はさん付けしなくて結構だから、呼び捨てにして頂戴」

「ありがとぅ。それじゃあ、私の事もシルビアって呼んでね。それで、早速なんだけど――」

「ラプラスについてね？」

「うん。もしかして、聞こえてた？」

「ええ。サリオンと呼んだ貴女の声に、ラプラスが反応していたもの。サリオン……魔導王朝の国名がラプラスの本名だとすると、ワタクシ、とんでもない人物を仲間にしていたのね……」

二人の会話が続く。

俺には何の話かサッパリだったが、どうもラプラスの正体について話しているようだった。

――って言うか。

「え？　ラプラスが元〝勇者〟だったの!?」

「ええ、そうなのよぅ。ついでに言うと私の旦那で、エルちゃんのパパンね」

「……マジで？」

「大マジよ」

驚愕してカガリに視線を向けると、実に冷静に頷き返してくれた。

こちらはもう、自分の中での整理を終えてしまっている感じだ。

そしてそれは、シルビアさんにも言える事かな。

それこそ大昔の話なのだろうけど、死んだと思っていた旦那が妖死族《デスマン》にされていたとか、もっとカガリを恨んでもよさそうなのにそんな素振りは見せていない。

「悪かったわね。恨まれても仕方ないと思うけど、それでもワタクシは、ラプラスと出会えて良かったと思っているわ」

「それを聞いて私も嬉しいわよぅ。あの人はやっぱり、死んでも性格が変わらなかったんだなって思えたもの。最期に貴女を庇う姿を見せられちゃさ、私の愛した人はもういないんだなって――」

シルビアさんの口ぶりでは、ラプラスは逃げようと思えば逃げられたのだろう。しかしそうしなかったのは、ラプラスに中庸道化連の一員としての誇りがあったからなのではあるまいか。

まあ、今となっては本当のところはわからない訳だが……。

「まあ、そうとも限らないって」

と、慰めるつもりもなかったのに、俺の口からそんな言葉が飛び出ていた。

勝手なものだが、希望は捨て切れないのだ。

生きている可能性はゼロではないと、シエルさんだって言っていた。だから俺も、ユウキとラプラスが生存していると思う事にしたのである。

そもそも、ユウキには迷惑をかけられてばかりだったが、同じ日本人、それもシズさんの弟子だったのだから、その死を目にすれば何らかのショックを受けると思っていた。

それなのに悲しく思えないのは、その死が嘘なんじゃないかと疑っているからだった。

いや、確かに目の前で跡形もなく消えたんだけどさ、どうにも信用出来ないんだよね。

だって俺、アイツに何度も騙されてるし。

だから生きてる。

そう思っている間は、悲しむ必要はないと思うのだ。

「確かにそうね。ボスは本当にしぶといから」

「そうねぇ。今まで生きてたのに連絡も寄越さないんだから、サリオンってホントにダメな人ねえ。たかが妖死族《デスマン》に生まれ変わって記憶を失ったくらいで、私を放置してるんだもの。そんなダメ男を心配しても仕方ないし、気持ちを切り替えていきましょっか！」

どうやら、俺の言葉は無駄にはならなかったようだ。

もしかしたらデリカシーに欠けたセリフかもと心配してたんだが、カガリやシルビアさんの気持ちを少しでも軽く出来たのなら、俺にしては上出来だった。

そんなこんなで、深夜の密談は続いた。

今日の悲しみを乗り越え、明日の戦いに勝利する為に。

幕間　正義の軍勢

　フェルドウェイが〝天星宮《てんせいきゅう》〟に帰還すると、丁度ミカエルも戻って来たところだった。

「こっぴどくやられたようだね」

「ああ。想定外の事態が発生してね。離反したオベーラを粛清しに出向いたのだが、余の〝王宮城塞《キャッスルガード》〟が通用しなかったのだ」

「何だと？　私の方は問題なかったが――」

「だからだろうさ。この権能は根っこの部分では一つなのだ。忠誠を捧げる者共を妖魔族《ファントム》に設定している以上、余を知る者がいないという事なのだろう」

「私がいるが？」

「フフッ、それは権能の基本原理に反するからね。君からの忠誠は、無効になるのが自然だろうとも」

　と、二人は何気ない日常会話をするように、互いの状況を報告し合う。


　ミカエルが〝王宮城塞《キャッスルガード》〟を使えなかったというのは、フェルドウェイからしても驚きだった。しかしながら、大きな被害もなくそれを把握出来たのだからヨシとする。

　それよりも気になるのは、裏切者であるオベーラの動向とその結末だった。

「それで、オベーラはどうなったんだ？」

「残念ながら逃げられてしまった。オベーラの配下は見上げた忠誠心で、見事に余から彼女を守り通してみせたのだ」

　実に惜しい戦力を失ったと、ミカエルが淡々と告げる。自分で皆殺しにしておきながらも、その態度は他人事の如くだった。

「オベーラ麾下《きか》の軍団は優秀だったからね。確かに惜しい戦力を失った」

そう答えたフェルドウェイも、それが本心からの言葉だとは思えないほどに淡泊である。

事実、オベーラの配下はオベーラにのみ忠誠を誓っている為、フェルドウェイとは縁遠かったのだ。であるからこそ、失ったところで大きな損失だとは考えていない。〝王宮城塞《キャッスルガード》〟への影響も皆無なので、問題ないと判断したのだった。

こうした冷淡さが、フェルドウェイの人望が薄い理由である。しかし本人は、それを意に介さずどこまでも合理主義を貫いていた。

昔は違ったのだが、今のフェルドウェイにその時の面影など残ってはいないのだ。

「さて――」

と、ミカエルが話題を変える。

新参のレオンやジャヒルへと目を向け、出撃前から人数が減っているのを確認して、大きく一つ頷いてから話し始めた。

「余の勢力にも指揮系統が必要だと思う。フェルドウェイ、君が最高司令官なのは当然として、その下に誰をどう配置すべきか考えておくべきだと思うが、どうだ？」

そう問われて、フェルドウェイは「ふむ」と頷いた。

「そうだね。交渉中だった最後の一人とも話がついた事だし、本格侵攻を始める前に、それを決めておくとしようか」

こうして再び、ゼラヌスの勢力を除いた天界の主要メンバーが、謁見の間へと集ったのだった。

＊

最初にフェルドウェイから、今作戦の結果が示された。

それに頷くミカエル。既に話は聞いているので、これはディーノに向けての形式上のやり取りに過ぎなかった。

「そうか、オルリアは戦死したか」

と、ディーノが気のない感想を口にした。事実としてはヴェガに喰われたのだが、そうした説明は省略されている。

ディーノとしては付き合いのなかった相手だが、それでも一応は仲間だったのだ。追悼するくらいは許されるだろうと、軽く目を閉じてオルリアの冥福を祈っておいた。

ディーノに続くのはピコやガラシャ、それにマイくらいのもので、他の者達は素知らぬ顔だ。そんな希薄過ぎる仲間関係を誰も疑問にも思わないのか、そのまま会議が始まった。

司会進行は、そのままフェルドウェイが引き受ける。

ミカエルは口を挟むつもりはないのか、黙したまま成り行きを見守っていた。

今回の議題は、役職の任命だ。

本格的侵攻作戦に支障を来さぬよう、上下関係をハッキリさせるのが目的であった。

野望に燃えた眼つきなのはヴェガくらいのもので、他の面子は淡泊な態度だ。ディーノなどあからさまにやる気がなさそうにしており、責任を押し付けられないよう小さくなっている。

そんな状況で、フェルドウェイの発表が始まった。

主上として、ミカエルがいる。

最高司令官及び最高責任者として、フェルドウェイ自身の名を挙げた。

相談役として、ヴェルザード。

彼女は自由に遊撃させておけば、それだけでギィの動きを封じる枷となるという判断だった。

残る者達で指揮官たりえる強さがあるのは、ザラリオを筆頭として九名だ。

いや、もう一人いる。

この場には来ていないが、最後の一人はフェルドウェイの旧知の人物にして友だった。

その者を加えて、全部で十名。

本来なら指揮官には戦術的視野も必要となるのだが、個々の戦力を重視する戦場では、強さだけが全てだ。上下関係だけ定めておけば、後は好きにさせておいても問題ない——というのがフェルドウェイの考えだ。

完全に間違っているのだが、今まではそれで上手くいっていた。だから何の迷いも感じぬままに、フェルドウェイは強さ順に序列を定めていく。

自分と並び最強なのは、この場にはいない旧友だ。それに、ザラリオとジャヒルが続く。

フェルドウェイはこの三名を、新生〝三妖帥《さんようすい》〟へと任命する事にした。

「先ずは〝三妖帥《さんようすい》〟に代わる新たな役職として、〝三星帥《さんせいすい》〟を定める。ヴェルダナーヴァ様の将帥として、その力を存分に奮って欲しい」

名称を変えたのは、妖魔族《ファントム》以外の者が二名いるからだ。

星というのは勿論、〝星王竜〟を意味している。ヴェルダナーヴァを復活させる為の将帥として働くようにと、意図された称号だった。

「コルヌは死に、オベーラは裏切った。この両名の代わりに、ジャヒルを加える。もう一名は間もなく参戦する手筈となっているから、その時点を以って任命するとしよう」

そう宣言するなり不満の声が出た。

ヴェガだ。

「おいおい、この俺を差し置いて、どこの馬の骨ともわからねーような野郎を、天軍の最高指揮官に任命すんのかい？　そいつはちょっと納得いかねーな！」

今回、オルリアを喰った事で力を増したヴェガは、またも調子に乗っていた。反省という概念が頭から抜け落ちているような、残念極まりない男なのだ。

そんなヴェガを上手く扱えるのはユウキくらいのものだったのだが、フェルドウェイにとっては知った事ではなかった。

「黙れ。私の決定は絶対だ。次に意見をするようなら処断するが、その覚悟はあるのか？」

フェルドウェイには、人材を活用するという考えがない。

役に立つか立たないかが全てであり、使えないなら捨てるという、徹底して割り切った考え方をしているのである。

だから人望もないし、フェルドウェイもそれを気にしていない。次にヴェガが逆らったら、本気で処分するつもりだった。

生存本能に優れたヴェガは、その気配を察知する。

自分は強くなったと万能感に包まれていたヴェガだが、フェルドウェイの強さは異次元そのものだ。まだまだ勝てる相手ではないと理解しているので、この場は大人しく退くしかなかった。

「チッ、すまねえな。もっと俺を評価して欲しくてよ、つい口を挟んじまったぜ……」

そう言ってその場を取り繕い、不満を押し殺した。

だが、次なるフェルドウェイの発言を聞いてニヤリと笑う事になる。

「そう腐るな。私としても、お前の事は評価しているとも。だからこそ、〝七凶天将《しちきょうてんしょう》〟筆頭の地位を与えてやるのだ」

〝七凶天将《しちきょうてんしょう》〟というのも、天使系の究極保有者で構成する予定だった名称だ。しかし残念ながら、その数は足りていなかった。細かい事など気にしないフェルドウェイは、数合わせを含めて残る主力を〝七天《しちてん》〟と定めたのである。

本来はカガリとオベーラを〝七天《しちてん》〟に任命する予定であり、ヴェガは〝四星帥《しせいすい》〟として戦力に組み込むつもりだったのだ。

そしてマイとオルリアを補助要員として、遊撃に徹させるつもりだった。残念な事に初っ端から、計画に大幅な修正が加えられた形となってしまっていたのだった。

ともかく、〝三星帥《さんせいすい》〟としてザラリオとジャヒル、そしてもう一名。〝七天《しちてん》〟として、ヴェガを筆頭に、レオン、ディーノ、ピコ、ガラシャ、アリオス、古城舞衣《マイ・フルキ》の七名が定められたのである。

＊

さて、〝三星帥《さんせいすい》〟は各々の軍団を指揮する形になり、〝七天《しちてん》〟は単独及び複数名での工作活動に従事すると通達された。

その上で、作戦の説明に入る。

「レオンを仲間に引き入れた今、魔王勢の一角を崩せたと言える。これによって、攻めるポイントが一つ減った訳だ」

　フェルドウェイの言葉に合わせて、マイが基軸世界のミニチュアを映し出し、地上の五ヶ所に光点を灯した。その内の一つ、レオンの支配領域である大陸の白い光点が消えた。

　残るは、四ヶ所。

　だがそこで、フェルドウェイが一点を指さした。

マイがその光点の色を白光から赤光へと変える。

「この地も不要だ。我が友はギィではなく、私に協力すると約束してくれたからな」

　そして消された光点が示していたのは、ダグリュールの支配領域である西の果てだった。

「まさか、ダグリュールが鞍替えしたのか？」

　そう問うたのはレオンだ。

　その言葉に頷いたのは誰あろう、〝三星帥《さんせいすい》〟の三人目。並外れた巨躯を誇る細みの男であった。

「来てやったぜ、フェルドウェイ。オレを封印から解放するとは、思い切った真似をするもんだな」

　その男はダグリュールではなかった。

　ボサボサの長髪は緑色。くすんだ青髪のダグリュールとは別人だ。その目は翡翠の如く輝いており、この点も碧眼のダグリュールとは異なっている。

　しかし、どことなく似た風貌をしていた。

　その男の〝名〟は、フェン。

　〝大地の怒り《アースクエイク》〟ダグリュールの弟にして、太古の昔に大暴れしてヴェルダナーヴァに封じられた経歴を持つ〝狂拳〟の巨神であった。

　フェンを見て真っ先に反応したのは、普段はのんびりしているディーノだった。

「嘘だろ、フェンを縛めてた聖魔封じの鎖《グレイプニール》を解いたってか!?　ダグリュールがあれだけ警戒してたってのに、フェルドウェイ、お前は一体何を考えているんだ!?」

と、珍しくもフェルドウェイを詰問している。

　驚いたままの勢いで、口調も荒くなっていた。

「フッ、心配するな。フェンと私は友だ。利害も一致しているし、それに――」

　フェンの実力は凄まじいのだと、フェルドウェイが力説する。

隠す気もないその魔素量《エネルギー》は、他を圧する覇気となって洩れ出ていた。存在値に換算して六千万を超えており、〝竜種〟に匹敵すると言えるほどに膨大だったのだ。

だがしかし、フェンに不快感を抱く人物が、ディーノ以外にも存在した。

「チィ、太古に封じられし悪神かよ。神祖様ならばいざ知らず、ワシでも相手にしたくないような暴君ではないか！」

ジャヒルが忌々しそうに吐き捨てる。

直接的な知り合いではなく、神祖からその男について聞かされていたのだ。

曰く、破壊の限りを尽くしてヴェルダナーヴァに封じられた悪神である、と。

ジャヒルの認識としては、〝滅界竜《めっかいりゅう》〟イヴァラージェに次ぐ災厄の化身であった。

その神話が今、目の前に立っている。その事実に直面したジャヒルは、吐き気を催すほど嫌悪感を抱いたのだった。

しかし、フェンは気にしない。

ニタリと笑いながらジャヒルの肩に腕を回し、耳元で囁くように言うのだ。

「おいおい、オレ達、仲間だろ？　仲良くしようじゃないか。聞いてるぜ。オレもお前と同じく、〝三星帥《さんせいすい》〟とやらに任命されるってよ。他の雑魚共と違って、お前には見所があるしな。オレの手下になる資格は十分にあるさ」

完全にジャヒルを下に見た発言であった。

ジャヒルは屈辱感に震える。

自分こそが帝王として君臨するのが当然という思考のジャヒルにとって、見下されるなどあってはならぬ事態なのだ。

だが、文句を言う事は出来なかった。

肩に回された腕から、絶望的なまでの圧力を感じ取ったからだ。

ジャヒルの額に冷や汗が浮かび、浮かしかけた腰を椅子に戻す。

「フンッ！　今は許す。ワシもこのまま終わるつもりはないが、今は事を荒立てずにおいてやろう」

そう吐き捨て、フェンの下につく事を了承したのである。

さてそうなると、残るザラリオの反応が気になるところだが、こちらはそもそも争うつもりはない様子。

“天使長の支配《アルティメットドミニオン》”による支配下にあるという理由だけではなく、武人たるザラリオは己の力量を弁えているからだ。

勝てるか勝てないか、それは実際に戦ってみなければわからない。しかし、全力戦闘ともなると互いの被害が甚大なものとなり、今後の大戦に影響を及ぼすのは間違いなかった。

それはハッキリ言って無駄である。

だからザラリオは、自分が折れる事でこの場を納めたのだ。

こうして、“三星帥《さんせいすい》”筆頭の座にフェンが就任したのだった。

そして、役者がそろった段階で、全員の目が再び基軸世界のミニチュアへと向けられた。

「それで、フェルドウェイよ。ダグリュールが問題ないとは、どういう意味なのだ？　フェン殿が仲間に加わったのは理解したが、それだけで片付く問題ではあるまい」

そう指摘したジャヒルに、ニヤニヤと笑いながらフェンが答える。

「おいおい、悲しいな。オレの実力を甘くみてるのかよ？　オレを知ってるって事は、これも知ってるんだろ？　ダグリュールは確かにオレの兄貴だが、実力ではオレの方が上なんだぜ」

そんなフェンに、ジャヒルは辛辣な意見を返した。

「そういう自慢は要らん。本当に問題ないと言うのなら、結果で示してくれればそれでよいわ」

ジャヒルは傲岸不遜なのだ。

フェンの実力は認めても、帝王としての矜持《きょうじ》を捨ててまで従うつもりはないのだった。

そんなジャヒルを気に入ったようで、フェンはニヤニヤと笑う。

「オレを知っててなお、その態度とはね。いいだろう、その期待に応えてやろうじゃないの」

フェンは楽しそうに笑った。

遥か昔にヴェルダナーヴァに封じられてより今まで、誰とも会話する機会すらなかった。そんなフェンだが、夢見るように世界の情景が脳裏に流れ込んできてはいたのである。

それは、兄弟であるダグリュールやもう一人の兄と、〝魂〟の奥深くで繋がっていたからだ。

だからこそ、ある程度は世界情勢についても把握している。今が戦国時代の幕開け寸前であり、自身が大いに暴れられる環境が用意されていると知っているのだ。

封印されていたフェンを見舞ってくれたのは、フェルドウェイただ一人だった。

フェルドウェイとしては、ヴェルダナーヴァより託されていたから、フェンの面倒を見ていたに過ぎない。それがいつしか、軽く世間話を交わす間柄となり、いつしか互いに相談も行うようになっていた。

フェルドウェイは自分が頂点《リーダー》であるが故に、相談出来る身内がいなかった。

フェンもまた、長き封印の間に孤独は寂しいと悟っていた。

そんな両者が互いを信頼し合うようになったのは、ある意味で必然だったのだろう。

そして今、フェンには活躍の場が与えられた上に、その力を自慢すべき仲間も得られたのだ。

フェンが張り切らないはずがなかった。

昔よりもフェンの狂暴性が薄まった訳ではなく、ただ単純に、仲間を大事にしようと思うようになっただけのこと。

フェンは仲間を得られたことを、何よりも嬉しく感じていたのである。だからこう見えて、フェルドウェイには心の底から感謝しているのだった。

＊

フェンがダグリュールの相手をすると宣言したのだ

が、これにまだ納得いかないのがディーノである。

「待て待て！　おい、本当にいいのか、フェルドウェイ？　フェンを解放しちまったら、ダグリュールが〝天通閣〟を守っている理由も失われる事になっちゃうんじゃないの？」

〝天通閣〟は〝天星宮《てんせいきゅう》〟へと至る階段となっている。大門を開く〝鍵〟を持たない者達は、〝天通閣〟を通るしか〝天星宮《てんせいきゅう》〟に来る手段がないのだ。

そこを守護しているのがダグリュールなのだが、その理由こそがフェンを世界に解き放たない為だった。

そのフェンが攻め込むとなると、結果次第では面倒な事になるとディーノは言っているのである。

〝天使長の支配《アルティメットドミニオン》〟で支配されているとはいえ、ディーノの思考は自由だった。もっと強く支配の影響を受けるなら話は違ってくるが、好きに発言するくらいは出来るのである。

ちなみに、これはレオンにも言える事だった。

行動は束縛されていたが、思考は元のままだ。そんな訳で、シルビアとの戦闘時にも広範囲攻撃を行わず被害を最小限に留める事が出来ていたのである。

それに加えて目で合図を送ったりもしたのだが、残念ながらシルビアには通じていない。シルビアの察しが悪いというよりも、彼女も色々といっぱいいっぱいだった為である。

もっとも、通じていたとしても〝レオンに自由意思が残っている〟という程度の情報しか伝わらなかっただろうから、大して意味があったとも思えないのだが……。

ともかく、現時点では〝天使長の支配《アルティメットドミニオン》〟で縛っているのは行動だけで、思考はある程度自由にさせているのだった。

だがしかし、フェルドウェイにとっては、その方が好都合なのだ。

柔軟な思考なく作戦会議など行えないのだから、ディーノの発言は歓迎すべきものだった。

「聞くべき点のある意見だな。では、その不安を解消する為にはどうすればいいと思う？」

「いや、どうって言われても……」

問い返されて、ディーノの勢いは一気に消沈した。

驚いたはずみで発言してしまったが、よくよく考えてみれば、自分が不利益を被る訳ではない。俺は何をムキになってしまったんだと、素に戻ってしまっている。

「い、いやあ……そんな難しい事を俺に聞かれてもさ、その、困るって言うか？」

とにかく無難に、ディーノは自分の役目は終わったとばかりに席に座ろうとした。

が、フェルドウェイはそれを許さなかった。

「私はフェンを信じているが、確かにディーノの不安ももっともだ。そこで、他にも何名か派遣するというのが、この場の最適解だと考えている」

最初からそのつもりだったくせに、とディーノは思った。それを言い出すとフェンを信用していないのかという話になるから、自分の発言は渡りに船だったのだろう、と。

しかもこの場合、発言者であるディーノは強制参加させられかねない訳で……。

ディーノのその予想は的中する。

「ディーノは心配なのだろう？　是非ともその目で、フェンの強さを確認するといい」

「あ、いや、俺はその……」

「何、遠慮すんなよ。お前の出番はないだろうが、オレの強さを見たいってんなら止めはしねーさ」

違うんだよなと思ったが、既に手遅れだった。ディーノは諦めて、しぶしぶ頷く。

「そ、そうだな。それじゃお言葉に甘えて、ピコとガラシャと一緒に参戦させてもらうとするよ」

「ちょ、おい、ディーノ！　アタイ達まで巻き込むんじゃねーよ！」

「ホント、マジで勘弁。私もさ、レインと死闘を繰り広げたばっかりなのよ？　それなのに、また戦えっていうのは酷だと思わない？」

とまあ、ディーノの連れからは非難轟々であったが、ディーノはこれを無視した。どうせコイツ等サボってたんだろうなと目算をつけ、仕事を分散させるべく強引に巻き込んだのだった。

フェルドウェイとしても異論はなく、これを承認する。

フェンを信頼しているのは本当だが、ダグリュールもまた強者なのだ。甘く見ていい相手ではない上に、ダグリュールにはもう一人弟がいるのである。

太古に暴れまわった巨人三兄弟の話は有名であった。その伝承の真実を知る者として、フェルドウェイは万全の一手を放つのだ。

「レオン、君も参戦してくれ。〝天通閣〟を攻めるのは、フェンの他に〝七天《しちてん》〟が四名。これならば十分だろうとも」

こうして、次なる標的の攻略メンバーが決定したのだった。

＊

これで終わりかと思われた会議だが、そうはならず次の議題へと移った。

「さて、それでは次の攻略地点を定めよう」

「え？　攻める時期じゃなくて？」

「ああ。攻め手側の優位性を最大限に活用して、同時侵攻を行う予定だ。というより、フェンには悪いがそちらは囮だよ」

「囮って……じゃあ、どこが本命なんだ？」

作戦には興味ないのだが、ここまできたら聞いておきたいとディーノは思った。他の攻略地の方がしんどそうだったら、少しでも気分が晴れるのではと考えたのだ。

それに、上手くリムルと合流出来た場合、有用な情報で恩を売れる可能性もあった。

自分のキャラじゃないんだけどと思いつつも、フェルドウェイへと質問したのである。

「まず思い出して欲しいのは、我等の目的だ」

それが答えだった。

目的って何だったっけと、ディーノは考える。

ヴェルダナーヴァを復活させるとかいう、荒唐無稽な話だったはずだ。そりゃあ、復活してくれるのならディーノも嬉しいが――

(ヴェルダナーヴァ様にも都合というものがあるんじゃないの？　フェルドウェイが面倒でイヤになったとか、人間達が成熟するまで手を引こうと考えたとか)

創造主にして超越的存在であるヴェルダナーヴァに対して、自分達が勝手な忖度《そんたく》をする方が身のほど知らずなのではないかと、ディーノはそう考えていた。

(神の言葉の代弁者ってヤツが、一番面倒臭いんだよな。解釈違いを堂々と述べられたりすると、勝手に意見が歪められたりするんだもん。それでルミナスも苦労してたみたいだし、だから人間を法皇に就任させるのは止めたって言ってたもんな……)

全く同じ言葉を聞いても、それを受け取る側の認識に差が出たりする。人は自分の信じたいものだけを信じる生き物なので、自分が間違っていた場合にも、なかなかそれを認めようとはしないのだ。

実際の例として、ルミナスは一度たりとも、自分の事を〝唯一神〟だなどと言った事はない。それなのに何故か、信者達の間では〝ルミナスだけが神〟だと言われるようになっていた。ルミナスからしてもその方が都合が良かったらしく、否定はしなかったようだが、人の解釈を介入させた時点で真実が変化していく事は、扱い方を間違えると面倒な話なのだった。

長い間人間界を観察して、ディーノはそれを実感として学んでいた。それなのに、その悪い例を同僚がやっているのだから、勘弁してくれよという心情であった。

「ヴェルダナーヴァ様を復活させる為に必要な要素として、残るはヴェルドラの因子のみ。だが、ここで忘れてはならぬ障害がもう一つある。そうだろう？」

そうだっけ？　——と、ディーノは他人事だ。

それなのに、フェルドウェイの視線はディーノに向いていた。

(おいおいおい、俺かよ！　他のヤツに振れよ!!)

そう思いつつ視線を巡らせてみれば、誰もが真面目な無表情を保ったままだった。

ザラリオは支配されたのを根に持っているようで、フェルドウェイの事は完全に無視する構えである。

レオンなど、ここに来たばかりで話についていけていないし、そもそも興味もなさそうだ。

フェンやジャヒルも同様。初耳の話なのだから、答えを知っている訳がないのだ。

ピコやガラシャも素知らぬ顔だ。ディーノの陰に隠れて、これ幸いと下を向いている。

他の〝七天《しちてん》〟達だが、フェルドウェイにとっては仲間ではなく便利な駒扱い。意見を求める対象ではないようで、必然、相手をするのはディーノの役目という形になっていたのだった。

（嘘だろ⁉　カガリやユウキがいなくなったせいで、俺が頭脳担当にされちゃってんのかよ⁉）

待ってくれよと、ディーノは思った。

それは本来、ザラリオの役目だったはずだ。知らぬ間に貧乏くじを引かされてしまっている事に、ディーノはようやく気付いたのである。

だが、だからと言って何が出来る訳でもない。

変な期待をされても困るとばかりに、適当に御茶を濁す事にした。

「それを聞くか？」

フッと笑って、思わせぶりにそう答えたのだ。

それだけで、フェルドウェイが満足そうに頷いた。

（やっぱりな。コイツって、自分が頭いいだけに、他人の意見なんて求めてないもんな。適当にヨイショしてやれば、会話が成立すると思ったぜ！）

してやったりと思いつつ、ディーノも頷き返す。

「そうだとも。ディーノの言う通り、マサユキというイレギュラーを始末せねばならん。万が一ではあるが、マサユキを媒体としてルドラが復活した場合、ミカエル様に影響が出ぬとも限らぬからな」

俺、何も言ってないけどね——と思ったが、ディーノはそれを表情に出さないよう注意する。そしてそのまま、大きく頷いておいた。

その理屈はオカシイとも思っているが、ここでそれを指摘してやるほどお人好しでもないので、好きにしてくれという心情なのだ。

他の者達も似たようなもので、誰からも意見は出なかった。

フェルドウェイが説明を続ける。

「ヴェルドラが厄介な迷宮の奥深くにいる以上、次に狙うべきはマサユキだ。そうして次々に戦力を削いでいけば、自ずと穴倉から出て来ざるを得んだろうさ」

出て来ないなら、他の戦力を削り切ればいいのだと、フェルドウェイは豪語した。

俺、マサユキとも親しいんだけどな——などと考えつつ、ディーノは上の空だ。どうにかして狙われている事を伝えてやりたいが、ミカエルの支配が強化されてしまった今、その手段を思いつかない。

リムルとの『思念伝達』でさえ、これは明確な裏切り行為に該当する為、実行に移せなかった。残る手段としては現地で素晴らしい偶然に期待する事だが、まあ無理だなとディーノは諦める。

後は、無事に逃げ切ってくれるように祈るのみ。

「それで、マサユキがどこにいるのかわかってんのかよ?」

「いい質問だよ、ディーノ。それについては、ヴェルザード」

「はいはい。ヴェルグリンドの気配から、おおよその位置は把握しているわ。帝国内部に数ヶ所と、イングラシア王国にも一つ、あの娘の反応がある。覇気《オーラ》は完全に隠せているけど、私の〝眼〟は誤魔化せないのよ」

ミリムの『竜眼《ミリムアイ》』と同等かそれ以上、それが〝白氷竜〟ヴェルザードの認識能力なのである。有象無象ならまだしも、姉弟の気配を探る事など造作もないのだ。

ヴェルグリンドは『並列存在』を駆使して、帝国の守りを固めている様子。それと同時に、マサユキの護衛も行っているのだろうと推測された。

ヴェルザードの発言を受けて、マイがミニチュアの光点を操作した。

ダグリュールが治める西の果てに続き、ルミナスが支配する中央西寄りの領域が白光から赤光へと変化する。

フェルドウェイがその赤光を指さした。

「つまり、ここ、イングラシアにマサユキがいるという事だ。そこを攻めるのは、ヴェガ、君に任せようと思うが、どうだ?」

どうだというのは問いかけではなく、やれという命令である。ヴェガの気持ちを少しでも高揚させるために、そう言っているに過ぎなかった。

ヴェガは単純なので、そうとは気付かない。

ニヤリと笑って、嬉しそうに頷く。

「任せろよ。あそこは古巣だしな、誰も知らないような隠し通路も多い。密かに侵入して、マサユキってガキを始末してやらぁ」

ふむ、とフェルドウェイも頷いた。

ヴェガを陽動として暴れさせ、その隙にアリオスにマサユキを殺させる算段だったのだが、それもありかと考えたのだ。

どちらにせよ、イングラシアの王都には自分も出向くつもりだった。故にフェルドウェイは、ヴェガを好きにさせて敵方の動向を窺う事にしたのである。

勿論、それだけではない。

「ザラリオよ、貴様は全軍を率いて私達の援護に回れ。ルミナスの動向を探り、彼女が動くようならこれを阻止せよ」

「動かなければ？」

「待機だ。私の命令次第では、イングラシア王都への全面攻撃を敢行せよ」

「わかった」

フェルドウェイの命令は絶対だ。

ザラリオは不満を胸に仕舞い込み、大人しく頷いた。

こうなると、まだ何も命じられていないのはジャヒルのみ。〝三星帥《さんせいすい》〟という戦力を遊ばせておくはずもないので、ジャヒルは身構えつつフェルドウェイの言葉を待つ。

「それと、念には念を入れよう。ジャヒルよ、貴様は遊撃だ。私の配下を預けるから、フェンの助けとなるように動くがいい」

「オイオイ、そこまでするのか？　必要ないと思うがねえ」

「そう言うな、フェン。万が一の備えさ。君がダグリュールを掌握すれば、その軍勢が配下に加わるのだろう？」

「まあな」

「しかし、ダグリュールが健在な間は、巨人の軍団が邪魔になる事もあるだろうさ」

「それを阻止するのがワシの役目か？」

「その通りだとも」

フェンは不要だと豪語するが、この場合はフェルドウェイの方が正しい。ジャヒルとしては、どちらに転んでも損はないのだ。

フェンが活躍するなら見守るだけでいいし、危機に陥るようなら、それ見た事かと恩を売ればいい。

それに、慌てなくとも活躍の場はやって来るので、功を焦る必要すらなかった。

「フンッ！　ワシが鍛えた手勢ではないのが不満だが、致し方あるまい。フェンの勝利を見届け次第、西方から中央へと攻め入るが、構わんな？」

「いいとも、好きにしたまえ」

それを聞くなり、話は終わりだとジャヒルも黙る。

ジャヒルは野心家だ。言いなりになるのは業腹《ごうはら》であっても、フェルドウェイには恩がある。戦力差を考えても、今は従うのが得策と考えているのだ。

ちなみに、ヴェルザードはミカエルの直属なので、フェルドウェイに命令権はない。そして現状、自由奔放な彼女を従えるよりも、好きにさせておくのが良いという方針だった。

こうして、各々の役割が定められたのだ。

＊

方針が定まった時点で、ミカエルが口を開いた。

「余からも一つ、皆に告げておく。魔王リムルの支配地にある迷宮だが、引き籠られてしまうと厄介極まりない。フェルドウェイの言うように、誘《おび》き出す方がいいと思う。そこで、旧ユーラザニアを中心とする魔王ミリムの勢力圏を、ゼラヌスに譲る事にした。イングラシアの王都しかり、ミリムの領土しかり、彼の地にて戦乱が生じれば、魔王リムルも無視は出来ないだろう。派遣してくるであろう援軍を、着実に討つように。そうすれば、我等の勝利は疑いなしだ」

ミカエルの言葉は確信に満ちていた。

事実、それが攻め手側にとっての、最大の利点なのだ。各個撃破による敵戦力の撃滅。それを繰り返せば、自ずと勝利が約束されるのである。

また、首都〝リムル〟以外の拠点を殲滅《せんめつ》してしまえば、包囲陣が完成する。ラミリスの迷宮には謎が多く、出入口が一つではない可能性はあるものの、物流を止められるのは大きい。

戦略物資などは搬入可能かも知れないが、世界と切り離してしまえば影響力を削ぐのは簡単だった。

ただし、最終目的がヴェルドラの因子を取り込む事である以上、いつまでも様子見をしておく訳にもいかないのだが。

それはそれとして、その状況まで持ち込んでからゆっくり作戦を練ればいいと、ミカエルはそう判断したのだった。

作戦としてはその通りなのだろうが、納得いかないのがディーノである。

「おいおい、ミリムはヴェルダナーヴァ様の御息女だぜ？　それを理解してるのかよ？」

憤《いきどお》る心情をそのままぶつけるように、文句をつけた。

が、ミカエルは飄々としたままだ。

「――何か問題でも？」

涼し気な表情を崩さず、ディーノへと問い返す。

「何か問題って、いやいや、ヴェルダナーヴァ様の不興を買うんじゃないのかって話で……」

それは、ディーノからしたら当然の疑問だった。

ミリムに手を出すなど、それこそヴェルダナーヴァへの裏切り行為に他ならない。それなのに、ミカエルは何を考えているんだという話である。

ところが、ミカエルの反応は実に淡々としたもので、本気で何の問題もないと考えている様子だった。そしてそれは、フェルドウェイも同様だったのだ。

「ディーノ、私は思うのだ。魔王ミリムはヴェルダナーヴァ様の娘だが、彼の御方より創造されたという点では、我等と何も変わらないとね」

それが、ミカエルやフェルドウェイの本音なのは間違いないのだろう。彼等の敬意と忠誠はヴェルダナーヴァにのみ向けられていて、その娘には一欠けらの情すら存在していないと思われた。

　ジャヒルも同意見なのか、フンッと鼻を鳴らして馬鹿にするような視線でディーノをねめつけていた。

　昔、ミリムの怒りによって滅ぼされた経験があるだけに、旧ユーラザニア侵攻作戦に愉悦の感情を抱いていたのだ。それに水を差すようなディーノの意見は、ジャヒルにとっても面白くないものだったのである。

（おいおい、だからオベーラは裏切ったんだな！　コイツ等、マジで考え方がやべーわ……）

と、フェルドウェイを見返しながらディーノは思う。

　このままでは、自分まで反逆者の烙印を押されかねなかった。

　そんなディーノに向けて、フェルドウェイが告げるのだ。

「案ずるな、ディーノよ。私の行為が間違っているならば、あの御方はそれを正しに復活なさるだろう。愛する娘の危機であるならば、必ずや助けに現れるだろうから。だから、私の行動は正しいのだよ」

　そこまで言い切られてしまっては、ディーノにはかける言葉がない。

　かつての友は死んだのだ。もっと早くに気付いていれば、逃げ出す事も出来ただろうに――と、ディーノは今更ながらに後悔したのだった。


　こうして、天魔大戦の概要が決まり、決行される。

　そしてその日――

　世界を混沌の渦に巻き込む大いなる災禍によって、世界情勢は大きく変動する事になるのだった。

第二章

大戦の始まり

Regarding Reincarnated to Slime

あの夜の話し合いで、カガリとティアは我が国で預かる事になった。

ティアの意識は戻らぬままだし、看病するなら迷宮内が安全なのだ。詳細な情報も手に入るし、何らかの悪意が働いていないか探るのにも打って付けだからね。

そうなると、カガリが付いて来るのも当然というものだった。俺は何の不満もなく、両名を受け入れる事にしたのである。

シルビアさんは、サリオンに帰国した。

戦力としては助けになるが、シルビアさんにとって大事なのは娘のいるサリオンなのだ。こっちの都合を押し付ける事など出来ないから、何かあったら協力し合おうと約束しておいた。

念の為、〝携帯電話〟も渡しておいた。エルたんが持っているけど、予備としてシルビアさんにも持っててもらった方がいいという判断だ。

魔王の指輪《デモンズリング》の通信機能も万能ではなかったし、取れる連絡手段は多目に確保しておくべきなのだ。

この騒動が終わったら、遊びにも使えるしね。

お互いの連絡先を交換してから、俺はシルビアさんを見送ったのだった。


そして今、俺は執務室にいる。

日常が戻ってきたのかと錯覚してしまいそうになるほど、書類が溜まっていた。

それを見ただけで、フェルドウェイへの怒りが三割ほど増したように思えた。

あのさあ、こっちも遊んでいる訳じゃないのよ。それなのに、俺の承認を必要とする企画や、色々と行われている施策《しさく》の議事録なんかが、山のように積まれているという訳だ。

取り敢えず、議事録は後回し。もう行われた後のヤツなので、慌てて見る必要はないからね。

承認が必要となる新企画なんかに目を通し、さっさと可否を判断していった。

忙しいけど、仕方ない。

何しろ、明後日にはイングラシア王国で世界会議が行われるからだ。

そう、世界会議。

これは、歴史上で初めての偉業となる。

西側で定期的に開催されている西方諸国評議会《カウンシル・オブ・ウェスト》に、東の帝国の皇帝陛下が参加するというのは、過去に例のない大事件なのだ。

本当は、ブルムンド王国でミョルマイルと合流して、一緒に行く予定だったんだけどね。何処かの馬鹿がレオンの国に攻めて来たせいで、大きく予定が崩れてしまったというわけ。

その隙間時間を埋めるように、こうして書類を押し付けられてしまったのは失敗だった。


だけど、それも今終わった。

後は御茶でもしばいてから、のんびりと寛《くつろ》ぐだけ。

このまま気分を落ち着かせて、本番までに俺自身の考えをまとめておこうと思う。

「リムル様、御茶で御座います」

そう言って紅茶を運んできてくれたのは、シュナではなくディアブロだ。シオンがいないからか、秘書として張り切って仕事をしてくれていた。

「ありがとさん。お前も一緒に休憩しろよ」

俺はそう言って、ディアブロにも対面に座るように勧めた。

光栄です、的な事を言って感激するディアブロをスルーして、俺は話を切り出した。

「で、フェルドウェイって、お前から見てどんなヤツなんだ？」

俺の見立てでは、意外と人望がなさそうだった。

そうでなければ、ディーノがあんなに簡単に裏切ったりはしないだろう。

ともかく、必要なのは敵の情報だ。

どんな性格をしているのか知っておけば、ハッタリがどの程度まで通じるのかとか、いざという時の判断材料になるだろう。

慎重なのは十分に理解したから、それ以外にも何かないか聞いておこうと考えたのだった。

ディアブロが思案してから答える。

「真面目なヤツですね。頭が固いと言いますか、融通が利かないと言いますか、ともかく、思い込んだら自分の意思を曲げない。他人の話など参考程度にも必要としない性格をしているので、仲間からの評価は二分していましたよ」

つまり、ＹＥＳマンにとっては命じられた事だけをしていればいいから楽な上司で、優秀で独創性のある者からしたら、自分の意見を無視する面白くない上司という感じかな。

自分の意見が採用されないと、かなりストレスが溜まるからね。ちゃんとした理由があって、それを説明してもらえるなら納得もするだろうけど、却下の一言だと遺恨が残ろうというものだ。

「他には何かある？」

俺がそう聞くと、ディアブロは「そうですね……」と呟いて悩み始めた。

そして、「これは確信がないのですが」と前置きしてから、思っていたよりも重要な事を話し出したのだ。

端的に言うと、ヤツ等の拠点とこの世界の行き来の方法について。

ヤツ等——侵略種族《アグレッサー》は、ヴェルダナーヴァによってこの世界から追放された者と、その監視者だった天使族《エンジェル》の軍団が変質した存在だ。

その拠点は当然、異界にある。

その異界とここ、基軸世界を結ぶのは、〝冥界門〟という特殊な力場なのだそうで、世界各地に幾つか存在しているらしい。

そこを守護、というか管理していたのが悪魔達。意外と真面目に、その〝冥界門〟を中心として勢力圏を拡大させていたのだという。

現存が確認されているのは一つで、レオンの領土からほど近い、カレラが守護していた〝冥界門〟だけなのだそうだ。

テスタロッサやウルティマが守護していた地点は、大きな戦闘があったせいで消失したとの事だった。

「あんなもの、ない方がいいのですよ。どうせ肉体を持ったまま異界に行けば、汚染されて変質してしまうのですから。向こうからこっちにやって来る者など、ほぼ侵略種族《アグレッサー》だと断じて間違いないでしょうし」

と、苦々し気に語ってくれた。

要するに、この世界に混沌を生じさせる原因となるから、〝門〟そのものを破壊しちゃう方が楽って事ね。

それをヨシとしなかったのが、テスタロッサやウルティマだったたと。ずっと拠点として守り続けていたそうだが、ディアブロがスカウトに行った時には壊れてしまっていたので、簡単に勧誘に応じてくれたそうである。

まあ、「嘘だよねそれ」と思ったが、口にはしなかった。その証拠に、カレラの守護していた〝門〟も壊れかけているみたいだし。

現状、大きな力を持つ存在が行き来出来ないからと、放置しているだけっぽいしね。

わざわざ壊したと見るのが正解なんじゃないかと、俺はこっそり考えたのだった。

で、本題に戻るけど、ディアブロが気にしたのはフェルドウェイ達がどうやってこの世界にやって来たのかという点だった。

恐らくは帝国のどこかに、新たな〝門〟が出現しているのではないかと、ディアブロは推測していた。

「もしくは、テスタロッサが守っていた〝門〟を復元したとか？」

「その可能性も否定出来ません。しかし、フェルドウェイが帝国に出現した時期と合致しませんので、別の〝門〟の存在は確実でしょう」

ふむふむ、それもそうかと納得した。

「つまり、お前の推測では侵略種族《アグレッサー》の拠点が帝国内部にある、と思っているんだな？」

で、そう確認してみたのだが、ディアブロが気にしていたのはまったく別の事だった。

「いいえ、それだけではありません。カガリの話を聞く限り、フェルドウェイが〝天星宮《てんせいきゅう》〟の門を開いたのは間違いありません。アレを開くには〝鍵〟が必要となるはずなのですが――」

〝天星宮《てんせいきゅう》〟――始まりの場所とも呼ばれる、ヴェルダナーヴァ生誕の地、だっけ。カガリの説明にもあったけど、フェルドウェイの拠点はあらゆる世界に隣接しているって話だった。

つまり、ディアブロが気にしていたのは、その鍵をどうやって――

「どうやって手に入れたのか、それを気にしても意味がありません。問題となるのは、〝天星宮《てんせいきゅう》〟の門を通れば、異界に存在している本体のまま、基軸世界にやって来られるという点なのです」

おっと、思いっきり外れていたから、言葉にしてなくて良かった。

それにしても、異界に存在している本体って何の事だろう？

「〝始原〟の中でもフェルドウェイだけは、ヴェルダナーヴァ様によって肉体を与えられていました。今のヤツは仮初《かりそめ》の肉体に宿っているだけに過ぎず、故に、殺しても意味がないのですよ」

「ヴェルグリンドの『並列存在』みたいなものか？」

「いいえ、それとは違います。ずっと繋がっているのではなく、意識を分割している感じですね。定期的に記憶を同調させているでしょうし、不都合などないのでしょうが……」

だから余計に面倒なのだと、ディアブロが説明してくれた。

俺が理解したところ、ヴェルグリンドはネットで繋がっている複数の同期されたパソコンで、フェルドウェイはネットから切り離されたパソコン本体に端末からデータだけ移し替えているイメージだな。

《その理解で正しいようです。つまりは『時空連続攻撃』でも本体に届かないでしょうし、厄介極まりない相手ですね》

なるほど、めっちゃ面倒だ。

「となると、本体がいる場所に出向かなければ、フェルドウェイを倒せないって事か。確かに面倒だけど……って、あれ？　その本体がわざわざ出向いてくれるのなら、俺達にとっては好都合なんじゃないのか？」

何処にいるともわからぬヤツを探すより、来てくれるのなら手間が省けるというもの。そう思ったのだが、どうやらそう簡単な話ではなさそうだった。

ディアブロが答える。

「はい。ですが、ヤツは単純に強いのです。本体の戦闘能力ならば、ギィを上回る可能性があるほどに。だからこそ、もしもの場合に備えておく必要があるのではと愚考したのです」

ヴェルダナーヴァより与えられた本体は、フェルドウェイにとっての宝物なのだと。だからこそフェルドウェイは、常に仮初の肉体に宿って本体を傷付けないようにしているらしいのだが、その信念を覆す可能性も考慮しておかねばならないとの事だった。

そりゃあ、その通りだと思う。

相手の考え方一つで状況がひっくり返されるなんて、あってはならない事態だし。しかもそれが、無視出来ない戦力となると猶更《なおさら》だった。

「本気のギィって、ヴェルザードさんと互角だもんな。それってつまり、フェルドウェイも〝竜種〟に匹敵するって事だよな？」

「クフフフフ、そうなりますね」

ディアブロが言うには、大昔のフェルドウェイは大概にヤバかったのだと。〝蟲魔王《むしまおう》〟ゼラヌスや〝滅界竜《めっかいりゅう》〟イヴァラージェに比べると格落ち感があった訳だが、実際にはそんな事はなかったのだ。

迷宮内で計測した存在値だって、本体じゃなかったのなら正確ではない。となると、フェルドウェイの本当の実力は未知数って事になるんだな……。

「お前に任せるけど、大丈夫だよね？」

俺はディアブロに、フェルドウェイの事を一任する予定なのである。その本当の強さが〝竜種〟級と聞いて驚いたけど、ディアブロなら何とかしてくれるハズ

——いや、流石に無理かな？

と思ったが、ディアブロは俺の言葉を聞くなり、満

面の笑みを浮かべて言ったのだ。

「感激です、リムル様。その信頼にお応えすべく、これからも邁進する所存です！」

あ、大丈夫そうだね、これ。

ディアブロは自信過剰なトコがあるが、出来ない事まで引き受けたりしないのである。勝てるか勝てないかは不明だが、フェルドウェイへの対処は可能だと考えているみたいだ。

ならば、俺が気にするのは野暮というもの。

戦っても千日手になりそうな相手は、信用の置ける部下に押し付けるのが吉。なので当初の予定通り、ディアブロに頑張ってもらおうと思ったのだった。


フェルドウェイのヤバさを理解したところで、気になるのは次の標的だ。

「どういう手で動くと思う？」

「ふむ、そうですね……予想は難しいですが、フェルドウェイの性格から推測するに、マサユキ殿を狙う可能性が高そうです」

「え？」

意外な答えに、思わず驚いてしまった。

だが確かに、無視出来ない意見であった。

マサユキを狙う意味なんて——と思ったものの、有り得そうだと思い直したのだ。

そもそも、どうしてマサユキは狙われたのか？

多分だが、ルドラの生まれ変わりだと疑って抹殺を企てたんだと思う。そしてそれは、ヴェルグリンドがマサユキを愛しているという事実によって証明されてしまった。

フェルドウェイは、マサユキというよりルドラを警戒しているのだろう。その理由までは不明だが、確かにマサユキが狙われても不思議ではないのだ。

「そもそも、理由なんて関係ないかと。しつこいようですが、フェルドウェイは頭が固いので、自分の失敗を認めませんからね。一度失敗したからと言って、それで諦めるようなヤツではないのですよ」

やれやれとばかりに、ディアブロがそう言った。

それなら余計に納得だ。

「だったら、次の会議は危ないかもな。ヴェルグリンドさんも護衛に来ているから、よっぽどの事がなければ大丈夫だと思うけど、お前も警戒しておいてくれ」

「どうか御安心を。常に万全の態勢で、事に当たっておりますので」

ディアブロのそういうトコは信用出来る。

性格面はともかく、仕事ぶりだけを見れば優秀なのだ。今は対抗する相手であるシオンも出張中だし、余計な心配も不要なのだ。

そんな感じで不安点を洗い出したりしながら、俺とディアブロは入念な打ち合わせを行っていたのだが、ここで驚愕のニュースが飛び込んできた。

『大変なのだ、リムル!!』

厄介ごとの気配満載の、ミリムからの連絡だった。

『どうした？』

『実はだな、オベーラが逃げ込んできたのだ』

『ほほう？』

『フェルドウェイを裏切ったのがバレて、ミカエルと戦闘になったのだと言っていたぞ』

これ、魔王の指輪《デモンズリング》を介した『思念伝達』で話す内容じゃないな。そう判断した俺は、ミリムのところまで出向く事にしたのだった。

＊

建設中のミリムの居城だが、既に完成している居住可能部分もある。

そうした一角に医療施設もあり、そこの一室にオベーラが寝かされていた。ここに逃げ込んできた当初は意識不明になるほどの重体だったそうだが、今ではしっかりと目を醒ましており、ベッドの上ながら上半身を起こしていた。

ずっと眠り続けていたらしく、事情はまだ聞けていないらしい。

そうなのねと頷きつつ、俺はオベーラに挨拶をした。

「どうも、リムル＝テンペストです。魔王をやってます」

初対面なので、自己紹介から入った。

そんな俺を呆れたように見るのは、妖艶《ようえん》さを増したようになるように思えるフレイさんだ。

「こんな事を魔王たるリムル陛下に申し上げるのも不敬でしょうが、もう少し威厳というものを身に付けるべきでは？　いざとなれば出来るというのと、普段からの対応で滲《にじ》み出るのでは、見る者が見れば違いは一目瞭然ですもの」

早速苦言を頂戴してしまったが、フレイさんからしたら、ミリムへの悪影響を心配しての発言なのだろう。リムルだって——と、事あるごとにミリムが言い訳を口にしているからね。

アレだね。

悪友との付き合いを心配する母親みたいな反応だ。

ちょっと微笑ましいので、思わず笑顔になってしまったよ。

そんな俺を見て、ニヤニヤと笑うのがカリオンだ。

「よお、フレイに目を付けられて大変だな」

なんて、仲間を得たとばかりに言うなっての。

カリオンもフレイさんも、口では色々と言いつつも、他人の目がない場所では気安く接してくれている。俺がそうして欲しいと頼んだからだが、そのお陰で堅苦しい思いをしなくて済むから助かっているのだった。

それにしても、二人の雰囲気が大きく変わっていた。ベニマルから報告を受けていたが、こうして実際に目にすると、以前とは別人の如くなっている。

「聞いたけど、覚醒した力を完全に自分のものにしたんだって？」

「おおよ。この前は世話になったと、ベニマルにも伝えといてくれや」

カリオンはベニマルと仲がいいからね。初対面で喧嘩を吹っ掛けたベニマルの事を気に入って、それからも親しくしていたそうだし。

今では力関係が逆転しているけど、直ぐに追い付き追い抜くと豪語して、まったく気にした様子がないのがカリオンの器の大きさを証明していた。

そして、フレイさんも。

「その点については、私も感謝しているわ。これで以前より、ミリムの役に立てるもの」

微笑みながら謝意を告げられたが、それはミリムを叱りやすくなった、という意味ではないですよね？

そう疑ってしまったが、大戦を生き延びる為に力が必要なのは言うまでもないので、感謝の言葉を素直に受け取っておいた。

「それにしても、ラミリスの迷宮は反則ね。あんな使い方があったなんて、ずっと魔王として付き合っていたのに、全然知らなかったわ」

「だな。ギィのお気に入りってだけだと思ってたが、あのチビ助があんな力を隠し持ってたなんて驚きだぜ」

「隠してはいなかったんでしょうね。誰も気付かなかっただけで」

「ワタシは知っていたのだ！」

「知っていても、扱えなければ意味がない。あの迷宮で、それを理解させられたわよ。だからね、ミリム。負け惜しみは止めなさい」

知ったかぶりするミリムが、フレイさんから窘められている。

それを笑いながら、カリオンが感想を口にした。

「けどまあ、ミリムを笑えないね。俺様達だって馬鹿みたいだしよ。だがまあ、納得もしてるんだぜ？　他人を上手く扱うって点で見りゃあ、リムルには誰も及ばねーからな」

「そうね。そういう意味なら、私達も使われる側ですもの」

フレイさんまで頷いているが、ラミリスの迷宮については俺も想定外だった。

どうせなら利用させてもらおうと思って何が出来るのか聞いてから、「えっ⁉　マジでそんな事が可能なの⁉」と驚いたんだよ。

そして実際に試行錯誤して、今の迷宮が誕生したんだし。

あれを最初から想定していた訳ではないので、その意見は過大評価というものだ。

しかしまあ、結果的に見れば迷宮って本当に凄いよ。迷宮内で死んでも復活可能というのは、どう考えても反則だ。実戦訓練に最適だし、防衛面で考えれば難攻不落過ぎる。

ラミリスが過小評価されていたのが不思議なくらいで、俺の功績なんてあってないようなものなんだよ。

だが、それを口にするのも何だか違う気がしたので、ここは笑って誤魔化しておいたのだった。

「さて、そろそろ挨拶は終わりにして、本題に入りましょうか」

というフレイさんの一言で、病室が真面目な雰囲気へと変化する。

俺達のやり取りを見て目を白黒させていたオベーラも、ここで表情を引き締めた。

そしてようやく、俺に向けて挨拶の言葉を述べたのだ。

「初めまして、魔王リムル様。私はオベーラ、元〝三《さん》妖帥《ようすい》〟にして、対幻獣族《クリプテッド》の責任者でした」

オベーラはそう切り出した。

神妙な顔でそう話しているが、嘘を吐いている雰囲気はない。ミリム達が信じたように、俺の勘も本当の話だと告げている。

しかし念の為、突っ込みを入れる事にした。


「一応聞くけど、この大戦を目前にした裏切り行為って、スパイ活動を疑われるっていうのは理解しているよね？」

「勿論です。私の身の潔白を証明する術はありませんが、知り得る全てをお話ししますわ」

そう応じるオベーラの表情は、一点の曇りすらなく真摯だ。そして、まだ本調子ではないにもかかわらず、何があったのか説明してくれたのだ。

ミリムとの話し合いを終え、フェルドウェイ達の下に戻った事。そこで肉体を得たのはいいが、同時に天使系の権能を獲得してしまったらしい。

ヤバイと直感したオベーラは、その権能によって自分が支配される可能性を考えた。そして、フェルドウェイが強制支配を行うより先に、獲得していた究極能力《アルティメットスキル》『救済之王《アズラエル》』を捨てたのだという。

シルビアさんが教えてくれた、心核《ココロ》と権能《スキル》を切り離す術ってやつだな。流石は物知りだと感心したが、よくよく考えてみれば、オベーラが権能を捨てたのを察知したから、彼女の裏切り行為がバレたのではあるまいか。

その結果として、シルビアさんやカガリ達が苦戦する破目になったのだろうが、その責任までオベーラに押し付けるのは間違っているかも。

その件についてはは仕方なかったと割り切り、気付かなかったフリをする。

それよりも重要なのは、オベーラの話の真贋《しんがん》の方だ。

率直に言って、信用に足ると思った。

《同意です。整合性は取れていますし、隠しておくべき情報まで語っていました。ここまでするなら、スパイ行為の代償としては割に合いません》

だよね。

ミカエルに襲撃された事とか、その権能とか、ペラペラと語ってくれたのだ。

ミカエルの〝王宮城塞《キャッスルガード》〟が発動しなかったとか、ヴェルグリンドとヴェルザードの権能を当たり前のように駆使していたとか、その力でオベーラの軍団が壊滅したとか、嘘とは思えない情報がてんこ盛りだった。

情報の精査の仕方って、それが嘘だった場合のメリットがあるかないかから探ってみると面白い。だから必ず、ネットの情報なんかは反対意見も検索してみて、賛成反対どっちの情報が多いかや、何をソースにしているかなどで信憑性を探ったりしたものだ。

オベーラ相手にもこの判別方法は有効だった。

オベーラがこちらを欺いていた場合、ミカエルの権能を嘘で固める事になるのだが、この情報は真実過ぎた。シエルさんの検証結果でも、真実であると判定されている。

それに何よりも、オベーラは俺の『解析鑑定』を受け入れる事を了承してくれた。これを施《ほどこ》せば、ほぼ確実に権能の有無を確認出来るのだ。

これによる判定結果も白。

オベーラは『救済之王《アズラエル》』を有しておらず、ミカエルによる支配は受けていないと断定されていた。

ここまでしたらもう、オベーラを信じるのが正解である。

俺はオベーラに回復薬や蜂蜜を与えて、早期回復を目指すようにお願いしたのだった。

＊

オベーラはミリム達に任せる事になった。

オベーラから聞き出した情報は、魔王勢で共有している。

もはや、情報流出を恐れている場合ではなかった。誰かに何かあってから説明したのでは遅いと、皆の意見が一致した結果だ。

そんな感じで慌ただしく二日が過ぎ去り、そして世界会議当日を迎えた。

ベニマルはお留守番。

総司令として、魔国連邦《テンペスト》の守護を任せてある。

俺の護衛としては、影に潜むようにしてランガとソウエイ、秘書としてディアブロを連れていた。この面子ならば、ここにフェルドウェイが襲撃してきても対処可能というものだった。

「よお、旦那！　今日の大舞台、俺に出来る事はあんまなさそうだが、何かあったら言ってくれや」

と、ヨウムから挨拶された。

ミュウランはお留守番らしく、姿は見えない。その代わり、ヨウムの護衛としてガドラがいた。

軽く挨拶を返して、また後で落ち合おうと約束した。今日の本番が無事に終われば、立食パーティーがある。その後、気心の知れた者だけでゆっくりと、イングラシアの王都で飲みに行く予定なのだ。

ちょっとウキウキしながら議場に向かい、手前の広場にてマサユキと合流する。

マサユキは今日の主役なので、知り合いにして仲介役の俺が出迎えた形だった。

「あれ、背が伸びた？」

俺は竜種モドキになった際に、身長が少し伸びたのだ。マサユキとの目線も近くなっていたのだが、今は以前と同じような高さに戻ってしまっていた。

「わかりますか？　実は少し成長したみたいで」

と、マサユキが嬉しそうに笑う。

よく見ると、髪の色も眩い金髪だった。

「その髪も？」

「ええ、完全に変色しちゃいましたね。もう慣れましたが、最初の内は戸惑いましたよ」

ここまでくると、何らかの異常があるんだろうな。

大袈裟かと思っていたけど、ルドラが復活するというのもあながち間違いではないのかも知れない。

もっとも、マサユキはマサユキなのだ。

俺は気にする事なく、連れだって議場入りしたのだった。


何度か来た事のある円形の大会場には、既に各国の重鎮達が到着していた。

それなりに騒がしく賑わっていたのだが、俺達を見るなり一気に静まり返る。

俺達に視線が集中しているが、今では慣れたものだ。

それはマサユキも同じみたいで、緊張している様子はなかった。

「堂々とするようになったな」

「そりゃあそうですよ。帝国での即位の時なんて、眼下を埋め尽くすほどの人がいましたもん」

城のバルコニーから臣民に向けての即位宣言を行ったそうだが、そうした経験がマサユキを逞しく育て上げているみたいだ。

「素敵だったわよ、マサユキ」

と、ヴェルグリンドさんもウットリとした表情で思い出している。マサユキの付き添いとしてやって来たのだが、彼女は彼女で存在感が凄かった。

その美貌は言うまでもなく、軍服もよく似合っている。列席者の視線の大半を奪っているのは、ヴェルグリンドさんに違いなかった。

そんなふうに注目を浴びる中、ふさふさの白いヒゲを生やしたレスター議長が駆け寄って来て、俺とマサユキを座席まで案内してくれた。

主役に相応しく、最前列だ。

マサユキと丁度対面になる形で、俺も席に座ったのだった。

司会席には、テスタロッサの姿も見える。

お膳立ては万全なので、西側諸国と東の帝国との歴史的和解劇も、邪魔さえ入らなければ無事に終わるだろう。

そんな事を考えていると、フラグが立つもの。

今回もその法則が発動するのだが、今の俺はそれに気付かず、会議が始まるのをただ静かに待っていたのだった……。

●

イングラシア王国、地下大迷路。

それは数百年以上の年月をかけて掘り進められた、隠し通路だ。天使の襲来に備えて用意された施設であり、複雑に入り組んでいる事から、迷路と呼ばれ広く知られている。

地表近くの階層には何ヶ所か大きく開けた場所も用意されており、緊急事態には避難場所として、誰でも利用出来るようになっていた。

だが、それはあくまでも表向きの姿。その更に下の階層には、限られた極一部の者しか知らぬ秘密の場所があったのだ。

王都の闇、世に知らしめる事など許されぬような邪悪な研究施設である。

そこでの研究を管理しているのは魔法審問官達であり、その研究内容とは、魔物の因子を人体に取り込む方法であった。

常人の十倍以上の筋力や、鋼よりも強靭な皮膚、それらを支える骨格等々、今でもそれなりに結果を出していた。その成果が彼等自身の肉体という訳だが、魔王という超常の存在を前にしては、全然足りていないというのが王の判断だったのである。

「また失敗だ。コイツも存外脆かったな」

「キヒヒヒ。上位悪魔《グレーターデーモン》を受肉させるには、もっと強い肉体にせねばのう。帝国では人造合成獣《バトルキマイラ》という兵器を開発しておったそうじゃが、コンセプトは我等のそれと似ておるのう」

「うむ。人体を直接改造するか、合成獣にして使役するか、その違いだな」

特殊投与能力《メディカルスキル》を誘発させる投与薬の存在は、秘中の秘であっただけに知られていない。故にここの研究者達は、人造合成獣《バトルキマイラ》が兵器としての完成形だと信じていた。

だが合成獣を使役するよりも直接人体を強化した方が手っ取り早く、自分達の方が上であると思っている。だからこそ忌避感もなく、常人からすれば禁断に思える実験を繰り返しているのだ。

それでも足りない。

満足出来る結果が出ない。

現在、捕獲可能な魔物の因子は調べ尽くされ、ある程度の因子《エキス》抽出に成功している。どんどんと強化率も高まっておりバージョンアップもされているのだが、今度は肉体面ではなく精神面での脆弱さが露呈した形になっていた。

健全な精神は健全な肉体に宿るという。

であれば、強靭な肉体には強靭な精神を宿らせるべきなのだ。

そう考えた研究者達は、今度は精神生命体との融合を模索するようになったのだった。

そうなると、何よりも手っ取り早いのは悪魔の力を取り込む事ではないか、との論が出た。その理由としては、素体を入手しやすかったからである。

北方では悪魔族《デーモン》との小競り合いが繰り返されており、弱った個体を捕獲するという荒業で下位悪魔《レッサーデーモン》や上位悪魔《グレーターデーモン》が調達されていたのだった。

そうした悪魔族《デーモン》は死体に宿っていて、受肉を果たしていた。そのお陰で成分組成の分析にも成功しており、面白い結果が判明していたのだ。

悪魔族《デーモン》とは、どのような仕組みで受肉するのか？

その答えだが、人間の細胞を魔素が侵蝕し、魔法に馴染むように作り変えていたのである。

ただし、これはあくまでも悪魔側が主導した場合であって、強制的に悪魔の力を取り込もうとしても、それは人体にとっては毒でしかない。

当たり前だ。

食事によるエネルギー摂取や睡眠、呼吸までも不要となり、寿命すらなくなるのだから。生命として完全に別物へと生まれ変わるようなものであり、それを人の意思でコントロールするなど無謀の極みと言っても言い足りないくらいであった。

それに、魔法審問官達は勘違いしていた。

大事なのは意思の力なのだが、肉体の強化ばかりに目を向けていたのである。

精神面は悪魔の力で強化するのだから、宿す肉体のみを鍛えるべきだ——という誤った理論によって、間違った方向での実験が繰り返されていたのだった。

それに、もう一つ。

こちらの勘違いは致命的だ。

悪魔が受肉した細胞を培養する事で、因子《エキス》を抽出する。それを注入する事で被験体にも悪魔の力が宿ると考えていた。

これは大きな間違いだった。

悪魔は意思の力でもって、受肉した肉体を自分のものとするのである。意思なき細胞からは変化は生まれず、ただ毒となって被験体を蝕《むしば》むのみ。

つまりは、成功するはずもない拷問のような実験が繰り返されていたのだった。

被験者にとって、この環境は地獄そのものだ。

だからこそ、選ばれるのは優秀な人材ではなく、使い捨てにしても誰も騒がないような孤児や奴隷などである。

それに、犯罪者だ。

重罪を犯した者は密かに死刑執行した事にされ、この研究所に運び込まれていたのだ——

ライナーは、コヒューコヒューと荒い息を繰り返していた。

心を占めるのは、絶望と恐怖だ。

イングラシア王国騎士団の総団長という栄誉ある立場から、今では使い捨てにされる実験体という身分に堕ちていた。

ライナーを慕っていた部下が何人も殺された。

最初の内はその理不尽に憤っていたものの、直ぐに心が折れてしまった。

来ると思っていた助けが来なかったからだ。

ライナーの実家も取り潰され、騎士団からも見捨てられた。

当然だ。

ライナーが行ったのは、以前開催された評議会での無法行為だ。

イングラシア王国第一王子であるエルリックを神輿にして、魔王リムルや聖騎士団長ヒナタに喧嘩を売った。勝てたなら英雄だったが、いともあっさりと負けてしまったのだ。

こうなると、対外的にも重罪とせねばならず、ライナーには国家反逆罪が適用されてしまったのだった。

当然、ライナーの関係者は全員が死罪となっている。つまりは、ここの研究所で実験材料にされていたのだ。

ライナーが希望していた助けなど、来るはずもなかったのである。

それを理解したライナーは、今ではいつ自分が実験材料にされるのか、それを恐れる日々を過ごしていた。

(クソがっ！　どうしてだ、どうしてこうなった⁉)

辛うじて発狂していないのは、時折思い出したように怒りが再発するからだ。それは魔王リムルへの、聖騎士団長ヒナタへの、完全なる逆恨みであった。

(泣かせてやる！　命乞いしても許さん。この俺を認めさせた後、散々嬲《なぶ》って殺してやるぞォ‼)

激しい憎悪が、ライナーの心を繋ぎ止めていた。

それに、ライナーがそうなってしまった原因がもう一つあった。

それは、今現在、ライナーへは肉体強化手術のみ施されていたからだ。

可能な限り強化した上で、悪魔との融合実験に移るという段取りになっていた。特にライナーは、素体段階でAランクオーバーという貴重な存在だったので、研究者達も丁寧に扱っていたのである。

それは果たして幸運と呼べるのかどうか疑わしいが、ともかく、ライナーは未だに健在であり、力だけ見れば特A級にまで達していたのだった。

そして、その日。

来るはずのない希望が、ライナーの前に姿を現したのだ。

「ほう、こんなに簡単に侵入出来るとはな」

そう言ってヴェガを褒めたのは、半信半疑でヴェガに道案内を任せたフェルドウェイだった。

この場にいるのは、四名。

ヴェガを先頭にアリオスとマイが続き、そして最後尾がフェルドウェイだ。

あの作戦会議の後、各々で準備を行った。

攻撃開始は同時刻にはせず、最初の地点に魔王達の目を向けさせてから本命を叩くという事で全員が了承している。

そうなると、マサユキを狙うフェルドウェイ達が一歩出遅れる形になった。

初撃を担うのは、〝三星帥《さんせいすい》〟フェン。

ド派手に暴れて、魔王達の目を引き付ける役目だ。

〝八星魔王《オクタグラム》〟の一角であるダグリュールを倒し、その軍団を掌握する。そのインパクトは凄まじく、魔王勢の心胆を寒からしめる事だろう。

フェンの補助として〝三星帥《さんせいすい》〟ジャヒルも配した。

これにて、西方を陥落させるに十分な戦力を集結させたのだ。

そして本命となるのが、フェルドウェイ達だ。

イングラシア王都で開催される世界会議とやらに乗り込み、マサユキを始末するのが目的だった。

これの邪魔が入らぬよう、〝三星帥《さんせいすい》〟ザラリオを天空にて待機させ、魔王ルミナスが動いた場合にこれを阻止する役目を担わせている。もしくは、フェルドウェイの合図によって、イングラシア王都への全面攻撃を仕掛けさせる予定であった。

それに――

フェンの攻撃が開始されるのと同時に〝蟲魔王《むしまおう》〟ゼラヌスの軍勢が、旧ユーラザニアに構える魔王ミリムの本拠地を襲撃する手筈となっていた。

現在、残る〝八星《はっせい》〟は、ギィ、リムル、ラミリス、ミリム、ダグリュール、ルミナスの六名だ。その内の二名に同時に仕掛けるのだから、他の魔王達の動揺を誘えるのではという狙いであった。

もっとも、ギィと同じくらい警戒すべき対象である魔王リムルは、フェルドウェイ達が狙うマサユキの傍にいるとの情報を得ている。本日開催予定の会議の参加者リストに名前があったのだが、これが罠である可能性は否定出来なかった。

そんな訳でフェルドウェイは、慎重に行動しつつ臨機応変に対応しようと考えているのだった。

そうした理由から、王都への侵入も力任せに行うのではなく、ヴェガの進言を受け入れて隠し通路を利用した訳だ。

これが当たりだった。

イングラシア王都の郊外にある森に、その通路の出口の一つがあったのだ。そこから入る事で、王都を守護する『結界』の影響を受ける事もなく、実に簡単に侵入出来てしまったのである。

更に、幸運はそれだけではなかった。

「む、この研究所、まだ生きてたんだな。懐かしいぜ。俺もよ、ここで色々と実験されたんだっけな」

ヴェガがそんな事を呟いたのだが、確かにその言葉の通り、その通路の先には人の気配がした。

フェルドウェイからすれば取るに足らぬ力しか感じさせぬ矮小《わいしょう》なる者共だが、人の基準ではそれなりの強さを満たしている。

ここで騒動を起こすのも面倒なので、最初は厄介だなと思ったのだが、これが思わぬ幸運だと直ぐに気付く事となったのだ。

「ああ、やっぱりだ。この檻の中に囚われてるヤツらは、ここでの研究の実験体なのさ」

そんなふうに説明しながら、ヴェガが無防備に檻へと近付いていく。そして、檻の中にいる人物に向けて、親し気に話しかけた。

「よお、兄弟。元気かい？」

その話しかけられた人物こそ、心が壊れかけ寸前だったライナーだった。

「何だ……貴様……あのクソッたれの研究者共じゃねーのか……？」

ライナーは檻の前に誰かが立ったのに気付き、怯えるように身を縮こまらせていた。だが、いつもと様子が違う事に戸惑い、見上げた先にヴェガを見つけたのである。

ヴェガは笑う。

「その様子だと、かなり参っちまってるようだな」

「お前は……？」

「へっ、俺様はヴェガってんだ。言ってみれば、お前の先輩ってとこだな」

「先輩……だと？」

「おうよ。俺もよ、ここで色々と実験材料にされた口なのさ。運よく逃げ出せたが、今でも悪夢を見ちまうほど嫌な想い出だぜ」

それを聞いて、ライナーはヴェガに親しみを覚えた。

この過酷な環境を知る者として、仲間意識が芽生えたのだ。

「お前も、俺と同じ……」

「ああ、そうだとも。で、物は相談なんだが、助けてやろうか？」

ヴェガが勝手に話を進める。

それを聞いていたフェルドウェイも、別に口を挟んだりはしない。

今作戦はヴェガに一任しており、現時点までは上手く事が運んでいた。このまま任せるのも一興だと考え、様子を見守るつもりなのだ。

それに、別の思惑もある。

ここにはライナーだけではなく、他にも実験体と称される囚人が大勢いた。

その数、およそ百名近く。似た感じに肉体を強化されていて、実に良い具合に思えたのだ。

そう、まだ受肉していない妖魔族《ファントム》の依代《よりしろ》として、この実験体共を利用出来ないかと考えていたのである。

フェルドウェイが思案する横で、ヴェガとライナーの交渉が続く。

「えっ？」

ライナーは降って湧いた話に戸惑った。

助けてくれるというのなら、断る手はない。

だが、ヴェガ達は怪し過ぎた。本当に信用してもいいものかと悩んだが、それは一瞬の事だった。

何しろ、ここでその申し出を断ってしまえば、待っているのは破滅のみ。恐怖と絶望の中で気が狂い、遠からぬ未来に死んでしまうはずだ。

苦しまずに逝けたらいい方で……それを思えば、ここで騙される方が何倍もマシであった。

「助けてくれ。忠誠を誓えというなら、俺の全てを差し出すと誓う！　だから俺を、ここから出してくれ！」

ライナーがそう叫んだ。

それを聞いたヴェガはニヤリと笑い、鋼鉄製の檻に手をかけた。魔法で強化されたそれは、ヴェガの力でアッサリとねじ曲がって引き千切れた。

その凄まじい怪力に、ライナーも格の違いを思い知る。

だがそれよりも驚いたのは、足元に何名もの魔法審問官の死体が転がっていた事だ。密やかに速やかに、アリオスによって始末されていたのだ。

見回りが来るのが遅いと気になっていたが、その原因を知ってライナーが青褪《あおざ》める。

（俺でさえ歯が立たないような、イングラシアア王国の秘匿戦力がこうもアッサリと殺されるとはな。信じ難いが、コイツ等は正真正銘の化け物だぜ!!）

そう思いつつも、心から安堵する。

自分の選択は正しかったのだと、そう思うライナーであった。

「宜しくな、兄弟。それで、他にも助けたいヤツがいるなら、教えろや。全員救い出してやるぜ」

願ってもない申し出に、ライナーの顔も歓喜で染まる。

「あ、ああ！　全員だ。全員が俺の部下達なんだ！」

ここに集められていたのは、強化に耐えられると判断された者のみ。女や子供は別の実験に回され、既に死んでいた。ライナーや、ここに囚われている者達は、罰の一環としてそう聞かされていた。なので迷う事なくヴェガに従う道を選んだのだった。

「よし、今日から貴様らは俺の配下だ。俺達は今から、この上の王都で暴れるつもりなのさ。嫌だって言っても従ってもらうぜ？」

「勿論だ。むしろ、願ってもない命令だな。俺達も、この国には恨み骨髄なんだよ」

ヴェガの言葉に、ライナーが嬉しそうに応じる。ライナーの部下だった騎士達も、死んでいった仲間や家族の無念を胸に、同じ気持ちで頷いていた。

命が助かった事で、恐るべき実験の被験者にされた事に対する恨みも増していた。こうなるともう、彼等の怒りは収まらない。

そして更に、ここでフェルドウェイが後押しをするのだ。

「ならば貴様達にも、私から力を授けてやろう。準備は終わったか、マイ？」

「はい。ジャヒル様より、百名の戦士を預かって参りました」

フェルドウェイの意に従い、マイが既に行動を起こしていた。この短時間で『瞬間移動』を行い、選りすぐりの戦士達をジャヒルから預かってきていたのだ。

ジャヒルは不満そうだったが、フェルドウェイからの勅命である。逆らえるはずもなく、命令は速やかに実行されたのだ。


そうして、イングラシア王国の地下深くにて。

ライナー達への受肉の儀式が行われた。

意思の強い方が、肉体の主導権を奪う。自我が統合される場合もあるが、非道な人体実験よりもよほどマシだと、ライナー達もそれを受け入れた。

そうして——

「力が漲《みなぎ》るぜ。ヴェガ様、俺達を救ってくれた上に復讐するチャンスまで与えてくれたこと、感謝します」

「いいって事よ。コイツを貸してやるから、せいぜい暴れてこいや！」

ライナーはヴェガから武器を受け取った。

ヴェガがオルリアから奪った『武創之王《マルチプルウェポン》』で具現化した騎士剣である。言うまでもなくその性能は神話級《ゴッズ》に相当するのだが、〝参謀〟級の妖魔族《ファントム》の力を手にしたライナーならば使いこなせるだろう。

今のライナーの力は、存在値に換算すると百万を超える。これに神話級《ゴッズ》を加えた事で、二百万相当にまで強化されていた。

ライナーの部下達も二十万から五十万相当と、特A

級以上に相当する強者に生まれ変わっていた。

思わぬ戦力を手に入れ、ヴェガは御機嫌である。

フェルドウェイも満足していた。

（これは、予期せぬ拾い物だったな。精々暴れて、私の役に立ってくれ）

そうほくそ笑みつつ、意気揚々と去って行くライナー達を見送ったのだった。

●

大きな揺れが〝天通閣〟を襲った。

〝聖虚《せいきょ》〟ダマルガニアは、その日、滅亡の危機を迎えていた。

「あーあ、かなりヤバイ感じ。もしかして、大昔に地上を荒らしまわってたヤツかな？」

ウルティマの呟きを聞いて、呼び戻されていたヴェイロンとゾンダに緊張が走った。

「至急、ダグリュール様に確認を取って参ります」

「そうだね。最悪の可能性も考えないとだから、ゾンダは今直ぐベレッタさんに連絡できるトコまで走ってから、必ずシオンさんにも報告してもらうように」

ウルティマの命令を聞くなり、ヴェイロンとゾンダが動く。

この地が落ちたら、次はシオンのいるルベリオスが狙われるのは明白だ。本部への連絡は当然として、シオンへも事の重大性を伝えておくのが無難であった。

それを理解しているからか、ゾンダからの反論も一切なかった。

どうしてとか、私も一緒に戦いますとか、余計な事を口にしないのは、ウルティマへの絶対的な信頼と恐怖からだ。

下位の悪魔達と違って、ウルティマ直属の彼等は理解しているのである。彼等の主の性格を。

ウルティマは逆らう者には容赦せず、意に添わぬ者への慈悲など持ち合わせていないのだ。

それに何より、ウルティマの判断は正確だった。

ゾンダが試してみたところ、既にここいら一帯は魔法が封鎖されていたのだ。ありとあらゆる通信手段が妨害されており、こちらの状況を伝える事が出来なくなっていたのである。

無論、こうした事態への備えも万全だ。

前回のレオンへの襲撃時の反省点として挙げられていた課題だったので、リムルからは常に連絡を取り合うように指示されていた。定期的に、五分に一度の割合で相互通信を行うように、と。

これによって、連絡が途絶えた地点は異常があるとみなされるのだ。だから慌てずとも、五分以内に異常事態だと伝わるのだが、それでは遅いとウルティマが判断したのだろう。

であれば、ゾンダに出来るのは全力で命令に従う事のみ。貴重な時間を無駄にするほど、ゾンダは無能ではないのだ。

ゾンダが疾風を抜き去り消える。

ウルティマは立ち上がり、爪を噛んだ。

「これ、もしもボクの予想が当たっていたら、逃げるのも念頭に置いた方がいいかな?」

それは嫌だなと思うウルティマだったが、最悪の場合はそれを実行しようと決意していた。

(リムル様も、ダグリュールを信じていた。それと同時に、疑ってもいたんだよね……)

リムルはお人好しに見えて、確かに普段は抜けているくらいに騙されやすい面もあるのだが、その実、とても狡猾なのだ。

悪魔の王たるウルティマから見ても、その計算高さは尊敬ものだった。

そんなリムルが、何気なく呟いた言葉があった。

『敵の目的を説明した後でもヴェルドラに応援を求めるって、ちょっと気になるんだよな』

魔王達の宴《ワルプルギス》の座でダグリュールは、しきりにヴェルドラに応援に来て欲しそうにしていたのだという。

ミカエルはヴェルドラの因子を求めていた。それを聞いて理解しているはずなのに、それでもウルティマではなくヴェルドラを希望したと。

気心が知れているから——というのが理由だろうと納得出来るが、それでも気になったらしい。

ウルティマは、リムルが考え過ぎているとは思わない。

リムルの話を聞いた後、ダグリュールについてのあらゆる考察を終わらせていた。その結果、ダグリュールが裏切っている可能性はゼロではないと、リムルと同じ結論に達していたのである。

（そもそもさ、ダグリュールって巨人族《ジャイアント》の狂王から生まれたんだよね？　世界を滅ぼす勢いで暴れまわって、ヴェルダナーヴァ様に封じられたっていう……）

その詳細までは知らないが、推測は可能だった。

そもそもこの地は、ウルティマの支配領域だった場所と隣接していた。当然ながらダグリュールにかんする情報も把握済みであり、誰よりもダグリュールについて詳しいのがウルティマだったのだ。

それも見越して、リムルはウルティマを派遣したのだろう。

（期待されてるんだって思うと、張り切っちゃうよね）

そう思ったウルティマは、ダマルガニアに来てからもダグリュールについて調べて回り、裏切っていないか調査をしていた。

そして手掛かりを見つける。

ダグリュールは三兄弟と言われているが、弟を一人しか紹介されなかったのだ。

残る一人が鍵だと思っていたが、ここにきて強大な気配の襲撃である。

その気配は、ダグリュールや彼の弟であるグラソードによく似ていて――

「巨人族《ジャイアント》の狂王か」

ウルティマはそう呟き、不敵な笑みを浮かべたのだった。

＊

ヴェイロンが玉座の間に入ると、そこでは怒号が飛び交っていた。

それもむべなるかな。

〝天通閣〟という神の建造物が、その機能を蘇らせたのだ。つまりは、天へと至る扉が開いたのである。

本来なら〝天通閣〟は、どのような敵からも自分達を守ってくれる神の要塞だった。それなのに今回は、その〝天通閣〟こそが戦場となってしまったのである。

この地に住む者達が激しく動揺したとしても、それは仕方のない事だったのだ。

しかも、そこから降りて来る気配は、古き巨人達にとっては馴染み深いものだったから大変だ。

敵の姿を目にする前から、巨人達は心を乱されてしまっていたのだった。

巨人と一口にいうが、その寿命や能力は個体差が大きい。

まず寿命だが、古き個体には寿命はない。後継者に記憶と力を託して代替わりする事はあるが、それはあくまでも戦死した場合に備えての措置だ。

予備の個体や代替わりした個体には寿命があるが、それも世代を遡るごとに長命になっていくし、一番新しい世代でさえ数百年の寿命を有していた。

そして能力の方だが、古き個体は神と称されるに相応しい力を有していた。

巨人族《ジャイアント》は通常時でも二メートルから二・五メートルという巨体だが、戦闘時には更に数倍に巨大化する。その強靭なる肉体こそが、巨人族《ジャイアント》の真骨頂なのだ。

最古の個体であるダグリュールともなると、通常時と戦闘時の差は十倍以上。つまりは、二十メートルを超えるほど巨大化するのだった。

巨人族《ジャイアント》には、ダグリュールに匹敵するかそれ以上に強い者がいた。それが、弟であるフェンだった。

ダグリュールは三兄弟なのだが、彼の一番下の弟は知性と理性はそのままに、感情の制御だけを失くしたような暴君だったのである。

ヴェルダナーヴァによって封じられ、それ以来、ダグリュールはその封印を守り続けてきた。だからこそ、領土が砂漠化してしまったというのに、この地から動けずにいたのである。

フェンが封じられたのは〝天星宮《てんせいきゅう》〟だ。そして、そこに至る道は〝天通閣〟しかない。

他にも手段はあるが、それは〝鍵〟を持つ者のみに許された特権だった。

ちなみに、〝鍵〟の所有者は一人だけ。

ヴェルダナーヴァの妹であるヴェルザードのみが、唯一〝天星宮《てんせいきゅう》〟に至る門を開くのを許されていたのだ。

ダグリュールはそれを知っていたので、今回の事態も想定外という訳ではなかったのである。

………………

……

ダグリュールは〝天通閣〟の上層階より、下層の様子を睥睨する。

先日の魔王達の宴《ワルプルギス》を思い出していた。

勝手気ままな魔王達が、相手の立場を思いやりながら自己主張を重ねていた。協調性など欠片もないようでいて、不思議と意見が纏まった話し合いであった。

そこで定められた内容に従い、魔王リムルの配下の者達が、つい先日まで〝転移用魔法陣〟の調整をバタバタと行っていた。今は落ち着き、決戦前に間に合った形である。

よく働くと感心したものだが、その仕事ぶりは完璧だった。ダグリュールも大いに満足し、盛大な宴を開いて工作班の労をねぎらった。

今は客人であるウルティマ達が残っているだけなので、少し寂しく感じるほどであった。

見方によっては芸術のような模様を描く〝転移用魔法陣〟は輝きを放ち、下層階の中央部分に鎮座していた。しかし特筆すべきは、その性能の方だ。

魔法陣の運用目的は緊急時に行き来出来るようにする為とされているが、その実、遠い将来の事まで見据えているのは間違いない。

今回は間に合わせとの事だったが、ダグリュールからすれば、十分に素晴らしい出来栄えであると思っている。部隊規模でも移動が可能になるのなら、大勢の商人も利用出来るはずだからだ。

(魔王リムル、か。侮れぬヤツよ。大気中に満ちる魔素を利用する事で、このように複雑な魔法装置を誰にでも利用出来るようにするとはのう。回数制限はあるだろうが、魔素を補給してやれば済む話。あの魔の砂漠を渡って来るよりも、遥かに安全に往来が可能になるだろうて)

この、見捨てられたように死にかけている大地では、民を満足させるだけの食糧を輸入するだけでも精一杯だ。

巨人族《ジャイアント》は霞を喰って生きている訳ではない。その巨体に見合うだけの食事を必要としており、若い者ほどエネルギー摂取量が多いのである。

それこそが生きている証でもあるのだが、ある意味で呪いと紙一重であったのだ。

砂漠の魔物の素材を輸出して、他国からの食糧供給に依存する。その為に、若者達が旅人となり、過酷な砂漠を何度も何度も横断していた。

それが、〝聖虚《せいきょ》〟ダマルガニアの現実だったのだ。

だが、この〝転移用魔法陣〟があれば、その苦労からも解放されるだろう。

食糧などは〝転送〟出来ないというのが、今までの常識だった。しかし、これから先の未来では、そうした問題も解決されるに違いなかった。

（恐ろしいのう。ワシの今までの苦悩が、こうもアッサリと解決の糸口をつかめるとは……。これならば、無理してルベリオスにチョッカイを出す必要もなくなるというものぞ）

魔王リムルが一体どこまで見通しているのか、それが空恐ろしいダグリュールであった。

自分が思い付きもしなかった発想をするリムルという名の魔王が、素直に凄いと思った。そしてその深謀遠慮に感嘆の念を抱き、敵に回したくないと考えている。

だが、そんなダグリュールの感動に水を差す者が現れたのだ。

突然、心に声が響いた。

『我が友ダグリュールよ、久しぶりだな。元気そうで何よりだ。こっちに戻ってから直ぐに連絡を取りたかったのだが、色々とあってね。ようやくこうして、君に話しかける事が出来たよ』

ダグリュールは慌てなかった。

この事態も想定済みだったのだ。

『ふむ、フェルドウェイだな。友と呼んでくれるのは嬉しいがな、今のワシと貴様は敵同士なのだ。長話をする気はないから、さっさと用件を告げるがいい』

その返事を聞いて、声の主、フェルドウェイは鼻白んだ様子だった。

『そう冷たくされると残念だな。君にも私の手伝いを頼みたかったのだが？』

フェルドウェイのもったいぶった言い方に、ダグリュールの反応もより冷ややかなものとなる。

『ヴェルダナーヴァの復活か？　興味ないのう。フェンを封印された恨みなどないし、この地を与えて下さり我等の面倒を見てもらったという恩もあるが、だからと言って、彼《か》の御方の復活に手を貸すというのは、ワシとしては違うと思うぞ？』

そもそも、フェルドウェイとダグリュールは、そこまで仲の良い間柄ではなかったのだ。

むしろダグリュールからすれば、本当の友であるディーノをミカエルが精神支配していると聞いて、フェルドウェイにも腹を立てているほどだった。

ディーノが裏切ったと聞いた時点で、何をトチ狂ったのかと思ったものだが――

（そもそもあの馬鹿《ディーノ》が、自らの意思で面倒極まりない裏切り行為を選択するハズがないわな）

と、話を聞いて深く納得したものだ。

だからダグリュールは、フェルドウェイの申し出をアッサリと断った。

これに面白くないのがフェルドウェイである。

『おいおい、〝反逆之巨神《リベリオン》〟ダグリュールともあろう者が、魔王になって飼いならされてしまったのかな？』

ダグリュールの気性の荒さを煽り、交渉を有利に進めようとする。

神代の昔、〝星王竜〟ヴェルダナーヴァに挑み封印された、凶悪なる巨神。それが、ダグリュール達三兄弟だった。

大地に破壊を撒き散らす、暴虐の王。

その凄まじい超破壊能力は、幾つもの土地を焦土と化した。

最悪の破壊神とまで称されたダグリュール達だったが、ヴェルダナーヴァに恭順してからは大人しいものだ。

粛々と与えられた領土で暮らしつつ、その役目として〝天通閣〟を守護していた。

だが決して、性質が大人しくなった訳ではない。

ヴェルダナーヴァに力を封じられた今でさえ、その怒る様は〝大地の怒り《アースクエイク》〟と呼称されるほどなのだ。

簡単に挑発に乗るだろうと、フェルドウェイは考えたのだった。

が、しかし。

『スマンのう。今は昔とは違うのだ。ワシは存外、これから先にも希望を持てるようになった。これもリムルのお陰であると考えれば、アヤツを裏切る訳にはいかんのよ』

と、実にあっけなく断られてしまった。

そしてそれ以上の交渉は無意味とばかりに、ダグリユールは『次は戦場で会うとしようぞ』と告げ、一方的に『念話』を打ち切ったのだった。

………

……

…


ままならんな——と、ダグリュールは呟いた。

「フェルドウェイめ、まさかフェンの封印を解くとはのう。ワシが協力を拒《こば》んだ腹いせか？」

「兄者、気になさいますな。あの者は妄執に囚われている。遅かれ早かれ、これは避けられない事態だったのだと思いますよ」

悠然と構える兄弟を目にして、ヴェイロンが不快感を示す。

「おやおや、その発言は聞き捨てなりませんな。ダグリュール様は、敵方と通じておられたのですかな？」

主たるウルティマからの命令だ。どんな言い逃れも許さないとばかりに、ヴェイロンは追及した。

ところが、これは肩透かしに終わる。

ダグリュールは最初から、隠し立てする気などなかったのだ。

「まあ、そう凄むものではないぞ。貴殿が実力者なのは認めるがな、ワシよりは弱い」

ダグリュールは慌てる事なくそう答えた。

それを受け、弟のグラソードが続く。

「落ち着きなさい、ヴェイロン殿。我が兄者がフェルドウェイから誘いを受けたのは確かです。しかし、それを断ったから今の事態があるのですよ」

そう諭されて、ヴェイロンは「ふむ」と頷く。

声を荒らげて問い詰めてみただけで、もともと察してはいたのだ。

ダグリュール達の態度からは嘘の気配が感じられず、どうやら本当の話なのだろうと判断する。

ではどうして、ワルプルギスの時に敵を利するような発言をしたのか？

「ダグリュール様の行動には疑問点が多いと、我等の偉大なる王が気にしておられたのだ。それについての明確な釈明を――」

と、ヴェイロンが疑問をぶつけようとした時。

「うーん、ボク、わかっちゃった。オジサンはさあ、リムル様に助けを求めたかったんだね？　魔王達の宴《ワルプルギス》では敢えて疑われるような発言をして、自分が敵と関係があるのだと示したかったんでしょ？」

遅れてやって来たウルティマが、ダグリュールにそう問いかけたのである。

というか、それは質問ではなく断定だった。

それを聞いたダグリュールは、嬉しそうに呵々大笑する。

「素晴らしい！　流石は我が宿敵だのう。やはりカレラではなく、貴様に来てもらって良かったぞ！」

これが、ダグリュールの本音であった。

カレラは脳筋過ぎて、裏を読むという行為が苦手なのだ。

ダグリュールが裏切っていると誤解したら、それを解くのがとても困難だっただろう。

その点、ウルティマなら安心だ。

ずっと苦しめられていた怨敵《おんてき》でもあっただけに、逆にその頭脳を信用したのだった。

ダグリュールは満面の笑みで、ウルティマの予想通りだと告げる。自分がフェルドウェイと関係があると匂わせる事で、自分自身や〝聖虚《せいきょ》〟が狙われる可能性を示唆《しさ》していたのだ、と。

ディーノのように、自分の意思と違うところで裏切者にされてはたまらない。その可能性がゼロではないのなら、それを告げておくべきだと判断したのである。

　ただし、それをそのまま伝えても誤解を招くだけだと考え、敢えて匂わせる程度に止《とど》めたのだった。

「ふーん。やっぱり、そうだったんだね。なら、オジサンの思惑通りかな？　だって、リムル様もちゃんと理解してたもん。リムル様は狡猾にして全てを見通す御方だから、この状況だって計算の内なんじゃないかな。だからさ、心配しなくても何とかなると思うよ」

　ウルティマは笑顔でそう告げた。

　ダグリュールも大きく頷き、安堵したと笑う。

「聞いたか、グラソード。ワシの同僚は凄いヤツなのだ。あのクレイマンを手玉に取った神眼の持ち主ならば、ワシの狙いに気付いてくれると信じておったぞ！」

　ウルティマとダグリュールは、リムルのいない所で心が通じ合っていた。その根拠が完全なる勘違いなのに気付けなかったのは、二人にとっては幸せな事だったのだろう。

　ともかく、両者の和解は成立した。


「それじゃあ、リムル様が来るまで頑張っちゃおうかな」

「ウルティマ様、何なりと御命令を。御身の敵は、この私が討ち滅ぼして御覧に入れましょう！」

　ウルティマとヴェイロンは、リムルを信じて戦に臨む。

「そうよな、ワシもひと暴れしてやるか。フェンの相手はちと骨が折れるが、ワシ以外にはヤツを止められんだろうしのう」

「お供しますよ、兄者」

　ダグリュール兄弟も、客人という立場であるはずのウルティマ達の気合を見て奮い立った。

　そうして速やかに、全員が迎撃に向けて動き出したのだった。

●

　ミリム達は、地平の彼方を意識していた。

「ヤベーな、ありゃあよ」

誰もが無言で顔を青褪めさせる中、最初にそう呟いたのはカリオンだった。

大地と大空を、蟲の大群が埋め尽くしていたのである。その猛威は計り知れず、その脅威は想像を絶するものだった。

「アレが、〝蟲魔王《むしまおう》〟ゼラヌスの〝十二の軍勢〟の八つ……。最悪ですわね、ゼラヌスの腹心たる十二蟲将《じゅうにちゅうしょう》が勢ぞろいとは……」

カリオンに応じたのは、病み上がりのオベーラだ。

ミリム達の看病の甲斐あって、今では完全復活を遂げていた。

オベーラは、自分の愛する配下を滅ぼしたミカエルへの恨みを晴らすべく、決意を新たに決戦に臨んでいた。そんな彼女であってさえ、おぞましい蟲が這う忌まわしい現実を前に言葉を失っていたのだった。

単に、蟲が嫌いとも言う。

そうでなければ、ザラリオに頼み込んでまで、より危険な滅界竜《めっかいりゅう》担当に名乗り出たりはしなかっただろう。

そんな裏事情はともかくとして、今は現実逃避している場合ではなかった。

ミリムが言う。

「なあ、フレイ。ワタシが〝竜星爆炎覇《ドラゴ・ノヴァ》〟で吹き飛ばしてしまってもいいか？」

それを聞いて、フレイは「そうねえ……」と思案した。

その案は悪くなかった。

オベーラなど期待に満ちた目でミリムを見ているし、許可してもいいかと思える。もしもフレイまで蟲が苦手だったなら、一も二もなく賛成していただろう。

だが、フレイは待ったをかけた。

反対する理由は特にないのだが、嫌な予感がしたからだ。

「初手で最大攻撃というのは、戦術的にはアリなんでしょうけどね。相手の能力も不明な内に、手の内を晒すのもどうかと思うわね」

フレイはそう言葉を濁しつつ、ミリムの案を却下した。

敵の数が多いから、ミリムに一掃してもらうというのは魅力的ではある。だが、蟲魔族《インセクター》を甘く見てはならないと判断した。

その理由は、ゼギオンを知っているからだ。

フレイが戦ったのは〝蟲女王《インセクトクイーン》〟アピトだが、カリオンとゼギオンが戦う場面も見学していた。

自分がギリギリで勝てたアピトも恐るべき魔人だったが、ゼギオンは次元が違う存在に思えたのだ。

今回の敵は、そのゼギオン達と同じ種族なのである。

「正直言って、私が過剰に心配しているだけかも知れないけれど、敵を甘く見ない方がいいと思うの」

そう話すフレイを、軟弱だと笑う者はいない。

それどころか、カリオンも同意する。

「いや、俺様もフレイに賛成だな。そういう直感ってのは馬鹿に出来ないもんだし、俺様自身、慎重に事を構えた方がいいと感じてる。ミリムなら心配ないとは思うが、ここは正攻法でぶつかってみようや」

そして、ミッドレイまでも。

「ふむ、数が多いのが難点ではあるが、個々の強さはBランク上位といった感じかのう。指揮官と思わしきAランクの蟲共を潰せば、後は烏合の衆か。強さがハッキリしているだけに、標的を見つけやすい。意外と楽勝かも知れませんぞ」

などと、自分基準で頭の悪い事を言う始末だ。

それは作戦とは言えないのよね——と思うフレイだったが、ミッドレイの配下はその無茶振りに慣れていたのを思い出し、言葉を飲み込んだ。

「それじゃあ、空を飛んでいるのは私達が引き受けるから、地を這う蟲共はミッドレイ殿にお任せするわね」

もう何でもいいとばかりに、話を纏めるフレイだった。

「ミッドレイだけに任せちゃおけねーな。俺様のとこの戦士団にも、指揮官級を始末させるぜ。頭を失った手足は、新生軍の丁度いい訓練相手になりそうだしよ」

「うむ、そうしてくれると助かるのである。ワシが話を振っておいて何だが、神官が前線に出るのはチト違うと思うのでな」

カリオンが仕方ないなとばかりにそう言うと、ミッドレイが苦笑しながら同意した。

そんなやり取りを見て、オベーラは思うのだ。

チト違うどころじゃなく、根本的に間違っているのよね――と。オベーラは賢明にもその感想は口にせず、

「ミリム様の護衛については、私が」とだけ述べたのだった。

そして最後に、ミリムが笑いながら宣言する。

「わはははは！　ワタシの四天王として、諸君らの働きに期待するのだぞ！」

いつものように、楽し気に。

そしてまた、平時のような会話で場が和むのだ。

「おいおい、その四天王っての、マジで言ってんのか？」

「ミリム、貴女はリムルに影響を受け過ぎよ。四天王とかじゃなくて、もっと普通の役職でいいじゃないの」

「イヤなのだ！　四天王がいいのだ！　リムルだけ四天王がいるなんて、ずっと前からズルいと思っていたのだぞ!!」

「ま、俺様はいいけどな」

「ワシも。ミリム様のなさりたいようになさって下されば、従うだけですぞ」

「私としては、実は好みです。受け入れられたようで、嬉しいですし」

「……何よ。それじゃあ、反対している私の方がワルモノみたいじゃない。もういいわよ、それで」

と、最後にはフレイが折れるところまで、一連のお約束になっていたのだった。

＊

異界からの敵を前に、ミリム勢も展開して待ち構える。

その総数だが、旧魔王領を三つも呑み込んだ事で、〝八星魔王《オクタグラム》〟でも最大規模に膨れ上がっていた。

カリオンとフレイが超級覚醒者《ミリオンクラス》へと進化した事もあり、再編制も行われている。

総大将としてカリオンが大将軍の地位に就任し、全軍の指揮を任されていた。

フレイは親衛長官として、ミリム直属の護衛を担当している。

ミッドレイは大神官として、武僧神官団を率いての後方支援担当だ。

そして、最近加入したオベーラが軍師となり、作戦立案を担当するようになっていた。

この四名が、ミリムが誇る四天王である。

最初に紹介するのが、カリオンが率いる本隊——〝飛獣騎士団〟だ。

団長はスフィアで、副団長がフォビオだった。

元獣王戦士団が千人長として、クレイマン軍の残党や獣王国の戦士達等々を率いている。戦士団の数は百であり、それだけで十万の軍勢となっていた。

これにカリオンの指揮が加われば、恐れを知らぬ軍団の出来上がりだった。

次に紹介するのが、超エリート部隊としてフレイが直接率いる〝ミリム親衛軍〟だった。

ルチアとクレアが副官として、長官たるフレイのサポートを行う形を取っている。


フレイの虎の子だった飛翔魔獣《グリフォン》を駆る、天空の騎士達。その数、三千騎強である。フレイの側近である〝天翔衆《てんしょうしゅう》〟がチームリーダーとなり、各々十から三十名ほどを従える構成だった。

B^+ランクの魔獣であるグリフォンだが、カリオンの手で鍛えられた事で、その強さはA^-ランク相当まで引き上げられている。これに、各所より集められた獣王国の精鋭戦士や〝天空女王《スカイクィーン》〟親衛隊の面々が騎乗する事で、その総合戦力はＡランクを超えるのだ。

また、〝天翔衆《てんしょうしゅう》〟に至ってはフレイ覚醒の影響を受けているので、個々の強さがＡ級でも上位に相当した。特Ａ級に匹敵する者もそれなりにいて、かなりの戦力となっているのだった。

この世界において、Ａランクを超える者だけで成り立つ軍団としては、最大規模。たった三千騎強ではあるが、一心同体の高速機動での空中戦も難なくこなす猛者達なのだった。

そして最後に紹介するのが、急遽かき集められた後方支援軍である。

ミッドレイが代表ではあるが、実際にはヘルメスが指揮を執る。

野良魔人や、人族の傭兵や、元クレイマンの配下達。様々な者達からなる混成部隊なのだが、ミッドレイの預かりとなって戦闘の補助を担う事になっていた。

それまで建設作業に携わっていた者が大半であり、個々の強さはDランクから良くてBランクだった。気性的にも戦いに向いてはおらず、物資運搬や食事の調達、衛生兵として神官団の手助けを行うのが任務となる。

ただし、数だけは多く十万規模となっていた。

これがミリム勢、総数二十万強の全容だった。

戦闘部隊が前面に出て、支援部隊を守る形の布陣である。

これに加えて、魔国連邦《テンペスト》からの援軍がいた。

目立つのは、ゲルドが率いる軍団だ。

ミリムの居城都市の建設工事の為に召集されていたのだが、そのまま防衛戦に突入する事になった。

他の部署にも応援に回っていたので全員ではないが、黄色軍団《イエローナンバーズ》と橙色軍団《オレンジナンバーズ》を合算して総勢三万五千名が集っている。

防衛に特化した戦力だが、特に黄色軍団《イエローナンバーズ》は圧巻だ。

ゲルドの進化に合わせて配下だった猪人族《ハイオーク》達の戦闘能力も大幅に上昇しており、団員数も一万名に増加している。中にはAランクに達した者もいるほどで、平均してA^-ランク相当の恐るべき軍団となっていたのだ。

橙色軍団《オレンジナンバーズ》も戦闘経験を積み、今では歴戦の軍団だ。平均してBランクという、どこの騎士団にも負けない強さを誇っていた。更にゲルドの権能と合わされば、鉄壁の守りで味方を守る盾となってくれるのだ。

今回は前線には出ず、後方守護が担当なのだった。

ガビル率いる〝飛竜衆《ヒリュウ》〟も忘れてはならない。

たった百名だが、全員が特A級という馬鹿げた戦力である。

こちらは臨機応変に対応し、好きに暴れる形で参戦予定なのだ。

最後に、カレラとエスプリ。

たった二人なのに、恐るべき戦力だと推測された。

この援軍も組み込んで、〝蟲魔王《むしまおう》〟ゼラヌスの軍勢に対抗する事になったのだが、それでも厳しい戦いになると予想される。

何しろ、敵の数はこちらの十倍以上——三百万を超えていたからだ。

わらわらと湧き出るように、蠢《うごめ》く蟲共が攻めて来る。

かくして、戦端が開かれようとしていたのだ——


一番手はカレラである。

「ミリムがやらないんなら、私の出番だね」

そう言って、嬉々として前に出た。

「むぅ、本当ならワタシの実力を見せ付けてやりたかったのだが、フレイが反対したからな。仕方ないので、ここはカレラに譲ってやるのだぞ」

ミリムも止めない。

この二人、いつの間にか親友《マブダチ》になっていたのである。

周りの被害は倍どころではなく、相乗効果で計り知れないものになっていたのだが、そんなのは二人にとって関係のない話。自分達が楽しめればそれでいいと、互いに威力を高め合っていたのだった。

そう、威力。

威力こそ、強さ！

強さとは、破壊力なのだ。

「クソ蟲どもが、滅びをくれてやる！　究極にして最大最強の——〝終末崩縮消滅波《アビスアナイアレーション》〟!!」

初手から最強魔法をぶっ放すあたり、カレラは流石だった。

これによって、二百万以上の蟲が消滅したのである。

十倍以上の差は、これにて四倍程度まで縮小した。

これを見て、絶望的な戦力差を嘆いていた兵士達の顔にも希望が浮かぶ。

カレラの行動は一見すると無茶苦茶だが、景気づけ、もしくは士気高揚という意味では最適だった。犠牲が出る前に敵の数を減らした事で、こちらの戦力を保ったまま戦意まで高まったのだ。

これによって、戦況は一気に有利になる——と思われたのだが……。

フレイの悪い予感が的中した。

「嘘だろ⁉　アイツ、私の魔法を異界に流しやがったぞ……」

「カレラ様の魔法を……信じられないけど、事実みたい。これだから、蟲型魔獣《インセクト》は嫌いなんだよ。魔法を無効化するヤツもいるしさ、ホント、私達の天敵だよね」

エスプリの言う通りだった。

カレラの魔法は、たった一体の蟲型魔獣《インセクト》によって力の流れを変えられてしまったのである。

虹色の細長い翅《はね》が美しい、女型の蟲型魔獣《インセクト》。

その名は、ピリオド。魔法に対する絶対的優位性を持つ、十二蟲将《じゅうにちゅうしょう》の一人だった。

「さてさて、感心している場合じゃないね。そろそろ来るよ。ゲルドさん、全力で天頂に向けて結界をお願い」

「む、承知」

カレラが笑みを消して、ゲルドに指示を出した。

それに疑問を覚えるも、問い返す事なくゲルドが従う。

そのやり取りを横目に、エスプリがさっさと動き出していた。ユニークスキル『見識者《ミヌクモノ》』で事態を察知して、ゲルドが張った『防御結界』を補強するように、自らの防御魔法を展開させていく。

「――何を？」

と、フレイが疑問に思った時、それは開かれた。

天空に異様な歪みが生じた。

「うむ、読み通りだ」

「流石はカレラ様！　あの複雑な魔法の書き換えを、一発で読み解けちゃうんですね」

「無論、というか基本だとも。それよりも、耐えられるかな？」

「フッ、ならばワタシも加勢するのだ。この城が壊されては、フレイが怒るからな！」

そう言うなり、ミリムも天に手を翳《かざ》した。

そして、ゲルドの『結界』と、エスプリの防御魔法、それに加えてミリムの防護幕という三重の守りが同時発動する。

その直後、天の裂け目から破滅の波動が降り注いできたのだ。それはまさしく、カレラが放った〝終末崩縮消滅波《アビスアナイアレーション》〟だった。

「ちょっと、これはもしかして――」

「おいおい、そういう事かよ……」

フレイはその頭脳で、何が起きたのかを推察した。

そしてカリオンも、その本能で今起きている現象を察している。

一歩遅れて、ミッドレイが呟いた。

「なるほど、カレラ殿の魔法を異界に流し、その出口をこちらの頭上に繋げ直したという訳か。何という無茶な真似を……」

それが正解だった。

事情を察する事が出来なかったのはガビルだけだったが、それは仕方がない。魔法を得意とするカレラが、その自慢の最強魔法を投げ返されたようなものなのだ。説明されても信じるのが困難なほどなのだから、それを想像しろというのが無茶なのである。

そもそも、そんな真似が可能というのが信じ難い話であった。

ともかく、今はゲルド達に頑張ってもらうしかなく、皆は固唾を呑んで衝撃に備えたのだ。


そして暫くの間、激しい光が明滅し、天地がひっくり返るほどの衝撃に見舞われた。

それは徐々に収束していき、やがては鎮静化する。

揺れが消えてからようやく、カレラが口を開いた。

「こんな真似をするヤツがいるなんてね。もしもこれがミリムの魔法だったら、ちょっとどうなってたかわからないかな」

自身が放った〝終末崩縮消滅波《アビスアナイアレーション》〟を、どうにかこうにか消し去る事に成功して、カレラもようやく落ち着いていた。そして軽口を叩いた訳だが、それを聞いた他の者達は顔を青褪めさせてしまう。

今回は、威力が三割以下に落ち込んでいたから、どうにかこうにか耐えられた。それでも、居城周辺の地形は大いに崩れ、街道その他は見る影もなくなっている。

これを復興するだけでも頭が痛い問題ではあるが、幸いにも人的被害が出なかっただけマシというものだった。

しかし、もしもこれが〝竜星爆炎覇《ドラゴ・ノヴァ》〟だったら？

「わはははは！　ワタシの魔法はそう簡単には制御出来ないのだ。多分だが、返されるのは一部の威力だけだったと思うぞ」

「その一部でも、私達では防ぎようがないかもな。何ていうのかな？　あの魔法って、未知の理論で成り立っているから。法則を書き換えるなんて不可能だし、上手く防御出来るか自信ないな」

　カレラが本音で答えた。

　魔法を得意とするカレラだが、ミリムの魔法は別次元のそれなのだ。正直なところ、いつも威力を競っていただけに、そのヤバさを誰よりも知っていたのだった。

　それならばと、ガビルが疑問を口にする。

「であれば、敵もミリム様の魔法を投げ返すなど出来なかったのでは？」

　実にいい指摘だった。

　ガビルは意外と頭が良く、こうした視点は優れた感性を有しているのである。

　これに答えるのはミリムだった。

「いや、返されていたのだ。あの者は『空間支配』を見事なまでに使いこなしていたからな。演算能力に特化しておるのだろうが、指向性のある魔法なら性質を問わず、流れを変える事が出来るのではあるまいか」

　これにカレラも同意する。

「その意見に賛成。認めたくはないけど、大規模で複雑な魔法ほど、ヤツにとっては操りやすいんだと思うね。これが仮に基点発動型の〝破滅の炎《ニュークリアフレイム》〟だったとしても、その発動地点を予測してその空間を切り取る事で、無効化してしまうだろうさ」

　発動に時間差がない魔法なら受け流す暇もないだろうけど、それでは致命傷を与えられない。魔法の読み合い、ぶつけ合いという、悪魔にとっての十八番《オハコ》を奪われたような、そんな忌々しい気分に陥るカレラだった。

　ともかく、敵方に魔法を得意としている者がいるのは厄介だ。

「申し訳ございません。私が蟲魔族《インセクター》に詳しければ、このような危険な真似は御止めしたのですが……」

オベーラがそう謝罪して頭を下げるが、彼女を責める者など誰もいない。

「まあ、済んだ話だな」

「その通りなのだ。むしろ、被害ゼロで敵の数を減らせたのだから、結果だけを見れば大成功なのだぞ！」

「そうね……無事だったのだもの、文句を言っても仕方ないし、それよりも今は、次の手を考えましょうか」

ミリムやフレイの言う通りだった。

カレラの一撃で敵の戦力を大幅に減少させたのは事実であり、事情を知らぬ将兵達の士気は高い。この勢いのままに敵を叩く方が、責任追及などするよりも有意義であろう。

「今後は、魔法禁止で」

「異議ナシ！」

フレイの決定に、カレラが応じる。

「それでは、正攻法で正面からぶつかるとしようや」

「面白そうですな。敵の王の姿は見当たらぬが、将の数は八名ほどか。丁度こちらと同数である事ですし、一人一体をノルマにすれば宜しかろう」

カリオンが大将軍として意見を述べれば、ミッドレイが頭の悪い事を言い出した。

それに乗るのがカレラだ。

「ハハハ、面白いじゃないか。それでは私が、あのふんぞり返っているヤツを頂こう」

その視線の先にいるのは、飛行型の蟲魔族《インセクター》の背に座るゼスだ。蟲将《ちゅうしょう》首席であるだけに、威厳が凄まじい。

「ズルいのだ！　それじゃあワタシは――」

「ダメよ、ミリム。貴女は大将なのだから、ドンと構えていなきゃね」

「そうだぜ。もしも俺様達がヤバイとなったら、そん時に助けに入ってもらわねーとな」

「む、むう、わかったのだ」

参戦しようとしたミリムを止めたフレイが、そのまま戦場を見渡して宣言する。

「という訳だから、私があの飛んでる羽虫を相手するわね」

その視線の先には、空飛ぶ金蚕《カナブン》？　――トルンがいた。

てだす。

カレラとフレイが先陣を切ると、残された者達が慌
「それじゃあ、俺様は――」

「我輩は――」

「ワシは――」

カリオン、ガビル、ミッドレイの三名が同時に口を開き、その視線が交差した。

「ま、早い者勝ちって事で、文句はねーな?」

「ふむ、よかろう。ワシも久々に、本気で暴れるとしようかのう」

「我輩も同じくである! それでは、いざ尋常に勝負であるぞ!!」

止める間もなかった。

三名は牽制し合うように、城から飛び出して行ったのだ。

それに釣られるように、軍勢も動き出す。かくして、大戦の幕が切って落とされたのだった。

＊

ゲルドはミリムに一礼してから、指揮を執るべくその場から去った。

残ったのは、ミリムとオベーラ、そしてエスプリである。

「お前は行かないのか?」

そう問われたエスプリは、嫌々ながらも本音を語る。

「正直に言いますと、私では実力が劣っていますので、戦況をよく見て誰かのサポートに入る方が無難なんですよ。下手に張り切って負けちゃったら、その方が足を引っ張りますし……」

実に賢明な判断であった。

今回ばかりはエスプリも、サボっている訳ではなかったのだ。

「――確かに。蟲将《ちゅうしょう》を甘く見ていると、手痛い目に遭うわね。私としても、実際に戦った経験は少ないのだけど、油断していい相手ではないと理解しているもの」

実際、多くの仲間が蟲魔族《インセクター》に殺されているのだ。

特に、カレラが向かった先のゼスは、ザラリオでさえ手こずると聞く。正直言って、オベーラ自身も勝てるとは断言出来ないほどの相手なのだった。

だから残った三名は、このまま戦いの行方を見守る事にしたのである。

真っ先に会敵したのは、先陣を切ったカレラだ。

「邪魔」

そう言って有象無象を殴り殺し、一気に戦場を駆け抜けた。そしてその先で、悠然と構えるゼスに抜き出した黄金銃を撃ち放ったのである。

が、ゼスはこれを軽々と避けた。

至近距離からの超音速の弾丸でさえも、ゼスにとっては取るに足らぬ玩具《オモチャ》に等しかったのだ。

「へえ、やるじゃないか」

感心するカレラ。

そのまま黄金銃を、刀身が黄金色《きんいろ》に輝く軍刀へと変化させた。

「カレラだ。君の命を刈り取る者だよ」

「笑止。そんな戯言ハ、この俺ヲ立ち上がらせてからほざくがイイ」

その言葉を合図に、戦いが始まったのだった。

カレラと同時に飛び出したフレイの周囲には、命令を待たずとも〝天翔衆《てんしょうしゅう》〟が侍る。当然ながら、〝ミリム親衛軍〟も追従する形となった。

ミリムの護衛に専念していないが、戦時下では役割が変わるので問題ないのだ。

そもそも、ミリムに護衛など必要ないのである。今はオベーラも残っている為、フレイも心置きなく暴れられるというものだった。

そんな訳で、空飛ぶ蟲共を蹴散らしながら、フレイはトルンと接敵したのだ。

トルンは、金属光沢のある外骨格で身を守る蟲将《ちゅうしょう》であった。

ずんぐりとしており、スマートさはない。近くで見ると意外に大きく、身長は二メートルに達していた。

しかし、侮れない実力を有している。蜻蛉《トンボ》のように二対の翅《はね》を駆使する事で、変幻自在な飛行を得意としていたのだ。

フレイは、初撃を叩き込んだと思った瞬間に回避された事で、トルンが厄介だと悟る事になった。

高速飛翔からの爪撃を、トルンが滞空しながらサラリと躱す。それは、飛行方法の違いによるもので、空中戦はトルンに利があるように思われた。

何しろトルンの複眼は、フレイの動きをスローモーションのように捉える事が可能だったからだ。直線スピードではフレイに劣るものの、移動先の予測が簡単に出来てしまうのだから、回避するなど容易い事だった。

トルンは、特別な権能を有している訳ではない。その力は、外骨格の強度と未来予測、そして飛行速度に割り振られていた。単純ながら、とても強い能力構成をしていたのである。

特に、その拳の性質は生体異鋼《アリオニウム》という特殊な物質で、その強度は生体魔鋼《アダマンタイト》をも凌いでいた。神話級《ゴッズ》にさえ届く強度を誇っていたのだ。

反応速度、防御力、そして攻撃力という、戦闘において重要な要素を全て備えているトルンは、存在値ではフレイに劣るものの、戦闘能力では上回っていた。

勢いのままに敵の将を討ち取るつもりだったフレイは、ここにきて大いなる誤算に苦しむ事になる——ハズだった。

しかし、ここでトルンが失言する。

「キシ、キシシシシ。オマエ、遅イ。オレ、速イ」

「はあ？」

この一言で、フレイがキレた。

後にミリムが語る。

フレイは決して温厚ではないのだ。バカな発言をした者は、その愚かさを身をもって知る事になるのだぞ、と。

ミリムはいつも叱られているだけに、その言葉には重みがあった。

そしてトルンは、その意味を自身の肉体で知る事になるのだった。

ガビルは〝飛竜衆《ヒリュウ》〟を引き連れ、フレイの後を追っていた。

「皆の者、敵は蟲型魔獣《インセクト》、ゼギオン殿やアピト殿と同種族であるぞ。その強さは理解していると思うが、油断だけはするなよ！」

ガビルの大声での注意喚起に、部下達が大きく頷いた。

迷宮内での戦闘訓練で、いつもこっぴどくやられているのだ。誰もがその危険性を理解して、過剰なまでの警戒を行っていた。

大空を埋め尽くす蟲の群れを、吐息《ブレス》によって薙ぎ払いながら進むガビル。カクシン、スケロウ、ヤシチの三人衆もガビルに続いた。

「ねえねえ、ガビル様！　フレイ様を助太刀するの？」

「む？　苦戦しておるようなら、それもやぶさかではないが――」

ヤシチの問いに、ガビルは乗り気ではない様子。それはフレイが喜ばないだろうと考えていた。

それよりも、気になる存在がいたのだ。

「む、ガビル様！　あそこにヤバそうなのがいるぜ」

ガビルが気にしていた相手を、スケロウが発見した。

「然り。どことなくアピト殿に似ているが、より凶悪な気配を感じるのである！」

そしてカクシンが、ガビルの懸念と同じ反応を示す。

そう、ガビルもその存在を、アピト以上の脅威だと感じていたのだ。

アピトの存在値はガビルより下だが、戦闘となるとほぼ互角。勝率はそこまで高いとは言えず、いつも苦戦を強いられている。

それなのに、その存在の気配はアピトよりも禍々しいものだった。

ガビルの本能が告げるのだ。

ヤツはヤバイ、と。

その者の名は、ビートホップ。蜂《ハチ》と飛蝗《バッタ》の特徴を持つ蟲将《ちゅうしょう》であった。

ガビルとしては判断に迷うところであった。

自分だけならまだしも、部下の命も預かっている立場なのだ。

リムルからも『絶対に死ぬな』という命令を受けている以上、勝率の見えぬ戦いに挑むべきではないと考えていた。

つい調子に乗って、カリオンやミッドレイのノリに流されてしまったが、ガビルはそこまで戦闘好きという訳ではなかった。武人として自分の腕を試したい気持ちはあるものの、命のやり取りは真っ平ごめんなのだ。

（それに、ここで大怪我でもしようものなら、ソーカから絶縁されかねんのだ。前の時も泣かせてしまったし、あれから機嫌を直してもらうのに、どれだけ苦労した事か……）

と、ガビルは苦い思い出に涙した。

戦いには相性というものがあり、空を飛べるという優位性を捨てる必要などまったくない。ここでわざわざ危険な相手に挑まずとも、もっと簡単に勝てそうな敵を見繕えばいい。

ガビルはそう考え、他の将を探そうとした――のだが、それは甘過ぎる考えだったのだ。

「よお、逃げンなよ！」

ビートホップは恐るべき蟲将《ちゅうしょう》だった。

大きく離れていた距離を一瞬で詰めて、ガビルの前に浮かんでいたのである。

「なッ⁉」

刹那で放たれたビートホップの蹴りにガビルが反応出来たのは、アピトの速度に慣れていたからである。それに加えて、水渦槍《ボルテクス・スピア》が神話級《ゴッズ》一歩手前の性能にまで引き上げられていた事で、その蹴りに耐えられたのだ。

ビートホップもまた、トルンと同じく手足の外骨格が生体異鋼《アリオニウム》に変じていた。

頭部や胴体の急所部分もだ。

細身の肉体で、飛翔速度はトルンをも上回る。防御力は同等ながらも攻撃力はトルン以上という、反則的な戦闘能力を秘めた蟲将《ちゅうしょう》だったのだ。

存在値だけを単純比較しても、ガビルより上。フレイならばいざ知らず、ガビルにとっては荷が重い相手であった。

しかしこうなってしまっては、逃げるに逃げられない。戦って勝つしか生き残る術はないと、ガビルは腹をくくった。

「相手に取って不足なし！　我が名は、ガビル！　リムル様より〝天龍王《ドラグロード》〟に任ぜられし者なりィ!!」

ガビルはそう口上を述べ、ビートホップと対峙するのだった。

カリオンは地を駆ける。

それに追随するのは、蜘蛛《クモ》のような手足を背中に生やした蟲将《ちゅうしょう》だ。

「我が名はアバルト。お前、殺ス」

「吐《ぬ》かせ。出来もしねーことを口にするもんじゃねーぞ！」

駆けながらも、両者の間では攻防が繰り広げられていた。

神性を帯びたカリオンの強さは半端ではない。後先を考えぬ一対一の勝負であれば、獣王閃光吼《バースト・ロア》を放ってとっくにアバルトを倒していただろう。

しかしそうなっていないのは、ここが戦場だからだ。他にも敵の蟲将《ちゅうしょう》がいる中で、迂闊に奥の手は見せられないのである。

それに、迷宮内と違って死ねば終わり。戦いにおいて重要なのは生き残る事なので、体力を温存しつつ無理をしない戦い方を模索する必要があったのだ。

もっともそれは、相手が自分より格下だと思うからこその判断であった。本当に強大な敵を前にしては、カリオンとて後の事など考えずに全力を尽くしていただろう。

だが、カリオンは本能的に、自分の勝利を疑ってはいなかった。

アバルトの存在値は、カリオンの半分以下。他の蟲《ちゅう》将《しょう》と同様に戦闘に特化した能力構成をしているものの、それはカリオンとて同じなのだ。

この勝負、有利なのはカリオンなのだった。

ミッドレイが遭遇したのは、見るからに毒々しい液体で体表を濡らしたサリルであった。赤紫色の光沢を放つ外骨格は、言うまでもなく生体異鋼《アリオニウム》だ。そしてその尾からは、触れる者を死に至らしめる猛毒が滲み出ていた。

毒蠍《サソリ》の、サリル。

格闘戦を得意とする者達にとっては、戦い難い相手であった。

――ただしそれは、ミッドレイには当てはまらない。

「ふむ、ちと困ったのう」

「ケケケ。オレッちの前に立つとは、運がない野郎だぜ」

「運？　貴様、勘違いをしておるようだから教えてやるが、戦闘において、運などという要素は介在しないぞ」

「はン？」

「世には確かに、ラッキーパンチやジャイアントキリングなどと呼ばれる類の、格下が格上を倒す現象がある。だがな、それは努力あっての賜物《たまもの》であり、格上に通用するだけの、自分だけの武器を磨いておったからこそ成し得た偉業なのだ。それを運などという言葉で片付けられては、努力の甲斐がないというものであろう？」

「何が言いたいンだ、テメー？」

「ふむ、それでは端的に言ってやろう。ワシは強いぞ」

そう宣言するなり、ミッドレイが消えた。

いや、違う。

サリルの認識力でも捉えられぬほどの〝瞬動法〟で、一瞬にして距離を詰めたのだ。

吹っ飛ぶサリル。ミッドレイの拳が、その顔面にめり込んだ結果だった。

「ふむ、少々痛いが、慣れるな」

そう呟くミッドレイの拳が、紫の煙を上げていた。

サリルの毒だ。ミッドレイの全身は、〈気闘法〉によって闘気の防御幕に覆われている。それを侵蝕するほどの猛毒だった訳だが、ミッドレイは気にしない。

「な、何なンだ、テメーは⁉　オレッちの毒を受けて、平然としやがって――」

「気合だとも。この程度の事が出来なければ、ミリム様の遊び相手など務まらぬわ！」

ミッドレイが叫ぶ。

理屈はともかく、サリルを動揺させるほどの大音声だった。

一見するとミッドレイは強そうには見えない。

だからサリルも混乱してしまう。

（いや、オカシイだろ！　オレッちの外骨格を、素手で殴って無事なわけがねーンだ。それなのに、一体どうなってやがる⁉）

そう思うものの、自分の勝利は揺るがないと考えるサリルである。

たかが脆弱《ぜいじゃく》な人間が、蟲将《ちゅうしょう》たる自分を害する事など出来るはずがないと。

しかし、それは甘い考えだった。

ミッドレイ。

姿形は人間に見えても、その本質はガビルと同じく真・龍人族《ドラゴニュート》なのだ。

しかも——

普段は〈気闘法〉によって完璧に実力を隠蔽しているが、ミッドレイの存在値はガビルの二倍に達していた。

今、サリルを相手に、ミッドレイが本領を発揮する。


前線に戻ったゲルドは、部下達に告げる。

「オレ達の役目は、敵を一匹も通さぬ事だ」

「「応ッ‼」」

ゲルドの号令に、全武将が気合で応じる。

その表情に恐れはなく、迫りくる敵を冷徹に見据えていた。

敵の軍勢だが、その形状は様々だ。

大きな昆虫の幾つもの特徴を取り込み、魔物化したような姿である。

人型は少ないが、不思議な事に人の姿に近付くほど、強さが増しているようであった。

その時、ゲルドの視線が一点に定まった。

体長が三十メートルを超すような、巨大な百足《ムカデ》の背に座る人物に。その圧倒的な存在感から察するに、間違いなく蟲将《ちゅうしょう》の一角だと推察された。

「ヤツの相手はオレがしよう」

ゲルドの呟きに、何名かいる副官が頷く。

「御武運を！」

その声を背に、ゲルドは一歩踏み出したのだった。

エスプリは刀を手に取った。

窓辺に向かったエスプリに、ミリムが声をかける。

「行くのか？」

「あ、はい。カレラ様が苦戦してるっぽいので、微力ながら助力しようかなって」

ちょっと散歩に出かけますというふうな気軽な口調で、エスプリが答えた。

ここから観察していたが、カレラを相手にしている蟲将《ちゅうしょう》——ゼスは、恐るべき戦闘能力を秘めていた。しかも、カレラの魔法を封じるようにピリオドが邪魔をしており、防戦一方になっていたのである。

こうなるともう、自分が弱いからと黙って見てはいられなかった。だからエスプリは、出し惜しみする事なく隠し持っていた刀を取り出したのである。

それはクロベエが鍛えた一本で、伝説級《レジェンド》に相当する業物であった。

悪魔にとって魔法以外は無駄だと割り切っていたエスプリだが、隠れて剣を学ぶようになっていたのだ。

エスプリの上司であるカレラがハマっている趣味なので、部下としても押さえておきたいポイントだったというのも理由だ。そしてそれ以上に、アゲーラと共闘した体験が、エスプリの興味を引いた。

剣術に特化した悪魔というのも面白いと考えたエスプリは、密かに魔法剣の開発に勤しむようになっていたのだった。

本当は実戦に投入する段階ではないのだが、今はそんな事を言っている場合ではなかった。ピリオドの対魔法能力は卓越しており、エスプリでは通じない。それは屈辱的ではあるが、事実であった。

ならば魔法ではなく、魔法剣で相手してやろうと考えたのである。

「ま、敵さんも一対一にこだわってないみたいだし、こっちも動かなきゃウソでしょ。ってな訳ですんで、ちょっと行ってきますね！」

明るくそう言うと、ミリムも笑顔を見せた。

「うむ、頑張ってくるのだぞ！」

そうしてミリムに見送られ、エスプリも戦場へと出陣したのだ。


さて、フレイ自慢の摩天楼の天守には、ミリムとオベーラの二人だけが残った。

ここでオベーラが口を開く。

「それではミリム様、私も出向こうと思います」

「む？　怪我はもういいのか？」

「御心配をおかけして、申し訳御座いません。とっくに完治しておりますれば、どうか心配なきようお願い申し上げます」

「固いなあ、お前は」

呆れたようなミリムの声を聞いて、オベーラがくすりと笑った。

「性分ですわ。それと、既にお気付きかとは存じますが――」

「うむ。この戦場を包み込むような、粘つく気配の主であろう？」

「はい」

そう頷き、オベーラが表情を引き締める。

「〝蟲魔王《むしまおう》〟ゼラヌスは、とてつもなく強いのです。私では歯が立たないかと思えるほどですので、十分に御注意下さいませ」

本当は、ミリムの出番が来ないのが一番いい。しかし、ゼラヌスが動いたら自分達では止めようがないだろうと、オベーラはそう推測していた。

だから不本意ではあるものの、ミリムに頼らざるを得ないのである。

それ故に、少しでも早く敵の将の数を減らしておきたかった。

ちょうど今、オベーラの目に一体だけ自由に活動している蟲将《ちゅうしょう》――両手が鋭利な刃物になっているティスホーンが映った。これを討ち取り、その勢いのままに他の援護に入るべきだと考えたのだ。

こうなるともう、時間との勝負なのだ。

ゼラヌスが動く前に、可能な限り将を討ち取っておきたい。だがしかし、そう簡単にいかぬほど、敵の戦力は未知数であった。

「ワタシの見立てでは、危険なヤツが何体かいるのだ。オベーラよ、全員が無事に帰ってこられるよう、どうか手助けしてやってくれ」

「御意！」

オベーラは高揚感に包まれた。

主君から命令される事の、何と心地よいことか。

今までの義務感からの戦いとは違って、心の底から力が湧き出てくるような気分であった。

(そうか、お前達もそうだったのかしら？　だとしたら、もっと報いてあげたかったわ)

そう感傷に浸るも、それは一瞬だ。

今、オベーラが生きているのは、親愛なる部下達の願いを受け継いだ結果なのである。

だったら、立ち止まる訳にはいかないのだ。

「行って参ります」

「うむ！　戦果を期待する――なのだ！」

ミリムの激励を背に、オベーラも戦場へと向かう。


かくして、大戦は苛烈さを増してゆく――

第三章

王都炎上

Regarding Reincarnated to Slime

議会はつつがなく進行した。

これも全て、事前の根回しのお陰である。

既に決議に必要な票数は確保済みなので、ここで番狂わせなど起こりようもない。

そもそも、せっかく帝国との和解が成立しようかという時に、反対する馬鹿などいるハズもないのだ。

ってな訳で、マサユキが皇帝として、和解文書にサインをするべく立ち上がった。

大きな歓声と拍手が議場を埋め尽くし、マサユキが壇上に登るのを全員で見守る。

まさに、計画通り。

今日この日に向けて動いてくれていたテスタロッサなども、満足そうに笑みを浮かべていた。影の功労者は間違いなく彼女なので、後で労ってあげるとしよう。

さあ、さっさとサインするんだ。

そうすれば、後は楽しい立食パーティーが待っている。

ヒナタもお色直しで、今回も素敵なドレスを披露してくれるに違いない。

これも事前準備万端で、ちゃんとルミナスに頼み込んだからね。

今回はコレでお願いしますよと、かなり攻めたデザインで仕立ててもらってあった。

完璧だ。

賄賂は高くついたが、そこは同好の士。

ルミナスも理解を示してくれて、かなりリーズナブルな価格で納得してもらっている。

もうサインなんてどうでもいいから、さっさとパーティー会場に移動して――などと、俺が邪な考えで頭をいっぱいにしていたのが悪かったのか、その会場方面から大きな爆発音が響いたのだ。

一拍遅れて、議場も揺れた。

「マサユキ、大丈夫!?」

「え、何事？」

俺のすぐそばでラブラブするな。

マサユキの傍には、完璧なボディーガードでもあるヴェルグリンドさんがいる訳だが、隙あらばイチャイチャとか断じて許されない。

だからそっちの心配など不要なのだが、一応は持て成す側として声はかけておく。

「マサユキ、大丈夫か？」

「あ、僕は大丈夫です。皆さんも御無事なようで何よりーー」

そう言いつつマサユキが、議場を見回している。

俺も釣られて見てみると、流石は各国から選出された議員だけあって、落ち着いたものだった。

「当然ですわ。この程度でうろたえるようでは、わたくしと一緒に仕事など出来ませんもの」

いつの間にかテスタロッサが、何事もなかったかのように皆の取り纏めを行っていた。その的確な指示を受けて、議場を守る騎士達も秩序正しく動き回っている。

「聖騎士団《クルセイダーズ》にも警戒するよう命じたわ。議場の周辺は勿論、パーティー会場で何が起きたのか調べに向かわせたわよ」

「あ、どうも」

傍にやって来たヒナタからそう告げられ、俺も大事な問題を思い出した。

そう、パーティー会場は無事なのだろうか？

せっかく用意させた珍味の数々はどうにかなるにしても、会場そのものが被害甚大だった場合、今夜の立食パーティーに影響が出てしまう。

まさか、中止なんて事には……。

馬鹿な!?

そんな事態になってしまったら、ヒナタのドレス姿が見られなくなってしまうじゃないか。

そんな不安が脳裏を過ぎり、俺は慌てて走り出そうとした。

が、その時。

『リムル様！　たった今、フレイ殿から連絡がありました。〝蟲魔王《むしまおう》〟ゼラヌスの軍勢が侵攻して来た為、間もなく開戦との事です!!』

ベニマルから、俺の微かに残っていた期待を打ち砕くような、どうしようもなく残酷な報告が届けられたのである。

いや、大丈夫、今からすっ飛んで行ってゼラヌスを始末すれば、夜までには間に合う――

『ちょっとリムル、大変なのよさ!!　規定通り各魔王間での連絡を行ってたんだけど、ダマルガニアから返事がないワケ。これってヤバくない？』

ヤバイよ。

想定された事態の中でも、連絡がないというのは危険度が高いわな。

だからこそ、こういう時の為にマニュアルを用意していたんだし――と、胸の中で愚痴りつつ、情報収集を継続するよう『思念伝達』で伝えておく。

ラミリスも俺から指摘され、マニュアルの存在を思い出した様子。全然慌ててないのよさ――などと嘯《うそぶ》きながら、オペレーター達とのやり取りに戻っていった。

ともかく、情報がなければ判断しようがないのだ。

それはそれとして、今夜の立食パーティーは諦めるべきなのかも知れないな……。

こんな時に思い出されるのは、前世での出来事だ。

そう、あれはまだ二十代で現場監督をやっていた頃の話。

その日は日課となっていたMMORPGの大規模アップデート予定日で、俺はウキウキしながら仕事が終わるのを待っていた。

もう間もなく作業終了というタイミングで、機械が故障したんだよ……。

嘘だろ、と思ったね。

現場の片付けも終わっていないのに、工事機械が動かない。修理が終わるまで、他の作業もストップになる訳で……残業が確定した瞬間だった。

夜間照明などを手配するよう指示を出してから、役所や警察といった関係各所に連絡して事情説明し、人力で出来る範囲の作業を終わらせて。必要に応じて現地の住民の方々へも説明に回ったりして、嘆く暇もなかったのだ。

やる事が多過ぎて、気が付けば定時なんてとっくに過ぎていた訳さ。

今の感じは、あの時の雰囲気にそっくりだ。

つまりは、ヒナタのドレス姿は諦めろって話であった。

一ヶ所だけならいざ知らず、二ヶ所同時侵攻となると、長期戦を覚悟せねばならない。夜までに片付けるなど、土台不可能な話だからな。

どちらかは囮という可能性も高いし、浮かれた気分で対処など出来るハズもないからだ。

しかし、この胸に湧き出る恨みだけは、断じて忘れずにおこうと思った。

俺の楽しみを奪った代償は高くつくと、愚か者どもにキッチリ教えてやらないと……。

俺はそんな事を思いつつ、気持ちを切り替え対策を考え始めたのだ。

＊

ヒナタが目ざとく、俺の変化に気付いた。

「何かあったのね？」

頷きつつ、簡潔に説明する。

「ああ、敵に動きがあった。こっちでも何か起きてるみたいだけど――」

「ええ、それはこちらで対処するわ」

流石はヒナタ。

俺が頼むまでもなく、アッサリと了承してくれた。

「テスタロッサ、ヒナタに協力して、事態の収拾に当たってくれ」

「心得ましたわ」

これでよし。

一先ずここは後回しにして、俺はベニマルから状況報告を受ける事にした。

『ベニマル、続報はどうなってる？』

『確認中ですが、かなり不味い状況みたいですね』

慌てる事なく反応があったが、情勢はかなり緊迫している模様。こちらの想定を上回るほどの被害が出ていなければいいなと思いつつ、報告の続きを待った。

『連絡来ました。驚きですが、戦力は拮抗しているとの事です。カレラの極大魔法が開戦の烽火《のろし》になったらしいのですが、敵方にこれを投げ返す事が出来るヤツがいたらしく、正攻法での叩き合いへともつれ込んだとか――』

カレラの魔法を投げ返す!?

頭オカシイ威力の魔法をどうやって――と思ったが、

『空間支配』系統の権能なら可能なのかな？

《演算能力次第ですが、可能です。魔法の規模と威力にもよりますが、指向性の破壊魔法であれば、空間歪曲させて威力を受け流すという戦法は有効ですね。一歩間違えると味方に被害が出ますし、おススメはしません》

なるほど。

着弾点予想に手間が取られると、味方が巻き込まれる恐れがあるんだな。

また、予測に失敗した場合は、言うまでもなく大打撃となってしまう。シエルさんも出来るんだろうけど、それ以外に手がない限り、俺なら却下するね。

そう考えると、味方の犠牲の上に成り立つ戦法って事になるし、失敗した際のリスクが大き過ぎる訳で、敵にはかなり命知らずのギャンブラーがいるようだ。

で、そいつのせいで正面から衝突する形になった訳だが、敵には八名も蟲将《ちゅうしょう》がいたのだと。

正式には十二《じゅうに》蟲将《ちゅうしょう》というらしいが、現在は十二名ではなく八名しか残っていないらしいので、これで全員勢ぞろいしていたとの事だった。

これに加えて〝蟲魔王《むしまおう》〟ゼラヌスの気配もあり、ミリムは動けない。そこで、ミリム四天王やカレラ達まで全員が参戦して、蟲将《ちゅうしょう》の相手をしているのだそうだ。

ミリム四天王って何？　という疑問はおいておいて、よくぞ数がピッタリだったものである。

『それで、勝てそうなの？』

『不明ですが、厳しい相手もいるのではないかと』

『わかった。ともかく、援軍を出そう』

『そう言われると思って、既に〝紅炎衆《クレナイ》〟三百名を送り出しました』

おお、やはりベニマルは優秀だな。

悠長な事をせず、即断即決で動いてくれていた。

〝転移用魔法陣〟で一度に跳べるのは五十名くらいだが、自分達で魔素を補給するなら連続稼働が可能だ。それに我が国の迷宮内は魔素が豊富なので、再使用までの時間も短くて済むのである。

今回はヴェルドラも協力してくれているので、三百名は無事に送り出せたとの事だった。

指揮するゴブアもやる気に燃えていたとのこと。

『アイツ、いつの間にかフォビオと付き合っていたらしくて、恋人の危機だと燃えてましたからね。まあ、そう簡単に後れを取ったりはしないかと』

『それならいいけど、戦力が足りるか心配だな』

敵の数が百万匹を超えると聞けば、たった三百名程度では不安になるというものだ。個々の質は全員Aランクオーバーと、非常に充実してはいる。しかし、疲労からミスを連発したりすれば、一気に崩されても不思議ではないのだ。

『ゴブタも向かわせますか？』

ふむ、狼鬼兵部隊《ゴブリンライダー》百騎か。

我が国は迷宮の守りがあるし、ゴブタ達の出番はない。というか、あったら困る。

機動力に優れた狼鬼兵部隊《ゴブリンライダー》なら、広い戦場の方が活躍の場としては適しているからね。迷宮内で戦わせるとなると、かなり逼迫した事態に陥っているという意味なのだ。

そうすると、ここで出し惜しみするのは悪手かもな。

『よし、それでいこう。ランガ、お前もゴブタについて行って、アイツを守ってやってくれ！』

『承知!!』

俺の影からランガの気配が消えた。

これで一安心だと思っていると、ベニマルが笑う気配がした。

『フフッ、リムル様は相変わらず、ゴブタには甘いですね』

『え、そうかな？』

『ええ。アイツだって立派な幹部なんだし、そこまで心配しなくても上手く立ち回りますって』

『でもさあ、アイツってたまに抜けてるじゃん？』

『ハハハ、普段はともかく、戦場では真面目ですよアイツは。でもまあ、今回は過保護な方が正解かもですがね……』

楽し気だったベニマルの様子が変わった。

どうやら敵の様子に、不穏なものを感じ取っているようだ。

『というと、お前の予想でも敵は強いのか？』

『不気味ですよ。ゲルド達の目を通して〝視〟ているんですが、蟲共には恐怖心がありません。疲れ知らずで、仲間の屍の上を乗り越えて攻撃を継続しています』

『うわ、嫌な敵だな……』

『ゲルド曰く、父王《ロード》の支配下にあった自分達を思い出す、だそうです』

『ああ、ユニークスキル『飢餓者《ウエルモノ》』か……』

そりゃまた、懐かしむより嫌な思い出だな。

だけど、イメージは伝わってきた。

『ともかく、全員の無事を祈る。お前も監視を続けて、最悪の場合は迷わず援護に向かってくれ』

『わかってますよ』

そうして、ベニマルとの会話を終えたのだった。

＊

続いて声をかけたのはラミリスだ。

『どうだ、反応はあったか？』

『ちょっと待って。今大事なトコだから――って、リムルじゃないのよさ！　聞いてよ、ヤバイなんてもんじゃなかったのよさ!!』

騒がしいやっちゃ。

俺を誰かと勘違いしたようだが、この状況で『思念伝達』の混線とか、普通に考えて有り得ない。さてはコイツ、訓練をサボってやがったな!?

そうだった。トレイニーさんとベレッタが対応してたから信用してたけど、ラミリスを司令に据えるのは間違ってる気がしてたんだよ……。

『ちょっとベレッタに代わってくれる？』

『あ、ちょっと待って。アタシを信用して――』

『いいから』

『はい』

有無を言わさず選手交代であった。

別にヒナタの件を引きずっている訳ではないし、八つ当たりって訳でもないのだが、今は緊急事態だからね。遊びじゃないんだよ。

という事で、ベレッタから話を聞く。

『先程、ゾンダ殿から連絡が入りました。ウルティマ様の命令で、通話可能領域まで脱出を果したとの事です』

流石はウルティマだ。どこかのサボり妖精と違って、ちゃんとマニュアル通り行動してくれていた。

『それで、敵は？』

『恐ろしいほど強大、至急応援を求む――との事ですが、どう致しますか？　他の魔王の方々に要請を行い、戦力を戻してもらう方が宜しいでしょうか？』

うーむ、その提案もアリなんだが、恐ろしいほど強大というのが気になる。下手に軍勢を動かすのは敵の罠に嵌る可能性が高いし、出来れば最低限度の戦力は残しておきたいところであった。

それ以前に、ここイングラシアはルミナスの支配領域なのだ。ルミナスからは借りられない。

レオンは敵の手に落ち、ギィは黄金郷《おうごんきょう》エルドラドの守護から動かしたくない。ヴェルザードが攻めて来たならともかく、それ以外では据え置きが正解な気がした。

となると、戦力を出せるのは俺のトコしか残ってないじゃん……。

どうしたものかと思案する。

迷宮勢を出すか、俺がこの足で向かうか。

ここも気になるが、大きな気配は感じていない。テスタロッサもいるし、ヒナタと聖騎士団《クルセイダーズ》も動いている。

必要に応じてルミナスからの援軍も期待出来るし、それに何といっても、ヴェルグリンドさんがいるんだよね。

そうなると――

『あ、リムル様！　敵の陣容について続報です。ディーノ殿や、レオン殿の姿を確認したとの事です！』

それを聞いて、俺の心も決まった。

レオンがいるなら、俺が出向く事になっていたのだ。

これで迷いはなくなった。ここはマニュアルに従って、レオンをこちらの陣営に返してもらうべきなのだ。

まあ、それでも未練は残るんだけど、それは怒りに変えて敵にぶつけようと思った。

『よし、俺が出向く。そっちの指揮はベニマルに任せるから、ラミリスには真面目に訓練しとけって伝えておいてね』

『――承知しました』

ベレッタから何とも言えない物悲しい気配がしたが、言質は取った。司令官ごっこをするなとは言わないから、マニュアルくらいちゃんと覚えてもらわねば困るのだ。

まあ、〝管制室〟を豪華に作り変えたのが失敗だったのかも、と思わなくはないけどね。

俺の記憶から再現して、どんなアニメやマンガにも負けていないような、豪華な作りに模様替えしたんだよ。無駄に金をかけて好き勝手しちゃったせいで、皆が司令官用の椅子に座りたがって困るのだ。

ラミリスには特等席まで用意したから、もうノリノリで……。

ごっこ遊びだけならいいけど、今回は真面目な戦闘なのである。ちゃんと義務を果たすように、しっかりと釘を刺しておいたのだった。

●

ダグリュールの前に、優男が立つ。

フェンだ。

優男に見えるのは、比較対象がダグリュールだからである。フェンは細身だが巨人らしく長身で、しなやかな筋肉は引き締まっている。

その肌の色は白い。気の遠くなるような年月を日も射さぬ部屋で隔離されていた為、まるで色素が抜け落ちたかのような病的な白さだ。

緑色の髪はボサボサの長髪で、その目は翡翠の如く輝いていた。

胸元のはだけた、ゆったりとした長衣を身に纏っている。アクセントとなるのが、腰や肩に巻き付けられた鎖だった。

自身を長年縛めていた聖魔封じの鎖《グレイプニール》が、今ではフェンのお気に入りなのだ。

ゆらゆらと身体を前後させるように、捉えどころのない動きで、フェンがダグリュールに向かって歩み寄って行った。

一見すると無防備に思えるが、違う。

あらゆる攻撃に即応出来るような、武道の達人の如き動作なのだ。

ニヤニヤとフェンが笑う。

「懐かしいな、兄貴」

フェンからそう声をかけられ、ダグリュールが大きく溜息を吐いた。

「確かに懐かしいが、二度と会いたくはなかったぞ」

「おいおい、寂しい事を言うなよ。たった三人だけの兄弟じゃねーか」

「その通りだ。だからこそワシは、道を違えてしまった事が残念でならぬのよ」

「ハッ！　変わったな、兄貴。昔はあんなに恰好良かったってのによ」

フェンは不満顔でそう応じる。

フェンにとって、ダグリュールは憧れだったのだ。

それなのに、今は牙が抜かれて腑抜けてしまったようで、面白くないと感じているのである。

「我等は一度、ヴェルダナーヴァ様に歯向かった。そして現実を知ったではないか」

「そりゃ、兄貴の言い訳だろ？　オレは認めちゃいねーぞ」

「たわけが！　ワシらはな、あの御方の恩情で生き永らえておるに過ぎんのだ!!」

「それだよ、オレはそんな弱腰な兄貴が気に食わないのさ！　ヴェルダナーヴァが何だってんだ。フェルドウェイがヴェルダナーヴァを復活させたら、そン時はこのオレが、どっちが上か白黒つけてやんよ」

「馬鹿めが‼　お前は、あの御方を知らぬから――」

「議論はもういいや。どうせ平行線だしな。さあ、喧嘩しようや。オレが兄貴を倒して、その目を醒まさせてやンよ」

「フェン、貴様……」

フェンとダグリュール、両者の身体が渦巻く闘気に包まれた。その凄まじいばかりの圧力を受けて、不壊属性であるはずの〝天通閣〟が大いに揺れる。

そして次の瞬間、天地を貫くような衝撃とともに、フェンの顔面にダグリュールの拳が突き刺さったのだ。

だが、フェンは踏み留まった。

そして御返しとばかりに、腰を深く沈めてからの重くて鋭いアッパーカットを、ダグリュールの腹にめり込ませた。

たまらず身体が宙に浮くダグリュール。その機を逃さず、フェンが足刀《そくとう》蹴りを叩き込んだ。

ダグリュールの巨体が壁へとぶつかった衝撃は、〝天通閣〟を崩れそうなほど軋ませた。

が、ダグリュールは何事もなかったように起き上がる。

「チィ、腕は鈍っておらんようだな」

「兄貴もな。普通のヤツなら、今ので終わってるンだぜ？」

「ワシを舐めるなよ。〝八星魔王《オクタグラム》〟の名は伊達ではないのだ」

「気に入ってンのかよ、それ」

「かなり、な！」

そう答えるなりダグリュールは、己の闘気を全力で解放した。

ダグリュールは、存在値に換算して四千万を超えるのだ。フェンの方が数値は大きいものの、その圧力もまた〝竜種〟に匹敵するほどで――勝負は、互いの実力に委ねられたのだった。

レオンが静かに戦場に降り立つ。

その前に立ち塞がったのは、ダグリュールの弟にしてフェンの兄である、グラソードだ。

身長は二メートルほどと、他の種族からすれば大柄だが巨人族《ジャイアント》では小柄な部類に属している。肌の色も兄と弟の中間という感じで、黄色系であった。

瞳の色は紫で、理知的な輝きを秘めている。豪放磊《らい》落《らく》な兄と、自由奔放な弟に挟まれ、苦労しているせいもあり、自分がしっかりしなければならぬという性分である。

本人もそれを自覚しているが、生来の気質はどうにもならないのだ。

そんなグラソードだからこそ、素手や棍棒系の力任せな武器を得意とする巨人族《ジャイアント》には珍しく、両手大剣《グレートソード》という技量重視の武器を愛用していた。

盾を持たない完全攻撃型の戦闘スタイルだが、それこそがグラソードの自信の表れなのだ。

グラソードは存在値にして二百万弱と、兄弟の中では脆弱《ぜいじゃく》に思えるものの、紛れもない超級覚醒者《ミリオンクラス》の実力者なのだった。

そしてその技量《レベル》は、三兄弟随一——

「魔王レオン殿とお見受けする。拙者の名は、グラソード。巨人兵団の副長である。自由意思を奪われておらぬ貴殿と腕試ししてみたかったが、それはまた別の機会を待つとして——今日は勝ちを譲ってもらうとしよう」

グラソードはそう名乗り、レオンの前に一歩踏み出したのだった。


気だるげにやって来たディーノの前に立ったのは、紳士然としたヴェイロンだ。

ヴェイロンは公爵級の悪魔公《デーモンロード》であり、大公モスに次ぐ第二位の実力者であった。しかし、〝原初〟に匹敵する〝始原〟の一柱《ヒトリ》を相手にしては、少々どころか非常に分が悪いと認めざるを得なかった。

それでも、そんな〝始原〟を二柱《フタリ》同時に相手している主よりはマシであり、己が役割を十全に果たすつもりなのだ。

即ち、時間稼ぎを。

『どうせディーノは本気を出さないだろうから、君でも相手になると思うよ。ボクが出ちゃったら、ディーノも本気になるかもだし。だからここは、君に任せるねヴェイロン♪』

　そう可愛く頼まれたら、ヴェイロンに断るという選択肢などないのである。主の期待に応えるべく、全力で挑む所存なのだった。

「えっと、やっぱり俺も戦わなきゃダメか……」

「時間稼ぎに付き合って下さるなら、小生としてはそちらの方が有り難いのですがね」

「無理なんだな、コレが。今の俺は残念ながら、サボる事さえ許されないのさ」

　そんなふうに答えたディーノだが、どこまで許容されるのかシッカリ確認中なのだ。それを伝える事が出来なくてもどかしいものの、次のセリフは口に出来てホッとする。

「さて、ウルティマならともかく、アンタ程度なら剣技だけで相手してやるよ」

　つまりは、権能を使わないという宣言だ。

　全力で戦わなくても大丈夫だろうというのは、レオンの戦いぶりを見て察していた。レオンが本気なら、もっと激しい攻防となっていたはずだからだ。

　ディーノはかつて、レオンの本当の戦いぶりを見学した事があったのだ。光の如き剣閃は、霊子すら斬り裂く必殺の威力を秘めていた。それを思い出す限り、今のレオンは到底本気だとは思えないのだった。

　だからディーノも真似をする。

　これはサボりではなく、友を裏切らぬ為なのだ――と、自分にそう言い聞かせて。

　そんなディーノの様子を観察して、ヴェイロンも理解した。悪魔は人の機微《きび》、心情の動きに聡いのだ。

（ふむ。やはりウルティマ様の読み通り、ディーノ様はこの戦いに乗り気ではない様子。であれば、私でも十分に相手が務まりそうですな）

　そうとわかれば話は早い。

　ディーノの挑発に乗ったフリをして、応戦する。

「舐められたものです。それではその傲慢な鼻っ柱を、小生がへし折って差し上げましょう」

　そう言いつつヴェイロンは、究極贈与《アルティメットギフト》『真贋作家《アーティスト》』による変化を行った。

模倣するのは勿論、アゲーラの前世である荒木白夜《ビャクヤ・アラキ》の若き日の姿だ。

そしてその手に握るのは、クロベエが鍛えし一本の仕込み刀であった。ステッキを模して造られた、伝説級《レジェンド》の業物であった。

実はクロベエ、ここに来て腕を上げていた。

エスプリに渡した刀もそうだが、十本の内、七、八本が伝説級《レジェンド》という、信じ難いほどの刀匠になっていたのである。

いや、それどころか〝神匠《しんしょう》〟の域に達するのも、遠くない未来の話であろう。

そんなクロベエの鍛えた刀は、ヴェイロンの手によく馴染んだ。究極贈与《アルティメットギフト》『真贋作家《アーティスト》』使用時に限定されるものの、剣の魅力に理解を示し始めたヴェイロンなのだった。

「面白い。少しは本気を出してやるさ」

嘘である。

ディーノの目は、不安気に揺れていた。

（大丈夫だよな？　俺が何を言いたいか、ちゃんと伝わってるよね？）

そう必死に問いかけているのだ。

ヴェイロンは安心させるように大きく頷く。

「胸を借りますぞ。それでは、お手柔らかに！」

そう応じて、ディーノを笑顔に変えたのだった。

ピコとガラシャの前には、ウルティマが単独で立った。

「おいおい、原初の紫《ヴィオレ》。いや、今はウルティマだったか。状況は理解していると思うんだが、まさか、アタイ達を一人で相手するってか？」

ガラシャが問うた。

それに対して、ウルティマが笑顔で応じる。

「まあ、問題ないよね。ボクとしては、君達くらいが丁度いい肩慣らしかなって」

「ふ、ふーん……アタイ達も舐められたもんだねえ……」

「私もカチンときちゃったな。泣いても許してあげないからね！」

ディーノとヴェイロン組と違い、こっちはかなりマジな感じで対立していた。

というか、ウルティマはこの状況でさえ愉しんでいたのだ。

ピコとガラシャの戦闘能力を見極め、この二人が自分より弱いと断じていた。

その読みは正しい。

ピコやガラシャは決して弱くないし、当たり前のように超級覚醒者《ミリオンクラス》なのだが、その存在値はおよそ二百万前後でウルティマに一歩劣るのだ。

しかもウルティマには、上位者としては珍しく実力伯仲《ダムラダ》の相手との死闘を制した経験まであった。その事実がウルティマの自信を裏付けており、武を磨く為の試金石として、この二人が適任だと考えたのだった。

「殴ったら自由意思を取り戻せるかもしれないし、ボクも協力してあげちゃう」

「それ、絶対成功しないやつ」

「そうそう。余計なお世話なんだよ！」

そんな軽口を叩き合いながら、ガチンコ勝負が始まったのだった。

＊

ダグリュールとフェンの戦いは、傍から見ると苛烈極まりないものだった。

しかし実際は、両者共に本気ではない。もしも本気であったなら、同じ部屋にいる全員が闘気の圧力を浴びて、立ち上がれなくなった者もいただろう。

少なくとも、戦いどころではなくなっていたはずだった。

しかし、そうした様子見の時間は間もなく終わる。

他の組が狭い建物内での戦闘を嫌って、各々の戦場へと場を移したからだ。

これによって、多層構造になっている〝天通閣〟内でその場に残るのはダグリュール達だけになっていた。

「久しぶりに熱くなっちまったぜ。兄貴、オレはそろそろ本気を出しちまうぞ」

「フンッ！　望むところよ」

フェンの闘気が膨れ上がった。

〝竜種〟に匹敵するその力が、目に見える圧力となってダグリュールへと吹き付ける。

しかし、ダグリュールも負けてはいない。

「ぬうんッ‼」

と、自らの闘気を肉体に馴染ませる事で、その筋肉を戦闘に特化したものへと変質させたのだ。

そうして始まった本格的な兄弟喧嘩だが、その目的は互いに譲れないものだった。

フェンとしては、大暴れしていた頃のダグリュールに戻って欲しいのだ。

それに対してダグリュールは、安定と秩序を求めていた。必要ならば戦争も辞さないが、無益に暴れるような考えナシではないのである。

相容れない主張。しかし、この喧嘩の勝者は、相手を自分の言いなりに出来るのだ。

何故ならば――

更に戦いは激化する。


そうして、拮抗していた勝負は、少しずつフェンの優勢へと傾いていった。

地力の差が出た形だ。

それに加えてトドメとなったのが、フェンが意のままに操る鎖――聖魔封じの鎖《グレイプニール》であった。

ヴェルダナーヴァが自らの手で創造した代物であり、神話級《ゴッズ》でも上位の強度と柔軟性を誇る不壊属性の鎖なのだ。フェンは長い年月をコレで縛られた事で、いつしか身体の一部の如く聖魔封じの鎖《グレイプニール》を操れるようになっていたのである。

「クッ、生意気な……ワシをここまで追い詰めるとは、以前にも増して強さを得たか――ッ⁉」

ダグリュールは隙を突かれ、聖魔封じの鎖《グレイプニール》にて手足を雁字搦《がんじがら》めにされていた。

苦悶の表情を浮かべ、そうこぼす。

ニタリと笑うフェン。

「兄貴ィ――オレの、このオレが味わった苦渋の記憶を、キッチリ受け取るがいいさ‼」

そう言って繰り出したのは、強烈な頭突きだった。

その刹那、ダグリュールとフェンの〝魂〟が触れ合い、記憶と感情が交差した。

これによって生じるのは、記憶の共有である。

その結果――

ダグリュールは思い出した。

「思い出したかい、兄貴？」

「ふう、目が覚めた気分だのう」

「そうかい、そりゃあ良かった」

フェンが笑みを深くする。

そして、親愛の念を込めて兄たるダグリュールに手を差し出した。

その手は固く握り締められ――

「さて、戦の時間じゃわい。我等が巨神の軍団の武威、この世界に見せ付けてやるとしようではないか！」

「おうとも。流石は兄貴、そうこなくっちゃ！」

ダグリュールが大号令を発し、フェンが嬉しそうに笑った。

〝八星魔王《オクタグラム》〟の一角として、〝天通閣〟を守護する巨人の魔王はもういない。

太古の悪神が復活してしまったのだ。

＊

ダグリュールの大号令を受け、巨人族《ジャイアント》の戦士達が召集された。

巨人兵団は〝縛鎖巨神団《ばくさきょじんだん》〟と名を改められる。そして、太古の暴威を再現すべく不毛の砂漠へと進軍を開始した。

それは全く、秩序だった動きではなかった。

各々が思い思いに武器を手にして、王たるダグリュールの命に従い行動している。故に、準備期間も必要とせず、軍という組織を嘲笑するかの如き速度で集団行動が完成されたのだ。

レオンと斬り結んでいたグラソードすらも例外ではない。

「ふむ、どうやら敵対する理由が消失したようだ。今からは戦友として、宜しく頼みますぞ」

レオンに向けてそう告げるなり、グラソードもその場を去ってしまったのである。

それに動じる事なく、レオンも対処する。フェンが勝った場合、そうなるのが既定路線だったからだ。

それを見て、泣きたい気分になったのがウルティマだった。

「ちょっと、嘘でしょ？　いくらボクが強くなったからって、それは流石に厳しいよね……」

そうボヤきたくもなるというものだ。

何しろ、味方が減って敵の数が増えたのだから。

まさしくこれは、リムルが狙っている戦法を、敵が仕掛けてきた訳だ。

幸いだったのは、敵に回ったダグリュールがウルティマ達を無視し、進軍を開始した事だろう。

いや、それをヨシとしては駄目なのだが、今狙われたら敗北必至だったので、幸運だったと思うしかない訳である。

それにしても、状況は最悪だった。

ディーノを相手に互角の戦いを演じていたヴェイロンも、これには焦りを隠せない。

「ウルティマ様、どうなさいますか？　このままではジリ貧ですし、一旦、仕切り直した方が宜しいかと」

ウルティマの勘気を恐れず、そう具申してしまったほどである。

これに文句を言うでもなく、ウルティマは沈黙した。思案しているのだ。

「よお、確かにお前は強くなってる。それは認めてやるさ。でもな、アタイ等にダグリュールまで加わったんじゃあ、もう勝ち目はないだろ？」

「そうそう。ここは素直に負けを認めてさ、悪魔界に退場しちゃいなって。そうしたら私達も追いかけようがないし、痛み分けってコトにしといてあげるから！」

完全に負けていたガラシャとピコが、ここぞとばかりに活気づいていた。

ウルティマもそうだが、ピコやガラシャも権能を用いず戦っていたのだ。その結果、一対二で圧倒されるという屈辱を味わっていたのだが、ここにきての逆転である。立場とか関係なしに、つい嬉しくなってしまったのだった。

「うるさいなあ……ボクだって、そんなのわかってるっての。でも、ここで退いたらリムル様に顔向け出来ないじゃんか……」

ウルティマはどんどん不機嫌になっていた。

こうなったら勝てる勝てないではなく、本気になって暴れてみようかという気分に陥《おちい》っている。

ディーノ達はミカエルの支配下にあるだけだと、リムルから聞かされていた。であるから、本気を出さずに無力化しようとしていたのである。

だが問題は、ここで本気を出したとして、この場にいる敵全員を倒せるかどうかという点だ。

生死問わずという条件なら、勝率は高まる。

だがしかし、それでも確実とは言い切れないとウルティマは考えていた。

レオン、ディーノ、ピコ、ガラシャ。

この四名の内、一番厄介なのはディーノだろう。

そして恐らく、本気になったレオンとウルティマなら、どっちが勝っても不思議ではないと思われた。

つまり、勝算はない。

ヴェイロンの見立て通りだったからこそ、ウルティマも癇癪《かんしゃく》を起こさず黙り込んでいたのだった。

さてどうしたものかと悩むも、それが許される状況ではなかった。

だからウルティマは意を決した。

「リムル様を信じるよ！　もう直ぐ来て下さるはずだから、それまでは足止めに徹する。異論はないね、ヴェイロン？」

「御意！」

こうして方針は定まり――

「クフフフフ、実に正しい選択です。褒めて差し上げますよ、ウルティマ」

待望の援軍が間に合ったのだった。

●

俺はディアブロとソウエイを引き連れ、〝聖虚《せいきょ》〟ダマルガニアへと向かった。

ゾンダがいる地点を目がけて『空間転移』を行い合

流してから、速攻でウルティマ達の下まで駆け付けたのだ。

その途中で見た光景は、凄まじいものだった。

無秩序に巨人達がワラワラと集結し、いつの間にか規律正しい軍団の様相を呈していくのである。

その先頭に立っているのはダグリュールだったが、どうも俺の知る彼とは雰囲気が別人だった。

一瞬目が合ったのだが、ニヤリと凄まれたのである。

正直言って、ヤバイと感じた。

さてどうしたものかと考えたが、悩むまでもなく答えは一つだ。

今は、ダグリュールの相手をしている場合ではないのである。俺は『思念伝達』で関係各所に連絡の後、速やかにその場を離れたのだった。

で、たった今、ウルティマ達と合流したという訳である。

俺が連れて来たのは、ディアブロとソウエイだ。これに元いた面子であるウルティマ、ヴェイロン、ゾンダの三名を加えて、六名の戦力になっていた。

そして相手は、レオン、ディーノ、ピコ、ガラシャの四名。現段階でも数で上回っているところに、予定通りレオンを正気に戻せば、こっちの勝利は揺るがないという寸法だね。

「なっ、リムルまで来てやがんのか!?」

「その通りだよ、ディーノ君。だがね、君の相手は後回しだ！」

そう答えつつ、俺はレオンへと意識を集中する。

レオンもどうやら俺の意図を察している様子。逆らう気配が見えないのは、ミカエルの支配が洗脳レベルではないという証拠なのだろう。

もっとも、究極能力《アルティメットスキル》を獲得するほどの強靭な意思の持ち主を相手に、権能の力だけで心から忠誠を誓わせるとか、そんな真似は誰にだって不可能だと思う。あったとしてもそれはニセモノで、ミカエルの意に反する行動に制限がかかる程度だと、今の状況から察せられたのだった。

なので俺は、その状況を何とかする事にした。

宣言通り、ディーノは後回しにしてレオンからだ。

「レオン、覚悟しろよ！　喰らい尽くせ『虚数空間《ベルゼビュート》』――ッ‼」

と、初手から大技を発動。

究極能力《アルティメットスキル》『虚空之神《アザトース》』の管理下にある『虚数空間《ベルゼビュート》』にて、レオンを幽世《かくりよ》へと御案内した。そしてすかさず、シエル先生による強制『能力改変《オルタレーション》』を実行させる。

これによってレオンは――

「ふう、計画通りとは言え、二度と御免だな」

――とまあ、無事に復活を遂げたのだった。

こうして、レオンが仲間として帰還した。

次なる標的は、気だるげなディーノである。

こっちはそもそも、やる気が見られないので抵抗も小さなものだろう。

簡単に正気に戻せるだろうと後回しにしたけど、このまま一気に終わらせてしまおう――と思ったのだが、どうやらそれは甘い考えだったようだ。

強烈なまでの気配がした。

これはまるで、〝竜種〟が本気を出した時のような圧迫感だ。

それと同時に、常に〝管制室〟と相互通話状態を保たせていたソウエイから報告があった。

「リムル様、ここ――〝聖虚《せいきょ》〟ダマルガニア周辺が、突破不可能な『結界』によって隔離されました」

確定だ。

敵のボスの登場である。

「クフフフ、たった一人でやって来るとは、我々も舐められたものですね」

そう笑うディアブロの視線の先には、悠然と佇む一人の人物がいた。

マサユキによく似た顔の――ルドラを乗っ取ったミカエルだ。

「レオンは返してもらったぞ」

「構わないとも。レオンの権能――『純潔之王《メタトロン》』は余の手にあるのだから、彼自身はエサに過ぎないのだよ」

「エサ……？」

《――やはり、〝王手飛車〟ですか。見事なまでに、こち

らと同じ手を考えていたようですね》

えっと、王手飛車……王手飛車取りか！

すると、この場合——

《レオンというエサが飛車で、本命は——》

マサユキか！

《……正解です》

やられた。

俺の前に飛車《エサ》としてのレオンを差し出し、王となるマサユキと天秤にかけさせた訳ね。そして俺は見事に釣り上げられてしまった、と。

つまりミカエルの策は、この地に俺を誘《おび》き出した時点で達成されていた訳だ。

マサユキが重要なのは理解していたけど、そこまでこだわっているとは予想外だった。それにしても、俺がここに封じられなければ、ミカエルの策は失敗に終わるはず……。

「勝った気になるのは早いんじゃないか？」

「そうかな？　余が出向いた時点で、お前達に勝機はないと思うが」

なんて自信だ。

まだディーノ達が敵のままだとは言え、俺なら支配から解放させられる。それを知っていて、その強気の態度とは恐れ入る。

それとも、何か他に必勝の策でもあるのかな？

「フッ、何か策があるのではと考えている顔だな。安心するがいい。余にとってお前など、取るに足らぬ存在なのだ。フェルドウェイが心配性だから付き合ったが、最初からこうすれば良かったのだ」

ミカエルの言葉を聞き終えた瞬間、いきなりディアブロが倒れた。

当たり前のように『魔力感知』で警戒していたので、不意討ちとかそんなチャチな攻撃じゃなかったのは確かだ。

そもそも、ディアブロが倒れた姿なんて初めて見る。死んではいないと思いたいが、ピクリとも動かないのが不安だった。

「おい――」

と、ソウエイが駆け寄ろうとした瞬間、ソウエイ自身もその場に倒れていた。

は？

意味がわからない。

完全なる異常事態を前にして、レオンが剣を構え直し――崩れ落ちた。

嘘だろ？

何が起きているのか、まったくわからない。

驚いているのは俺だけではなく、ディーノ達も同様だ。つまり、この場で何が起きているのか把握しているのは、攻撃を仕掛けていると思わしきミカエルのみ、って事になるな。

これは一体どうなって――

《まさか……》

まさか、ときたか。

つまりは、シエルさんでさえ理解していないのね。

ヤバイなんてもんじゃない。

何が起きているのか不明だし、逃げるのも無理そうだ。

もっとも、ディアブロやソウエイを見捨てて逃げるという選択肢は、最初から用意されていないんだけどね。ついでにレオンも。

「ウルティマ、そこに転がっている者達を連れてここから離れろ」

「で、でも!?」

「いいから。俺に考えがある！」

ないけどね。

「ク、クフフフ。お待ち下さいリムル様。私はまだ戦えます」

おお、やはりディアブロは無事だったか。

「ふむ、感触から死んではいないと思ったが、手を抜かずに仕留めておくべきだったかな」

ディアブロが立ち上がったのを見ても、ミカエルの余裕が失われる事はなかった。何度でも倒せるという、絶対の自信があるようだ。

　俺は思った。

　これは本格的に不味いな、と。

「よし、ディアブロ。撤退だ。そこのレオンも連れて、さっさと行け」

「しかし！」

「命令だってーの。勝てる見込みがないんだから、逃げるが勝ちだよ」

　俺はそう言いながら、刀を抜いて構えた。

　ミカエルの狙いが俺である以上、どうせ逃がしてはくれないとわかっている。だから自らを囮にして、他の者を逃がすのが得策なのだ。

　ディアブロも当然、それを理解している。それでもかなり葛藤したようだが、命令という言葉が効いた様子。ウルティマ達と手分けして、ソウエイとレオンを回収。そしてそのまま撤退して行ったのだ。

「ふーん、邪魔するかと思ったが？」

「雑魚に興味はないのでね」

　うわ、ディアブロが聞いてなくて良かったね。

　そんなセリフを吐くなんて、完全に殺すリストに記載されるトコだったよ？

　アイツは執念深いから、いつか必ず達成する。そういうヤバさがあるヤツなのだ。

　それにしても、俺一人残ると一対四か。

　ミカエル一人でも絶望的なのに、これは死んだな。

　まあ最悪、ヴェルドラがいるから復活出来ると思うけど、実際に試すのは気分的に最悪だ。

　その復活した俺って、本当に今の俺なのか？　という疑問が湧いて来るからね。だからヴェルドラが死ぬのも嫌なんだけど……。

　なんて考えていると、ミカエルに動きがあった。

「ディーノ、この場は余に任せて、お前達も帰還するがいい」

　おっと、ありがたい事に一対一の決闘を御所望の様子。まあ、隙あらばディーノ達を寝返らせようと思っていたのがバレたのかも知れないけど、それが成功する確率は低いと思っていたので、俺にとって悪くない話なのは間違いなかった。

「え、いいの？」

「構わぬさ。心まで完全支配すれば臨機応変に動けぬし、今の状態では手を抜くのだろう？　そんな駒は使えぬからな」

ああ、そうか。ディーノやレオンが本心から従っていないって知ってたんだ。

という事は、今回は完全にミカエルにしてやられた感じなのかな？

《……》

いや、いいんだよ。

シエルさんにだって、失敗はあるもんね。

《いいえ。これも作戦通りです》

またまた、負け惜しみも大概にしなきゃ。

シエルさんの負けず嫌いにも困ったものである。

とまあ、軽口はこれくらいにして、俺も全力で悪足掻きしてみるかな。

負け確定となると、気分が楽になった。

恰好悪いとこを見られたくなかったけど、もうディアブロ達はいなくなったので大丈夫だし。

後は、やるだけやってみるまでだ。

覚悟を決めて、ミカエルを観察してみる。すると、以前会った時よりも発する気配が膨れ上がっているのが感じ取れた。

俺の数倍以上かな？

《迷宮内ではないので正確には計れませんが、推定で一億超えなのは間違いないかと》

勝てるか、そんなもん！

倍以上の差でも無茶なのに、十倍超えとか無理ゲー過ぎた。

《いいえ、大丈夫です。重要なのは出力ですので、エネルギー量の過多だけでは勝負は決まりません》

要は気合だと言う。根性論かな？

諦めが悪過ぎるシエルさんだが、その言い分にも一理あった。

戦う前から諦めたら勝率ゼロだが、やってみたら案外何とかなるかも知れないのだ。

しかし問題は、ディアブロすら倒したミカエルの謎の攻撃である。

何をしたのかサッパリ不明だが、何となく既視感があった。

そう、あれは――

《ええ、見覚えのある現象でした。あの感覚……もう少しで理解出来そうなのですが――》

おお、やはりシエルさんは頼もしいな。という事は、ミカエルがあの攻撃を仕掛けて来るのも予想済みだったとか？

《いいえ。その点に関しましては、完全なる誤算です》

そ、そっか。

まあ、仕方ないよね。

敵の手の内を完璧に予想するなんて不可能だし、今回の機会を利用して謎を暴いて、次の勝利に繋げればいい訳だし。

そう考えると、今回の敗北も――って、まだ負けてはいないのだ。

本当に復活するかどうか不安だし、ここは全力で足掻いてみようじゃないか。

そんな事を考えている内に、ディーノ達も去って行った。

この場に残ったのは、俺とミカエルのみ。

ここ、〝天通閣〟の大広間を舞台として、俺とミカエルの一騎討ちが始まろうとしていたのだった。

●

リムルを見送った後、ヒナタは現状把握に努めた。

世界会議を行っていた議事堂には、別の階に会議室や客室も用意されていた。そうした一室を臨時の指令室として借り受け、部下からの報告を纏めて行く。

そして状況を把握すると、頭が痛くなって溜息を吐いた。

「一体何が起きているのかしら……」

と、思わず呟いてしまったほどだ。

各国からの要人達の安全を守るべく、議事堂の守備は万全だ。聖騎士団《クルセイダーズ》だけでなく、各国の騎士や臨時徴用された冒険者達も警備を担っている。

議事堂が落とされると指揮系統が寸断されるので、避難民の受け入れは別の場所で行わせていた。

イングラシア王国の聖教会本堂も開放して避難民を受け入れているし、それだけではなく、王都の各所には避難場所がふんだんに用意されていた。

およそ五百年というサイクルで発生するという天使の襲撃——〝天魔大戦〟への備えとして、常日頃から整備されていたからだ。

これはイングラシア王国だけではなく、西側諸国には同様の設備が設けられている。地下壕や近隣の山腹の洞窟などに、住民の避難場所が用意されていたのだ。今回の議題にもあった避難誘導の徹底にも、十分に対処可能な理由でもあった。

今現在起きている王都でのテロ行為についても、そうした施設に住民を避難させる事で、人的被害を軽減するよう徹底させている。それによって大きな混乱が生じるのを未然に防ぎ、敵への対処に専念出来る環境を用意するのが目的だった。

現状、日頃の訓練の成果が発揮され、人々の誘導に成功していた。避難は完了し、逃げ延びた人々も落ち着いているとの事。

だが、それで問題解決とはいかない。

今回は自然災害ではなく、騒動の原因となった者達がいるからだ。

報告によると、王都の各所から爆発が生じ、火災へと発展しているという。そしてその原因となったのが、特A級以上に相当するような魔人達だと言うのだ。

各国の要人が集まるとあって、今回は聖騎士団《クルセイダーズ》を総動員させていた。それが幸いし、警備に当たっていた「聖騎士《ホーリーナイト》」達で対応出来ているものの、状況は芳しくないという。

うんざりするヒナタだったが、立場上、その顔に感情を仄めかす事すら許されない。部下達の不安を煽る事になり、余計な仕事が増えるだけだからだ。

また、避難民を前に感情的になるなど、あってはならない事だとヒナタは深く理解している。

ただでさえ不安に思っている人達を、これ以上動揺させるのは問題だった。

だからヒナタは迷わない。

今のヒナタに出来る事は、少しでも避難民の不安を抑え混乱を未然に防ぐ事であった。

幸いにも、施設は快適だし食糧の備蓄はある。

ともかく今は避難民に不安を与えないように、敵に対処するのが正解であった。

「ここは任せるわ。各避難所ごとに、聖騎士を一人は滞在させるように。神殿騎士団《テンプルナイツ》にも協力させなさい」

「「ハッ!!」」

敵は外部だけにいるのではない。

避難民もまた、暴徒に転じる可能性があったのだ。

今はまだ落ち着いているが、敵の排除に手間取ったらどうなるかわからない。

恐怖で混乱する者や、不安から叫んだり暴れたりする者など。時を重ねるに従い、そういう者も増えていくと予想された。

こればかりは今後の状況次第だが、最悪の場合、暴動鎮圧にも兵を割く必要があるかも知れない。

そう考え、ヒナタは憂鬱な溜息を呑み込んだのだ。

爆発発生から、しばしの時が経過した。

ここにきて、ようやく敵の全貌が見えてくる。

「死刑囚達の暴動ですって？」

「はい。しかも敵は、城の北塔に軟禁されていたエルリック王子を解放し、旗頭としているとの事であります！」

「エルリック王子――そう、あの男、全然反省していなかったって訳ね」

エルリックは評議会での失態のせいで、再教育を施されている最中だった。王位継承権の剥奪寸前だったが、事を荒立てたくないというリムルとイングラシアのエーギル国王の思惑が合致した結果、利用されただけであるとされて罪一等を減じられたのだ。

それでも王家の恥なので、ここ一年は謹慎処分として城の北塔に軟禁されていたのだが……どうやら敵の手に落ちてしまったらしい。

しかも厄介な事に、自ら進んで敵に協力しているようなのだ。

それだけではなく、エルリック達はヒナタを名指しで非難しているとの事だった。

『私の愛する国民よ！　私は魔女に騙されたのだ！　ヤツは私に濡れ衣を着せ、評議会での立場を失墜させた。あまつさえ、我が父を弑《しい》し、この国に混乱と不幸をもたらそうとしている。騙されるな！　避難させるというのは口実で、諸君達から自由を奪うつもりなのだ!!　私の愛する賢明な民であるならば、誰の言葉が正しいのかを、きっと理解してくれると信じるものである!!』

と、エルリック王子その人が、街の大広場で演説しているらしい。

「本当なのね？」

「この耳で確認しました」

「裏付けは？」

「現在、王城には入れません。ルミナス教の信徒経由にて確認中ではありますが、どうやら相当混乱しているようでして……」

「それじゃあ、エーギル国王が殺されている可能性が高いって訳ね。何てこと、最悪だわ……」

頭の痛い問題であった。

扇動されて暴徒が出るのは想定済みだったとは言え、まさか、最悪の時に最悪の選択をする者が現れるとは思わなかった。

しかも性質が悪い事に、ヒナタ達を苦しめる要因となっているのが、ここ、イングラシア王国の王族なのだ。

エルリック王子は問題を起こしたが、その詳細は公にされていなかった。それが災いし、今回の事態をややこしくさせていた。

王族としての立場を存分に行使して、国家権力を総動員しているのだ。

緊急事態に当事国との連携が乱されるなど、流石のヒナタにとっても想定外であった。

「さて、どうしたものかしら？」

そう思案するヒナタの前に、軍服を着た白髪の美女が姿を現す。

この部屋の主であるかの如く優雅にソファーに身を預けるなり、その美女、テスタロッサが口を開いた。

「裏付けが取れたわ。モスがその目で確認したのだけど、エーギルは殺されていたわよ」

「――となると、この国の上層部は当てにならないのね。大混乱ってところかしら？」

城内はてんやわんやだと、テスタロッサが笑いながら頷く。

「ええ。右往左往して、指揮系統がメチャメチャになっているわ」

そうでしょうね、とヒナタも頷く。

「まあ、議場の方はガドラに守るよう命じておいたから、要人達の安全は保障されているわね」

少なくとも、時間稼ぎ程度は任せられるとテスタロッサが太鼓判を押した。これはかなりの高評価であり、ガドラは意外と認められているのだ。

「なら、少しは気が休まるというものね」

と、テスタロッサとヒナタは頷きあった。

しかし、厄介な事になってしまった。

正体不明の敵だけではなく、ヒナタに害意を向ける者まで現れたのだ。

ヒナタを名指しで人心を惑わす魔女だと糾弾しているようだが、これを否定するのは困難だった。

ただの一般人なら問題にならない。せめて貴族程度であれば、ルミナス教の公権力で叩き潰せた。

しかし相手は、この国の王族なのだ。

何より問題なのは、エルリック王子に対する国民の人気が高い事だろう。

見た目が美男子で優男なエルリック王子は、女性からの人気も高い。能力はともかく、人当たりの良い外面で国民の人気を博していたのだ。

評議会での失態など、国民にまでは知られていないし関係ない。

ヒナタは知名度だけは高いものの、その冷徹さで敬遠されていた。人気という面では、エルリック王子に遠く及ばないのだ。

ちなみに、一部のとある趣向の持ち主からは絶大な支持を得ているのだが、それはヒナタ本人には知られていない。知られたら終わるという常識を持ち合わせているあたり、かなり紳士的な集団なのだった。

そんな話はともかく、今問題なのはエルリック王子についてだ。

部下達が不安そうにヒナタを見ている。

それはそうだろう。

この国の王子が人々の不安を煽るように、ヒナタを声高に非難しているのだから。

王殺し、魔王に魅入られた魔女、人々を破滅に導く者と、散々に言いたい放題だった。

(それにしても、まさか……ここまでの馬鹿だとは思わなかったわ……)

ヒナタは内心で、自分の迂闊さを呪う。

エルリック王子がここまで馬鹿だと見抜けなかった。

よもや、父親を殺し王位の簒奪を目論むという恐るべき暴挙に出るなど、ヒナタの予想外の出来事であった。

その時、扉がノックされ、一人の騎士が入室してきた。

ヒナタの頼れる部下、聖騎士団《クルセイダーズ》隊長の一人、アルノー・バウマンである。

「ヒナタ様、イングラシア王国の元騎士団総団長だったライナーの姿も確認しました。それに、ヤツの共犯として捕まっていたはずの騎士達の姿も、数十名確認されてます」

と、アルノーが入室早々報告を行う。

「それじゃあ、王を弑逆《しぎゃく》したのはライナーでしょうね」

「間違いないかと」

「その犯人に仕立て上げられた訳だけど、法廷で釈明する機会もないのでしょうね」

ヒナタは溜息を吐きつつ考える。

「ライナーっていうと、あのクソ野郎か。評議会の席でヒナタ様にのされたからって、逆恨みしてんじゃねーよ！」

部屋に待機中だった隊長の一人であるフリッツが、憤慨したように文句を言う。

アルノーの説明によると、評議会の場でヒナタに威圧され失禁してしまうという失態を犯したライナーは、どうしてもその汚点を雪ぎたいと考えたようであった。

その為に、公衆の面前でヒナタを倒し、汚名返上を企んでいるらしい。

個人的な恨みからの犯行という、あまりにも馬鹿馬鹿しい話であった。

しかし、問題の根は深い。

ライナーが自分の失態を取り繕うべく、強引な手段に出た。それが全員の共通認識ではあるものの、それを証明する手立てがないのだ。

全ては仕組まれており、証拠は隠滅済みであると思われた。

他国の議員達に証言してもらうという手はあるが、それは平時ならば可能な手段だ。このような緊急時に議員達を危険に晒す訳にはいかず、ヒナタ達が今更何を言ったところで民は信じないだろう。

忌々しい事に、この国ではエルリック王子の人気は高いのだ。

国民がどちらを信じるのかなど、火を見るよりも明らかであった。

「ヒナタ様は、決して評判が良いとは言えませんからね……」

とフリッツが軽口を叩き、アルノーが小さく同意を示す。

そんな二人をギロリと睨み、ヒナタが話題を変えるように感想を口にした。

「後手に回ってしまったわね」

「しかし、自分の父親である国王まで殺すとは思いませんでした。その罪をヒナタ様に被せるつもりのようですが、無茶な真似をするものです」

ヒナタの呟きに、アルノーも相槌を打つ。

エルリック王子やライナーの目的は明白だ。この混乱に乗じ、全ての失態と罪をなかった事にするつもりなのである。

そのついでにヒナタへの復讐を果たすというよりも、これは他国に対する牽制の意味合いも込められているのではないかと推察された。

西側諸国最強と名高いヒナタを倒して見せる事で、他国からの抗議を封殺出来ると考えたのだろう。

「しかし、解せないわね。あのライナーという男、国王を暗殺出来るほどの腕前ではなかったように思うけど」

ヒナタから見たライナーは、決して弱くはないが強くもなかった。Aランクオーバーの冒険者相当の腕前だったのだ。

イングラシアほどの大国ならば、他にも何名かライナーに匹敵する騎士を抱えているはずだ。それに、あの時の評議会にも顔を出していた魔法審問官ならば、十分にライナーを制圧可能だったはずである。

今回の惨劇がどうして成功したのか、そちらの方が不思議というものであった。

その答えは、ヒナタの下を訪れたニコラウス枢機卿によってもたらされる。

「どうやら、魔法審問官達は皆殺しにされたらしいです。ここの地下で怪し気な実験を行っていたとの情報を掴んでいたのですが、その実験体が暴走したようですな」

「ニコラウスか」

「ルミナス様からの伝言を携えて来たのですが、そのついでに調べて参りました」

そう答えるニコラウスは、相変わらず有能であった。ヒナタに褒められる為なら何でもするという、忠犬の如き男なのだ。

ヒナタ以外の者には情け容赦のない性格をしているのだが、表面を取り繕うのも非常に上手い。温厚そうに見える表情を保ち、信者からの人望も篤い人物であった。

　が、本性を知る者にとっては、なるべく関わり合いになりたくないというのが本音である。事実、アルノーやフリッツは、ニコラウスと目を合わせぬように小さくなっていた。

　そんな外野を無視して、ニコラウスが紅茶を淹れ始める。こういうところでポイントを稼ぐあたり、本当にマメな男なのだ。

　ちゃんとテスタロッサの分も用意されていた上に、それを一口飲んだ表情は満足気だ。これはかなりの高得点であり、ニコラウスが只者ではないという証明であった。

　ヒナタも紅茶を口にしつつ、自分の考えを纏めて行く。

「もしかして、混乱に乗じているというよりも、この騒動すらエルリック達の思惑通りだとしたら？」

「え？　しかし、街で暴れているのは化け物ですよ？」

「そこがまずオカシイのよ。どうして『都市結界』で守られている王都に、化け物が侵入出来たのか。そもそも、その化け物の強さも出鱈目なのでしょう？」

　報告に上がっている化け物は、一体ではなく複数同時に出現していた。

　王都各地で暴れまわっているらしいが、その目的は不明。まるで手あたり次第に、目に付くモノを壊して回っているとの事だった。

　しかもどうやら『超速再生』を有しているらしく、直ぐに傷が修復されてしまうのだ。

　その戦闘能力は聖騎士以上。推定で災厄級《カラミティ》や災禍級《ディザスター》に相当すると思われたが、幸いにも知能が低いらしく、今は囮を用意して被害を最小限に食い止めさせていた。

　個々で相手をすると危険であると判断し、今は足止めに徹するよう命じていた。これからどう始末するかを検討し、最悪、ヒナタが出陣する予定だったのだが、ここにきての問題発生で頭を悩ませる事になった訳だ。

　この会話に、テスタロッサが参加する。

「それについてだけれど、どうやら私の手の者が何体か倒されたみたいなの。死ぬ前に撤退するよう厳命していたから、大した情報は手に入らなかったのだけど――」

と、言いおいてから、その情報を開示する。

テスタロッサの部下とは、上位悪魔騎士《ディアブルシュバリエ》達である。

全員が存在値十万超えという、特A級の強者なのだ。

そんな上位悪魔騎士《ディアブルシュバリエ》が複数名で行動し、撤退を選択せざるを得なかった相手となると、魔法審問官達では歯が立たなかったのも当然であった。

「どうやら、その実験体とやらに、天使を受肉させたみたいね」

「何ですって？」

「受肉に失敗して暴走しているのが、今暴れている化け物どもよ。そして、しっかりとした自我を残しているヤツ等が――」

上位悪魔騎士《ディアブルシュバリエ》を倒した敵――ミカエルの手の者だと、テスタロッサは確信していたのだった。

テスタロッサの説明を聞いて、ヒナタが机をトントンと指で叩いた。

この部屋に残る聖騎士隊長は二人、アルノーとフリッツだ。

副団長のレナードは、バッカスとリティスを引き連れて現場で指揮を執っている。

迷宮での訓練のお陰で、隊長格ではない平の聖騎士達であっても、一騎当千の強者へと成長していた。まして隊長格ともなれば、クレイマン相当の相手でも個人で倒せるほどに強くなっている。

しかし、天使の力と融合した魔法審問官の実験体ともなれば、正面から相手するのは危険であった。

まして、リムルが敵対しているというミカエルの影がチラつく以上、迂闊に手出しするべきではないと判断する。

「ニコラウス、ルミナスから伝言があるのよね？」

「そうでした。喫緊《きっきん》の問題という訳ではないそうですが、援軍は出せないそうです」

「というと、他にも敵がいるという事ね」

ルミナスならば、ヒナタを見捨てたりはしない。

故に、援軍が出せないというのは、他にも脅威が潜んでいる可能性が高いという事なのだ。

そうすると、手持ちの戦力だけで王都の治安を守り抜かねばならず――

「厳しいわね」

というのが、ヒナタが導き出した結論だった。

如何に聖騎士達の実力が高まったとはいえ、明らかに格上の敵を相手にさせるのは荷が重い。しかも厄介な事に、化け物は天使の力を取り込んで光属性になっている。通常の魔物には有効な聖浄化結界《ホーリーフィールド》などが、一切合切通用しないのだ。

「さて、どうします？　必勝の戦術が全て通用しませんが」

「そうね。化け物だけならともかく、ライナー達もいるのよね」

「そのライナーとやらだけど、恐らくは成功体よ」

テスタロッサの発言だが、意味がわかったのはヒナタとニコラウスのみだった。

「えっと、どういう意味でしょうか？」

恐る恐るアルノーが質問する。

「少しは自分で考えなさいなと言いたいけれど、時間がないわね。ライナーも死刑囚だったのなら、実験体にされていても不思議ではないでしょう？」

「あっ！」

「そうか、つまり、天使の力を取り込んでいる可能性が……」

アルノーとフリッツも合点がいき、同時に顔を青褪めさせた。

そんな二人に向けて、「可能性じゃないわね。確定事項と思っておきなさいな」と、テスタロッサが冷酷に告げたのだった。

＊

さてそうなると、聖騎士団《クルセイダーズ》だけで対処するのは不可能だ。必然的に、テスタロッサの手勢との協力が大事になってくる。

「それで、どうするつもりなのかしら？」

テスタロッサがそう問うと、ヒナタが迷わず答えた。

「向こうの思う壺でしょうけど、釈明に出向くしかないわね」

　エルリック王子の主張では、ヒナタが王殺しの下手人なのだ。普通に考えて、ヒナタがそんな真似をする理由などない上に、世界会議に参加していたというアリバイまで万全なので、その主張が認められるなど有り得ない話であった。

　が、それは飽く迄も平時であればの話だ。

　今の王都は混乱していた。

　太平の世に慣れたイングラシアの民にとって、青天の霹靂《へきれき》とも言えるような大いなる災禍に見舞われている最中なのだ。

　ここでヒナタが殺されでもしたら、真犯人の主張が全て認められてしまうだろう。

　であれば、逃げるというのも一つの手だ。

「馬鹿正直に出向かずとも、ルベリオスに逃げてしまえばいいではありませんか。幸いにも、王都の聖教会にも〝転移陣〟はありますし、郊外まで抜ければ転移魔法もあります。ヒナタ様さえ無事であれば、後からいくらでも釈明は可能なのでは？」

　ニコラウス枢機卿の発言だが、これが理に適っているのはヒナタも認めるところである。

　だが、頷く訳にはいかなかった。

「無理ね。私達だけなら脱出可能でしょうけど、会議の列席者達まで連れ出すのは不可能でしょう？　あの方達を人質に取られてしまえば、どの道、打つ手がなくなるもの」

　それもそうかと、一同が納得する。

「その通りね。それに、忘れてはならないのが、真の敵は別にいるという事よ。天使の軍勢が攻めて来るという時に、国の要人達が殺されてしまえば、果たしてどうなるのかしら？」

　それを聞き、ニコラウスが顔をしかめた。

「なるほど、そうでしたね。そんな事になってしまえば、各国の連携はズタズタだ。少なくとも、イングラシア王国を信用する国はなくなるでしょう」

「そっか、そうなっちまったら、天使相手に戦うどころじゃなくなるな」

　フリッツも納得したのか、苦い表情でそう呟いている。

結論としては、ヒナタが言うように出向くしかないのだ。

ヒナタは彼女の信念に基づいて、今出来る事に着手する。

全ての人々を救いたいなどと大それた事は思わないが、目の前に救える者がいるのなら手を差し伸べる――それが、ヒナタの生き方なのだから。

それがひいては自分達への信頼に繋がる事を、ヒナタは良く理解しているのだった。

「さて、納得したようね。それじゃあ、役割分担を決めましょうか」

ヒナタはそう言って、自分がライナーの相手をすると宣言した。

テスタロッサがこれに頷く。

「付き合うわ。それで、化け物共の始末だけど――」

テスタロッサの言葉を待つまでもなく、直立不動になったアルノーとフリッツが叫んだ。

「テスタロッサ殿の手を煩わせるまでもありません。それについては、我等にお任せ願いたい！」

「自我もなく知性の欠如した化け物ならば、戦い様はあります。光属性というのが多少は厄介ですが、俺達も迷宮で鍛えられましたので、その成果をお見せしますよ！」

そんな二人を、ヒナタがジト目で見る。

（どうしてこの二人は、テスタロッサ殿を意識しているのかしら？）

美人を前に恰好を付けたいのね、と呆れた訳だが、真実は違う。

この二人は、テスタロッサに心底怯えているのだ。

ここで活躍出来なければ、役立たずの烙印を押されてしまう。そうなった場合、今後の迷宮内での特訓もどうなる事か不明となってしまうだろう。

それに、迷宮内に限らずテスタロッサのシンパは多い。議員関係にも信者が紛れているので、下手をすれば今後の発言力がなくなりかねない危険性まであったのだ。

それだけテスタロッサの影響力が増しているのだが、

今のヒナタは政治への興味が失せてしまっていた為に、そんな事になっているとは知らなかったのだった。

テスタロッサとしては、今はとても大事な局面である。リムルから世界会議を成功させるようにと命令されているにもかかわらず、敵の侵入を許してしまった。その上、王都での破壊行為を止められなかった責任があるのだ。

人命優先だった為、というのは言い訳にならない。テスタロッサは笑顔の裏で、激しい怒りに燃えていたのである。

だからこそ、アルノー達の進言を承認する。

「それじゃあ、お願いするわね。私の部下達を貸し出すから、アナタ達の部隊に組み込みなさいな」

そう告げて、アルノー達の手助けまで行った。

これは全て、自らが動く為の下準備なのだ。

指揮をアルノー達に委ね、王都の治安回復という役目を与えた。その上で、自身は黒幕を叩くつもりなのだった。

こうして、役割分担が決まっていく。

「さて、それじゃあ行きましょうか。この緊急時に愚かな行いをした者に、天誅を下してあげなきゃね」

ヒナタは冷徹にそう告げた。

自身の濡れ衣を晴らす為にも、ここでライナーを始末するつもりなのだ。

そしてエルリックを捕らえ、罪を自白させねばならない。

もっとも——

「まあ、証拠なんてどうにでも出来ますわよ。下手人を全員始末してしまえば、勝者の手で正しい報道を行えますもの」

とは、テスタロッサの弁だ。

まさしく敵がやろうとしている事を、こちらも堂々とやり返す宣言である。

倫理観など気にもしない悪魔らしく、勝ちさえすれば何とでもなると考えている。実にテスタロッサらしい主張であった。

そうして、ヒナタ達は敵が待ち受ける舞台へと、罠と知りつつ出向いたのだ。

＊

議事堂から外に出ると、酷い有様になっていた。

街の中心に見える王城も一部が崩壊しており、美しかった外観を損ねている。

議事堂や聖教会支部がある貴族街は比較的マシだが、街の大通りに面した繁華街周辺からは火の手が上がっていた。

「避難を優先させたから仕方ないけど、後始末が大変ね」

「本格的な各所での戦闘はこれからですし、もっと被害は増えるでしょう。王を失い、後継者があの様では、イングラシアの復興には時間がかかるでしょうね」

ヒナタの呟きに、ニコラウスが冷静に応じた。

聖職者にあるまじき、冷たい反応である。しかしそれが、ニコラウスの平常運転なのだ。

ニコラウスにとって優先すべきはヒナタのみであり、その他の事などどうでもいいと考えている。枢機卿という法皇に次ぐ最高位まで上り詰めたのも、ヒナタの役に立ちたかったからだ。

そんな男だからこそ、危険を顧《かえり》みず今も付き添っている訳だ。

ちなみに、今の面子は五名である。

ヒナタとテスタロッサ、そしてヒナタを心配してついて来たニコラウス枢機卿。この三名に、召集されたモスとシエンが合流していた。

目的の場所に向かいながら、作戦を練る。

「モス、貴方は戦わなくていいから、『索敵モード』になって不意討ちに備えなさい」

「承知しました！」

モスはイエスマンだった。

余計な事など口にせず、テスタロッサに従う。

それでもたまに余計な事を言ってしまって酷い目に遭ったりもするが、テスタロッサの副官を長く続けているだけあって、身の処し方に長けているのだ。

この、モスの『索敵モード』だが、これはいわゆる『結界』の一種であった。自身の細分化した『分身体』

を、直径一キロメートルの半球状に分散させる。これによって、五百メートル先からの不意討ちに即座に反応出来るようになるのだ。

一見すると『万能感知』と大差ないように思えるが、そんな事はない。情報伝達速度が比較にならぬほど速い上に、モス自身の分析能力まで加算されて敵の攻撃に対処可能となるからだ。

それに、権能によって『知覚速度』を百万倍にまで高められるテスタロッサにとって、五百メートルという距離は万全の間合いとなる。仮に光速攻撃であろうとも、モスの『索敵モード』の影響下では体感速度で着弾までに一秒以上の余裕があるので、対処が可能になるのだった。

無論、光速で動ける訳でもないし、体感時間を延ばしているだけなのだが、それでも何とか出来てしまうのがテスタロッサなのである。

万全とも思われるモスの『索敵モード』だが、たった一つの欠点があった。

それは——

初撃を受ける事になるモスが、一番危険であるという点だ。

（その不意討ちで僕がダメージを負ったとしても、心配なんてしてくれないんだろうな……）

従順ではあるが、内心では愚痴るモスなのだった。

モスの権能を一目見て、ヒナタはその性質を見抜いた。

「やはり不意討ちを警戒しているのね。という事は、今騒いでいるのは囮だと？」

そう指摘され、テスタロッサが微笑む。

「そうですわね。そもそも、この会議を狙い撃ちしてきた時点で、敵の目的を絞り込めますもの」

「西側の分断か、直接リムル狙い。一番大きな可能性は、帝国皇帝となった〝勇者〟マサユキかしら？」

悩みもせずヒナタが答えると、テスタロッサはニッコリと笑みを深めた。

「流石は、ヒナタ殿。リムル様が認めているだけありますわね」

「お世辞は結構よ。こんなの、誰の目にも明らかでしょうし」

「そうでもありませんが、まあいいでしょう」

テスタロッサはここ最近会話した人物の顔を思い浮かべつつ、苦笑した。察しの悪い者も多く、かなりストレスを溜めていたのである。

人の話を聞かない者など最悪だ。自分の利益だけを求めて意見を述べるので、まとまる話もまとまらない事がままあったのだ。

会談終了後に勝手に合意を発表する者もいたりして、政治的交渉の面倒さを嫌と言うほど味わっていた。

契約を重視する悪魔にとって、理解出来ないような愚物だっていたのである。

そうした者達にはキッチリと分をわからせてきたテスタロッサだが、要らぬ手間をかけさせないで欲しいと常々考えていた。

その点、ヒナタとの会話は話が早くて気持ち良かった。

「リムル様が目的というのは、まさにその通りですわね」

「でしょうね。この騒動と同時に別の場所でも事件が起きて、リムルはそっちに向かったのだもの。それなりに大きなエサを用意していたのでしょう？」

「ええ、その通りです」

テスタロッサは頷いた。

レオンが現れたらリムルが出向く、この方針が事前に取り決められていた。テスタロッサもそう聞かされていたのだが、ヒナタは知らずに言い当てている。

そこまで察しているのならばと、テスタロッサはある程度の事情を説明した。

それを聞くなり、ヒナタも幾つかの問題点を指摘していく。

実に楽しい会話のキャッチボールであった。

（頭が切れるとは聞いていたけど、部下に欲しいほどだわ。もっとも、リムル様がお許し下さらないでしょうけど）

リムルと、自分を呼び捨てにする事を許しているだけでも、ヒナタが特別な存在なのだと察せられる。まして、ヒナタを相手にしている時は素に戻る感じで、とても楽しそうなのだ。

そうしたリムルを知るからこそ、テスタロッサとしてもヒナタに一目置かざるを得ないのである。

(実に羨ましいこと。でも、リムル様が認める女性が愚か者ではなかったのは、素直に喜ばしいのでしょうね)

古来、王の寵愛を得た女性によって国が傾くという事例は、枚挙にいとまがないのである。

その点、ヒナタであればそんな心配は無用だった。

そもそも、リムルとヒナタは別に恋人関係という訳でもないので、テスタロッサの考え過ぎな面もあるのだが、意外とそんなふうに考えている者も多いのだ。

知らぬは本人達ばかり、なのだった。

ともかく、今は敵の狙いについてだ。

魔王レオンを正気に戻して、こちらの陣営に取り戻す。これが、基本的な戦術だ。

が、当然ながらその狙いは、敵方にも気付かれていると予想された。

「フェルドウェイは切れ者でしたし、ヴェルグリンド様を正気に戻したのがリムル様であると見抜いているでしょう。であれば——」

テスタロッサから見ても、フェルドウェイが有能なのは間違いないのだ。色々と欠点は多いものの、リムルへの対策を考えているのは間違いないと考えていた。

「魔王レオンを囮にリムルを誘き出したのにも、必勝の策があると見るべきね」

その通りだと、テスタロッサが頷く。

もっとも、リムルがそれを見抜けぬはずがない。

あの深淵を見通すような深謀遠慮によって、フェルドウェイの策すらも呑み込むに違いないのだ。

「リムル様はそれを承知で、魔王レオンの救助に向かわれたのですわ」

絶対の信頼を寄せて、テスタロッサが断言した。

それを聞き、ヒナタが心配そうに首を傾げる。

「でも、呼び出しさえすれば勝てると考えているのかも。ミカエルとやらが〝竜種〟の力を取り込んだというけど、そんな化け物を相手にして、リムルは本当に勝てるのかしら？」

ヒナタの心配も納得のいく意見であった。テスタロッサからしてみれば、リムルの敗北など有り得ないと思える。しかしそれは、本当の敵の姿を目にした事もない今の段階では、答えを出せる類の問題ではなかったのだ。

もしも向かった先で、フェルドウェイやミカエルがリムルを待ち構えていたら？

（まあ、それでもあの御方ならば、何とかして下さると信じておりますけど）

護衛としてディアブロやソウエイもいるのだ。

リムルならば大丈夫だろうと、信じるしかないのだった。

敵の目的がリムルだった場合、ヒナタ達が心配しても仕方ない。

そちらは信用して任せるとして、問題なのは他に目的があった場合だ。

「議員達を狙うというのは、ありそうだけどナシだわね」

「同感ね。今更西側諸国を分断したところで、大きなメリットはないもの。リムルを倒せるかも知れないような相手なら、一致団結した連合国家であろうと歯牙にもかけないでしょうし」

二人の意見が一致する。

他にも色々と可能性を検討してみたが、やはり一番可能性が高いのは、〝敵の狙いはマサユキである〟という結論に落ち着いた。

「それで、当の皇帝陛下はどこに消えたのかしら？」

ヒナタがそう問いかける。

騒動が発生してしばらく経った頃、マサユキの姿が議事堂から消えていたのだ。

議事堂の外には帝国から連れてきた護衛がいるだろうし、マサユキの傍にはあの〝灼熱竜〟ヴェルグリンドが付いていた。むしろ、一番安全なのがマサユキなのではと思えるほどだった。

だから放置していたのだが、敵の狙いがマサユキだとなると、話が違ってくるというものだ。

「恐らくは、ヴェルグリンド様が敵の狙いに気付いて、避難させたのだと思うわ」

いや、敵の狙いがどうであれ、マサユキの安全を優先させたのだろう。ヴェルグリンドならそうすると、テスタロッサにはわかっていた。

「ならば安全と考えて良さそうね」

少なくとも自分達が守るよりはいいだろうと、ヒナタも納得する。

だとすれば、次に考えるべきは自分達の勝利条件についてだ。

「敵の狙いがマサユキだとすると、私達は囮にされている訳よね。私達が殺されそうになると、マサユキが助けに現れるとでも思っているのかしら？」

ヒナタもマサユキとは面識があるので、あの少年がお人好しなのは知っていた。だがしかし、皇帝となったのだから自分の身を優先させるべきであり、そこは冷徹に割り切るだろうと考えている。

これには、テスタロッサも同感だった。

「そこが疑問なのですわ。有り得ぬ仮定ですが、わたくし達が死にそうになったとしても、マサユキ殿が助けに現れるとは思えませんもの」

この場合、マサユキ本人だけの問題ではない。ヴェルグリンドが付いているのだから、間違いなくマサユキを優先させるはずなのだ。

この見解についても、ヒナタとテスタロッサの意見が一致していた。

故に、結論も同一のものとなる。

「まあ、今から相手するヤツ等が私達をエサとしてしか見ていないのだとしても、付き合ってあげる義理なんてないわね」

「その通りですわね。全員始末して、隠れ潜んでいる者も誘き出しましょう」

結局、勝てば全ての問題が解決するのだ。

不意討ちがあるという前提も意識共有したところで、ヒナタ達は目的地に到着したのだった。

＊

モスの姿は消えており、残るは四名。

「ニコラウス、貴方はここで待機しなさい。私達が勝利したら、即座にエルリック王子を確保するように」

ヒナタは言葉にはしていないが、敗北したら逃げろという意味でもある。

ニコラウスは人としては弱くないが、この戦場に立てるほどの強者ではない。そう判断したからこその命令だった。

「承知しました。どうか、御武運を！」

ニコラウスとしても、自分が足手まといになるのは嫌だった。

ヒナタの危機に際しては自分の命をもって盾となるつもりではあるが、その場は大人しく従ったのだ。

そうしてヒナタ達は、広場には三名だけで立ち入る事になった。

王都の広場に辿り着いた一行を待ち受けていたのは、完全武装の騎士達だった。

エルリックやライナーを除いても、二十名近くいる。

「やっと来たかよ、待ちくたびれたぜ！」

ニヤニヤと笑いながら声を発したのは、ヒナタも見覚えのあるライナーである。

ざっと観察した限り、とんでもなく強化されているのが見て取れた。

感じ取れる気配から、自分を上回るほどのエネルギー量だとヒナタは察する。

（ニコラウスを外して正解だったわね。本気の戦いになったら、間違いなく気にしている余裕がなくなるもの）

そうなれば、ニコラウスを巻き込んでしまいかねなかった。

ただの人間であるニコラウスには生き残る術はなかっただろうから、少し安堵するヒナタだった。

ともかく、ライナーの言葉は聞き流しつつ、敵の戦力を分析していく。

（エルリックには覇気がないから、どうやら普通の人間のままみたいね。でも、他の者達は――）

エルリックは単なる神輿役だったらしく、以前と変わりない様子だった。少し荒んでいるが、それは軟禁されていたからだと推察される。

しかし、他の者達は問題だった。

（尋常ではない気配。なるほど、隊長格の聖騎士をも上回っているわね。もしかすると、私に匹敵するほど力が増しているのかも……）

見ただけでは断言出来ないものの、ヒナタにはユニークスキル『数学者《カワラヌモノ》』がある。それで分析したところ、最低でも災厄級《カラミティ》以上。中にはルイやロイといった災禍級《ディザスター》に匹敵しそうな者もおり、それが二十名近くともなると、〝聖人《せいじん》〟であるヒナタにとっても、かなり厳しい戦いになりそうだった。

が、一番大きな問題はそこではない。

（ライナーは異常だわ。多分、私をも上回っているようね）

隣に並ぶテスタロッサほどではないものの、かなりの力が感じ取れたのだ。これは危険だと、ヒナタは警戒を強めた。

テスタロッサに任せられるのならば、それが一番安全な選択だろう。

だが、それは出来ない。

何故ならば、この場にはもう一人、危険極まりない男がいたからだ。

「げひゃひゃひゃひゃ！　ライナーよ、俺達はついてるな！　こんな美人が二人もお出ましとは、喧嘩せずに済みそうじゃねーか！」

「違いない。ヴェガの兄貴、約束通りヒナタは俺が貰うが、構いませんよね？」

「勿論だ。そんな弱っちぃ女を喰ったところで、俺様の力は増えやしねーからよ。ま、別の意味で愉しむのもアリだが、今は残念ながら作戦中ってヤツなんだわ」

下品な声で嗤う男、ヴェガであった。

大きく足を広げて噴水の縁に座り、禍々しい気配《オーラ》を隠しもせずに放っている。天使という光属性の精神生命体を取り込んでもなお、ヴェガの属性は邪悪そのものなのだ。

（アレは、私ではどうしようもなさそうね。実力次第では粘れそうだけど、恐らく勝利する可能性はゼロに近いわ）

と、ヒナタは見抜いていた。

事実、ヴェガの存在値は一千万を軽く超えており、ヒナタの十数倍に達するのだ。ヒナタも奥の手を隠し持っているとはいえ、それを用いても勝てる確率は低いと思われた。

となると、ヴェガの相手をするのはテスタロッサ以外にいない。必然、ヒナタの相手はライナーという事になるのだった。

「フッ、下品だこと。身のほどを知らぬ愚か者って、嫌いだわ」

テスタロッサが嫣然《えんぜん》と微笑み、ヴェガを見下すようにそう言い放った。

その自信が頼もしく思えるヒナタである。

「生意気な女だ。いいぜ、〝七凶天将《しちきょうてんしょう》〟筆頭たる俺様の、本気の力を見せてやらあ‼」

実に簡単に、ヴェガが挑発に乗った。

これによって、テスタロッサとヴェガの一騎討ちが決定したのである。

この流れを逃す手はなかった。

ヒナタが余裕を見せつつ問う。

「それで、私の相手は誰がしてくれるのかしら？　私に睨まれただけで動けなくなっていたくらいだし、もしかして全員で挑んでくるつもり？」

そう煽って、ライナーとの一対一の戦いに持ち込むつもりなのだ。

全員で向かってこられたら、ヒナタの勝ち筋はほとんどなくなる。シエンと二人で共闘したとしても、せいぜい十名ほど倒せれば御の字であった。

だが、最初にライナーを始末する事が出来れば、残る敵の戦意を挫けるだろう。そうなれば十全な実力が発揮出来なくなるだろうから、勝てる可能性がグンと高まるというものだった。

ちなみに、こう煽ったらライナーが勝負を受けるしかないと、ヒナタはそう考えていた。何故ならば、王都の各所には地上の様子を覗き見られるように、地下の避難所と繋がる魔法装置が置かれているからだ。

この大広場にある噴水の石像もその一つであり、ヒナタとライナー達の会話は王都の民に筒抜けとなっていた。

エルリックもそれを知るからこそ、ここで大演説を行っていた訳で、当然ながらライナーもそれを知っている。

ここで勝負から逃げたら、一生汚名返上は不可能になるに違いない——と、ライナーなら考えるだろうとヒナタは睨んでいるのだった。

その予想は当たった。

「クックック、俺も舐められたもんだぜ。あの時はよう、ちと調子が悪かったのさ。ここで貴様に勝利して、それを証明してやろうじゃねーか」

かくして、ライナーとヒナタも一騎討ちする流れに持ち込めたのだった。

＊

ヒナタは剣を抜いた。

リムルから貰った逸品である。

特質級《ユニーク》の細剣《レイピア》ではない。あれから改良を重ね、クロベエの技量も上がった事で、品質が伝説級《レジェンド》まで高まっていた。

その銘《めい》は、幻虹細剣《ファントムペイン》という。

同じ伝説級《レジェンド》でも、月光の細剣《ムーンライト》に比べれば品質は落ちる。しかしながら、この幻虹細剣《ファントムペイン》は〝七彩終焉刺突撃《デッド・エンド・レインボー》〟を完全再現出来るのだ。

リムルと戦った時に使っていた剣は、七回目の攻撃で精神体《スピリチュアル・ボディー》を完全破壊するという効能だった。しかしこの剣ならば、星幽体《アストラル・ボディー》までも破壊可能なのだ。

言うまでもなく威力や強度も上なので、使い勝手の良さでは月光の細剣《ムーンライト》よりも上なのだった。

「覚悟はいいかしら？」

「馬鹿め、それは俺のセリフよ‼」

そして戦いが始まった。

ヒナタはいつものように、敵の戦力を分析しながら的確に弱点を探っていく。

ライナーは一見すると人間の姿だが、その本質は別の生き物へと変質している様子だった。その証拠に、体運びがおかしい。歩行とは別に、滑らかに横移動したりしている。地面を蹴って、そのままの体勢で飛び込んできたりもした。

靴の裏に秘密が隠されているようだが、それよりも目に付くのは肩の部分だ。大きく盛り上がっていて、何かを隠しているのは明白だった。

「死ねッ!!」

ライナーが大きく剣を振りかぶり、ヒナタ目がけて振り下ろした。ヒナタは受け止めるではなく、サッと身体を捻って回避する。

危険な予感がしたからだが、その対応は正解だった。

(この剣、伝説級《レジェンド》どころではない力を感じるわ。そう、神話級《ゴッズ》だったのね……)

どこでどうやって手に入れたのかは不明だが、ライナーの力の一端が垣間見えた瞬間であった。

こうなるともう、武器の性能差でも不利である。まともに斬り結べば、ヒナタの幻虹細剣《ファントムペイン》が砕かれてしまう恐れがあった。

実際、両者の存在値には大きな隔たりがあった。

ヒナタは〝聖人〟でありながら〝勇者の卵〟を宿したのだが、それは孵る事なくクロエへと委ねられている。〝聖人〟としての力はそのままだったが、それは存在値に換算して百万強といったところだった。

人間としては十分に強い。事実、ガゼル王と同等なのだが、二百万相当のライナーには遠く及ばなかったのだ。

ただし、それはあくまでも肉体面での話だ。

ヒナタには、クロエと旅した記憶と経験があった。それは今も、ヒナタの純然たる技量《レベル》として息づいているのである。

以前ライナーと対峙した時とは雲泥の差があり、総合力として見るならば、武器の性能差を懸念《けねん》するとしても、ヒナタの方が遥かに強くなっていたのだった。

一対一に持ち込めた時点で、ヒナタの勝利が約束されたようなものだったのである。

が、それはライナーが騎士として、正々堂々とした性格だったならば、の話だった。

ヒナタは見誤っていた。

かなり下種な性格なのだろうと看做《みな》していたヒナタだが、ライナーはそんなヒナタの想像を軽く超えるほどの卑怯者だったのだ。

ヒナタもかなり用心深く、油断などしない性格なのだが、世の中には下の下を更に下回るような、想像を絶するほどの愚劣な者がいるのである。

ライナーがまさにそれだった。

生来の性質なのか、改造によって性根が歪んでしまったのか、それはもうわからないし、どうでもいい。ここで大事なのは、ライナーが最初から一騎討ちをするつもりなどなかった事だ。

何度か攻防を繰り返し、ヒナタはライナーの剣をかわし続けた。そして一瞬のタイミングを見計らい、ライナーの剣を横から叩き落とす感じで弾き飛ばしたのだ。

これによって勝利を確信し、ライナーに隙を見せてしまった。

「フッ、口ほどにもないわね。降参するなら——」

ライナーを反逆者として捕らえて、裁判を受けさせよう——などと、かける必要のない情けをかけてしまったのだ。


それが命取りになった。

ライナーが倒れ込んだ位置は、手下共がヒナタの背後に立つような配置になっていた。そしてその時を狙いすましたように、背後から全員で襲いかかったのである。

無論、ヒナタも『魔力感知』で不意討ちに備えていたし、モスとの『思念伝達』とも繋がっていて警告を受けた。

だが、警戒すべきはライナーであって、有象無象に意識を割く余裕などないのである。

だからこそ、多対一になってしまえば勝機はないと考えていた訳で——ある程度の攻撃は甘受する他なかったのだ。

それは一瞬の出来事だった。

「ヒナタ殿ッ!!」

シエンが叫ぶ声より速く、多数の光弾がヒナタに炸裂した。そして更に、ライナーが哄笑しながら、トドメを仕掛ける。

その手に剣はないが、その身体を覆うのも神話級《ゴッズ》の全身鎧なのだ。その肩の部分が大きく開き、神話級《ゴッズ》に覆われた細く硬質な手が二対生え出していた。

それは四本の槍となって、ヒナタの手足を貫いたのだ。

支えを失い、ヒナタが地面に倒れる。

その手から剣がこぼれ落ちる。

もはや握る力も失い、立つ事さえ覚束ない有様だった。

「ははは ッ!! 偉そうにしていたわりにゃーよ、口ほどにもねえな! 生意気なテメーには、そうやって地面に転がってるのがお似合いだぜ!!」

癇に障る甲高い声で、ライナーが哄笑する。

「貴様ッ! これは、正々堂々とした一騎討ちではなかったのかっ⁉」

気色ばんで叫ぶシエンの言葉を、ライナーは鼻で笑い飛ばした。

「犯罪者に人権なんざねーんだよ。なーに、俺達は慈悲深い。泣いて許しを請うなら、死刑の日取りを少し先延ばしにするくらいは考えてやるさ」

そう言って、ニヤニヤとした笑みを浮かべるライナー。ヒナタの返事も待たず、勝手な言い分を続けて口にする。

「もっとも、それなりに感謝の気持ちを示してもらわんとな」

下卑た考えが透けて見えるような、気色の悪い笑みだった。

ライナーの部下達も同様だ。

「ヒャハハ! 西方最強がイイ様だぜ!」

「こうなったらもう、不敗の魔女様もオシマイだな」

「いやいや、俺達が強くなり過ぎちまっただけさ。ライナー様が遊んでいたからこそ、いい勝負に見えただけだろうぜ」

などと、勝手な事を口走っている。

元からそういう性格だったのかどうか、こちらも不明だ。しかしながら、今の彼等がどうしようもなく愚劣であるというのは事実であった。

ヒナタの姿は、余りにも無残になっていた。

ボロボロに破れた〝聖霊武装〟の背中部分からは、

焼け爛れたような素肌が見えている。

そしてその手足は、腱を切断されて動かす事すら出来なくされていた。

そんな惨状でありながら、汗に濡れた素顔は美しい。その瞳から輝きが失われる事はなく、ヒナタの凛々しい表情は、まだ諦めていない意思の強さを感じさせるものだった。

「さあ、泣いて許しを乞うがいい。さもなきゃ、今直ぐ殺しちまうぜ？」

狂気に目を血走らせ、ライナーが叫んだ。

ヒナタが地を這う姿を見たせいで、嗜虐的な快感に突き動かされたのだ。

もうとっくに、ライナーの理性は飛びかけている。

本来であれば自分の手の届かぬ、高嶺の花であるヒナタ。そんな遥かな高みにいる存在を蹂躙出来る状況は、ライナーがかつて感じたあらゆる快楽を上回るものだった。

ライナーがいくら身のほど知らずの愚か者であったとしても、ヒナタに比べると自分が劣るというのは自覚していた。

いや、対峙した瞬間に悟った。

力でどれだけ上回ろうとも、〝格の違い〟を覆せるものではなかった。剣の腕だけであっても、ヒナタの実力はライナーを軽く凌駕していたのだ。

それをまざまざと突きつけられ、ライナーは嫉妬に狂いそうになった。だからこそ、万が一に備えていたはずの罠を迷いなく実行させたのである。

当初の計画通りではないが、結果オーライだった。

（顔が傷付かなかったのもラッキーだぜ。その美しく整った顔が苦痛に歪み、どんな声で泣くのか、せいぜい愉しませてくれや！）

ライナーは、自身の血が滾《たぎ》り力が漲ってくる思いであった。ヒナタの無様な姿を想像するだけで、どす黒い愉悦が腹の底から湧いてくるのを感じていた。

こうなった今、自分達の勝利は揺るがないとライナーは考えている。であるからこそ、ヒナタを散々痛めつけて屈服させるつもりなのだ。

そうなれば、別の意味でのお楽しみも待っているというもので……ここで殺してしまうのは惜しいと考えているのである。

「オラッ！　早くしねーと、本当に殺しちまうぜ」

ゾッとするような声で、ライナーが宣言した。

それは本気の脅しだった。

ヒナタをいたぶる快感を味わいたいという思いもあるが、ヒナタの強さは本物なのだ。

ここで心が折れないようならば、手足を斬り飛ばすくらいはしておくべきであった。

ライナーは臆病なのだ。

だから用心深く、抜かりがないか考える。

ヒナタが今から仲間を呼んだとしても、やって来るまで時間がかかる。そもそも、自分達に対抗出来るほどの戦力を集められるとは思えない。

それに、そういう気配が感じられたならば、その時はさっさと攻撃命令を下せばいいのだ。

絶対的な優位。

負ける要素は皆無であった。

ヒナタは返事をせず、ライナーを睨み付けたままだ。

その目が、まだ負けていないと告げていた。

（チッ、本当に生意気な女だぜ。だったら、足の一本くらい落としてやらあ‼）

ライナーはイラつきながら剣を振り上げて、ヒナタに向けてそれを振り下ろす――

＊

ヒナタが絶体絶命の危機に陥ったが、テスタロッサには助ける余裕がない。

ヴェガの相手で手一杯なのだ。

それに、ヒナタが諦めていないのは、その目を見ればわかる事。ならば信じるのみであった。

（リムル様を追い込み引き分けたという、数少ない存在なのだもの。こんなところでアッサリ退場するとは思えないわね）

そうなったら、そうなった時の事である。

リムルが激怒する可能性が非常に高いものの、テスタロッサはヒナタを守れとは命じられていないのだ。

忖度して動く場合もあるが、ヒナタに対しては余計なお世話だと思われた。むしろ、勝手な真似をする方がヒナタの誇りを傷付ける事になりかねず、リムルの不興を買いかねなかった。

無理をしてでも助けに入るのは、ヒナタの敗北が確定してからでも遅くないと、テスタロッサはそう判断したのだった。

だから迷わず、今はヴェガに集中しているのだ。

ヴェガは厄介だった。

ヴェガの魔素量《エネルギー》はテスタロッサの数倍あるが、殺すだけなら簡単だと思っていた。しかし、それは誤った考えだったようである。

（コイツ、地下に根を張り巡らせているわね。そして、死体を吸収する事で、ダメージをなかった事に出来るのかしら？）

テスタロッサの見立て通りであった。

ヴェガは自分の権能をイングラシアの王都中に張り巡らせて、今も討伐されている化け物の死骸を取り込み吸収していたのだ。

力が上昇したりはしないが、欠損した部位の補填とエネルギーを補給するには最適だった。これによってヴェガは、事実上不死に近い存在になっていたのである。

（腹が立つほど面倒な相手だこと……）

というのが、テスタロッサの本音だった。

広範囲を核撃魔法によって焼き尽くすなりすれば、滅ぼす事は可能かも知れない。だがその為には、ヴェガの全体像を把握する必要があった。

それだけでも面倒だったが、それ以前の話としてその手段は許されない。ここ、イングラシアの王都で戦っている以上、都市破壊に繋がる行為は基本禁止されていたからだ。

逃亡は許されているが、勝つために何をしてもいい訳ではなかったのである。

そうなると、ヴェガを殺すのはほぼ不可能だ。

しかも、ヴェガを追い詰めるのも不味かった。そんな真似をしてしまえば、地下に逃げ込んでいる王都の民を餌にして、自身の再生を試みる可能性が高かったからである。

今はまだ、化け物と化したライナーの部下達がいるので、そちらを吸収するだけで事足りている。だがこれ以上追い詰めてしまえば、ヴェガはなりふり構わぬ手段に出ると予想されたのだ。

テスタロッサからすれば、勝ち筋の見えない戦いを強制されているようなものなのだった。

そんな状況の自分を更に苛立たせているのが――

「オラオラ、どうしたよ！　散々イキッてたワリにゃー、全然大した事ねーじゃねーか!!」

といった感じの、調子に乗ったヴェガの態度だ。

（わたくしに、心の底からぶち殺してやりたいと思わせるなんて、なかなか出来る事じゃないわね。それだけは誇っても宜しくてよ）

と、内心でブチ切れるテスタロッサであった。

しかし、余裕がないのは事実である。

炎の鞭をしならせ、ヴェガを翻弄しつつも、その頭脳は二手三手先を見通していく。詰みの状況に持ち込めない以上、膠着状態を維持するしかない。それを打破しようと思えば、何らかの外的要因が必要となるだろう。

敵方には、隠れ潜む戦力がいる。それは間違いないと思われるので、大局的に見てもテスタロッサ達の方が不利なのだ。

テスタロッサ達に有利に傾く要因があるとすれば、それはヴェルグリンドの存在であった。だが彼女は、マサユキの護衛から離れるとは思えなかった。

（恐らくは、フェルドウェイの狙いもマサユキ殿なのでしょうし。敢えて敵の手に乗るほど、ヴェルグリンド様は甘くないものね）

ヴェルグリンドも当然、フェルドウェイの思惑に気付いているはずだ。であれば、援軍には来てくれないだろうとテスタロッサは考えていた。

と、同時に。

自分達がマサユキを誘き出すエサとして扱われているのだろう、と理解もしている。

この膠着状態は、フェルドウェイ達にとっても願ったりな状況なのだ。

（本当に苛立たしいわね。わかっているのに、この状況を甘受するしかないなんて。どうやらカレラやウルティマも手一杯みたいだし、他に動けるような幹部方はいない。ゼギオンあたりが来てくれたなら——いいえ、それはリムル様がお許しにならないでしょうね）

同僚達も苦戦していると、〝管制室〟経由の緊急連絡によって把握していた。その〝管制室〟は、いまや非常事態宣言を発令し戦闘モードに移行しているらしい。

敵の侵入に備えている訳で、守りの要たるゼギオンが動くはずもなかった。

今、自由に動ける幹部勢の中には、頼りになるのがゼギオンしかいないのだ。他の者も決して弱くはないのだが、どんな状況も覆せるほどの力はないのである。

いや、ヴェルドラという超級戦力も控えていたが——ミカエルが狙っているのに迷宮から出るような愚策は行えなかった。

つまり、援軍は来ない。

自分で何とかするしかないのだと、テスタロッサは結論を下すしかなかった。

だが、ここで想定外の出来事が起きる——

＊

ライナーがヒナタに向けて剣を振り下ろした。

その瞬間——

キィン！　という澄んだ音色を放ち、何者かの剣によって受け止められたのである。

いいや、それは剣ではなかった。

美麗なる美女がその手に持つのは、とても武器とは思えぬような羽扇《はねおうぎ》であった。

その輝く蒼髪を靡《なび》かせる美女の名は——〝灼熱竜〟ヴェルグリンドだ。

「ヒナタだったかしら？　愚弟が言うには、自らが編み出して高めた技量ならば〝竜種《わたしたち》〟にも届くと証明して見せたのでしょう？　そうよね、テスタロッサ」

それが本当なら、こんなところで負けるなど許さない——と、ヴェルグリンドが言外に告げていた。

そしてその視線はライナーなど無視し、テスタロッサへと向けられる。

「その通りですわ、ヴェルグリンド様。と言いますか、来て頂けるとは思っておりませんでした」

「うふふ、そうね。私も出しゃばるつもりなんてなかったのだけれど、マサユキがね」

ヴェルグリンドが慈愛に満ちた目で、マサユキの方へと振り向いた。

その先にあった光景は——

「大丈夫ですか、ヒナタさん！」

「あっ——」

ヒナタの胸を揉みしだくマサユキの姿だったのだ。

その当事者であるマサユキは、堂々としているように見えて内心はパニック状態だった。

（い、一体何がどうなって……）

突然の出来事に、マサユキは一瞬にして現実が見えなくなってしまっていた。

（というか、この右手の感触は……）

右の手の平から伝わる、ムニュッとした柔らかい感触。それが何なのか、マサユキの脳が理解を始めた瞬間だった。

これはつまり、マサユキがヒナタに見蕩れてしまったのが原因だった。

ヒナタを助け起こそうとしたマサユキが、足元に落ちている小石に躓《つまず》くという器用な真似をしてしまったのだ。

その結果、倒れ込んだマサユキは、ご丁寧にもヒナタを押し倒す形になっていた。そしてその右手が、マサユキの意思とは関係なくヒナタの胸に触れてしまっていた訳だ。

これでもかというほどの、ラッキースケベである。

そして、更に。

唇が触れそうなまでに接近したお陰で、ヒナタの素顔が良く見える。

見開かれた瞳は、黒みがかった紫水晶《アメジスト》のように煌めいていた。鼻筋はスッとしていて、その唇はプルンとして瑞々しい。化粧っけもないのにきめ細かな肌は、透き通るように綺麗だった。

（めっちゃ美人だよね、この人。リムルさんが逆らえないのも無理ないかも）

などと、現実逃避ぎみな思考をしてしまうマサユキである。

無理もない。

ヒナタの吐息が鼻孔をくすぐり、甘美な匂いが脳天を蕩けさせるのだ。

ヴェルグリンドに何度も抱きつかれて経験を重ねていなければ、嬉し過ぎて気絶していたかも知れないほどだった。

長いようだが、この間一秒未満。

いつまでも見つめ合っている場合ではないと、マサユキの脳が再起動する。

ヒナタも驚き目を見開いているが、そりゃあそうだろうなとマサユキは思った。

何をするんだコイツ、と思われても仕方のない話なのだ。

ヒナタが正気に戻るのが怖い。それはそれは恐ろしい出来事が待ち受けていそうだと、マサユキは恐怖する。

「ち、違うんですよ！」

これは違う、これは違うんだと、マサユキは心の中で絶叫していた。

マサユキは青褪めつつ、立ち上がって言い訳を口にしようとしたのだが――

（あれ？　今、何か……）

マサユキは背中に衝撃を感じて、自分達の上を何かが通り過ぎた事に気付いた。

そして、ゾワッとした怖気を感じる。

「――マサユキッ!?」

遅れて聞こえたのは、ヴェルグリンドの絶叫だ。

それはマサユキに対して怒っているのではなく、心の底から心配している声だった。

今、何が起きたのか？

実はマサユキが倒れるまさにその時、何者かの攻撃が仕掛けられていたのである。

それを察したのはヴェルグリンドだけだった。

テスタロッサさえも察知出来ない攻撃だったのだ。

何しろ、慌ててモスとの連携を確認したほどなのだから。

　声をかける間すらないその攻撃を、マサユキは偶然にも転んで回避してのけたのだ。もしも躓かなければ、その命は刈り取られていたであろう。

　まさに、ラッキーボーイ。

　とんでもない幸運の持ち主は、今回も面目躍如の活躍を見せたのだった。

（うお！　もしかして僕、思いっきり狙われてたの⁉）

　遅れて察したマサユキは、別の意味で青褪める破目になったのだが、それで済んだのだから儲けものである。

　そして、ヒナタが動いた。

　狙われた場所でジッとしているなど、危険極まりない愚行である。であるからして、ヒナタは有無を言わさずマサユキを抱きかかえるようにして転がったのだ。

　マサユキは感動した。抱擁される幸せな感触に、頬に感じるサラサラと心地よいヒナタの髪の毛。くすぐったくて良い香りがして、現実逃避したくなった。しかし、それは許されない……。

　というか、そんな場合ではなかった。

「チッ、まさか……この俺の暗殺《アサシネイション》の必撃を避けるとはな……」

　驚愕の声を洩らしつつ姿を見せたのは、黒い衣装に純白の羽が生えた男――アリオスだった。

　究極付与《アルティメットエンチャント》『刑罰之王《サンダルフォン》』の母体となったユニークスキル『殺人者《コロスモノ》』には、『存在隠蔽』という権能があった。何らかの行動を起こすまで、その権能の影響下にある者達を認識させなくする効果を発揮する能力《スキル》だ。

　これによってフェルドウェイと一緒に隠れ潜み、ずっと様子を窺っていたのである。

　そして今、マサユキが登場した瞬間を狙っての必殺の暗殺《アサシネイション》の必撃を仕掛けて、見事に失敗したのだった。

　ならばもう一度と構え直したアリオスだったが、そんな彼の前に二人の男が立ち塞がった。

「マサユキの敵は俺の敵だぜ」

「ま、そういう事だな。陛下には指一本触れさせせんよ」

と、ヴェノムとミニッツが参戦したのである。

少し遅れて、バーニィとジウも姿を現した。

「陛下の御身を守護する任にありながら、暗殺者を見落としてしまいました。この罪、後ほど――」

「いや、いいって！」

バーニィとジウは隠れてマサユキの護衛を行っていたのだが、警戒範囲内に最初からアリオスが潜んでいるなど気付かなかったのだ。

これは二人が悪い訳ではないが、大失態なのは間違いなかった。

だが、マサユキは大慌てでそれを否定する。

そうしなければ、この二人は責任を取って自害だとか、クソめんどくさい事を言い出すに決まっているからだ。

ともかく、今は敵に集中するように告げて、この件は有耶無耶にする事にした。その結果、マサユキを守るべく、アリオスに対して四名が立ち向かう形になったのだ。

戦場は、仕切り直しとなった。


警戒心を高めるテスタロッサとモス。

騎士達を相手に孤軍奮闘で牽制しているシエン。

何とか立ち上がろうともがくヒナタと、いつの間にか肩を貸す感じになって困惑中のマサユキ。

そんなマサユキを守る為に馳せ参じたヴェノムと、帝国トップ勢。

ヴェルグリンドとマサユキを呼んで来たというか、途中で合流したニコラウス。ヒナタの惨状を見て、怒髪天をつく勢いで激怒している。

そして、嫣然と微笑むヴェルグリンド。

対するは――

追い詰めたヒナタにトドメを刺せず、不満顔のライナー。

ニヤニヤと笑いながら、状況を愉しんでいるヴェガ。

自慢の攻撃が不発となったアリオス。

完全な形で計画が成功したと思えた直後の失敗で、不愉快極まりない思いを抱くフェルドウェイ。

そして、まだ健在であるライナーの部下達だった。

マサユキとヴェルグリンドという大戦力が戦場に投

入された事で、戦局は更に混迷を極める事になったのだ。

●

王都の住民達は、不安な思いで放送に耳を傾けていた。

映像が映る場所にいる者ならば、画面に釘付けで見入っている。

ライナーの言葉には違和感を覚えるものの、エルリック王子が味方している時点で疑う余地はなかった。

しかし、戦闘が激化するにつれ、ライナーの残虐性にドン引いていく。

騎士としてあるまじき、品性下劣な戦いぶりだったからだ。

それに、今も必死に王都を守っているのは、ライナー率いる騎士団ではなく、ヒナタが擁する聖騎士団《クルセイダーズ》や神殿騎士団《テンプルナイツ》だった。

どちらの言葉が真実なのかはともかく、信用したいと思えるのはヒナタ達だったのである。

中にはエルリックを支持する者もいるのだが、その比率はどんどんと少なくなっていった。

そして、ヒナタがピンチになった時には、皆が画面の前でヒナタの無事を祈ったのだ。

その願いは、とある人物の出現によって叶えられた。

光り輝くようなその人物を見た人々の口から、小さな囁き声が洩れ始める。

「勇者様だぞ……」

「ゆ、勇者様――？」

「勇者様だ！」

「マ、マサユキ様だ！〝勇者〟マサユキ様が戻られた！」

「マサユキ様が皇帝となって戻られたのだ――ッ!!」

そして、それらが大合唱になるまで時間はかからない。

『マ～サッユキ、マ～～サッユキ――ッ!!』

地下の避難場所の各地で、地面が震えるほどの大歓声が沸き起こったのだった。

その現象は、民だけのものではなかった。

生き残っていた王族や、有力な貴族達も同様だったのだ。

エルリックの正当性が本当か嘘か、その見極めが出来ぬような愚か者など流石にいない。

これまで法と秩序の守護者として人類を守ってきたヒナタが、王を殺す理由など何一つないのである。

しかも、今は世界会議の真っ最中であり、その会場となっているイングラシア王国の警備は万全の状態だった。

もしも本当に王を狙ったのだとしても、今行動を起こすはずがない。もしそんな真似をする者がいるとすれば、それは人類社会を混沌たらしめようとする勢力に他ならないのだ。

それこそ、裏社会の支配者たる〝三賢酔《リエガ》〟でさえも、今回の世界会議は必ず成功させるように非公式ながら協力を申し出ていた。

人類社会が発展しない事には闇社会にも未来はないのだ、と。実にもっともな主張であり、王国上層部としても手を取り合う選択を行っていたのである。

であるからして、ここで不協和音となるのは事情を知らぬ者しかありえない。つまり、エルリック王子本人が首謀者というのが、有力者達の見解となる。

「民が困惑しておったが、マサユキ殿のおかげで落ち着きを取り戻したか」

「それは重畳《ちょうじょう》ではあるが、ワシ等の立場が困ったものとなるぞ」

「左様。このまま首謀者を見逃し、他国の者の手に全てを委ねていたとあらば、後に批判されるのは間違いないでしょうな」

「王宮騎士は壊滅しておるが、他にも戦力は残っておろう？」

「王都の四方軍を動かせ。我等の手勢も全てじゃ」

「「御意ッ!!」」

と、ここにきて一気に事態の収束を目論見始めた。

マサユキは英雄ではあるが、今や帝国の皇帝なのだ。

彼を担ぎ上げる事が出来ない以上、自分達も汗をかかねばならぬのだった。

　そして、〝三賢酔《リエガ》〟も動く。

「三首領は、この地での混乱を望んでおられない。無駄に戦力を失うのもアホらしいから、ここはアタイと〝銃士隊〟だけで出向くさね」

　グレンダ・アトリーがそう言った。

　魔国連邦《テンペスト》で極秘開発され、決して日の目を見る事はないであろうと思われていた試作品の武器の数々。それらの卸先が、グレンダ率いる〝銃士隊〟なのだ。

　帝国で密かに改造手術を受けさせた、自慢の部下達だった。個々の戦闘能力は最低でもAランクに達しており、各種武装の扱いにも長けている。

　小型対戦車砲《ロケットランチャー》や携行式ガトリング砲といった、凶悪な武器の数々。それらに用いられる弾薬も通常のものにあらず、専門知識を得た者だけに使用を許可された、危険物取り扱い指定を受けた劇物なのだ。その威力は推して知るべしだった。

「さあ、行くよ！」

「「ハッ!!」」

「御武運を」

「死んでも貴女の〝魂〟は、必ずや神の御許で魔人へと生まれ変われる事でしょう！」

　そういうのは求めてないんだけどね――と思うグレンダであったが、それが同僚なりの思いやりなのだろうと苦笑する。

　そして、百に満たぬ部下を引き連れ、戦場へと躍り出たのだった。


　目まぐるしく変わる現状に、マサユキは困惑していた。

　完全に状況から置いていかれている。

　そんなマサユキだが、ヒナタの一言でより追い詰められる破目になった。

「で、君はいつまで、私の胸を揉んでいるつもりなのかしら？」

ブフォッ!? っと、思わずむせるマサユキである。

揉んでないです！ ちょっと手が触れていただけで——と言い訳しようとして、無意識にヒナタと至近距離で向き合い、マサユキはその美しさに緊張した。

魔国連邦《テンペスト》には美人が多いのだが、それは人外の美という性質のものだった。ヴェルグリンドも同様であり、人の領域からは逸脱していたのである。

それに対してヒナタの美貌は、馴染み深い日本人の面立ちである。〝聖人〟となった事でその美しさにも磨きがかかってはいるが、どこか安心出来る感じの独特の魅力を有していたのだ。

だが、見かけに騙されてはいけない。

マサユキは、リムルから散々聞かされている。

ヒナタだけは決して怒らせてはならない、と。

ヴェルドラまで同意していた。

あの女は根に持つからな。どんな手を使っても、必ずや復讐されるであろう——と、真顔で忠告されたのである。

魔王と〝竜種〟を恐れさせる人物を相手に、下手な真似をすれば洒落にならない。それを十分に理解しているマサユキは、慌てて飛びのきヒナタに向かって謝罪した。

ちなみにこの時、平静なフリをしているが、ヒナタもいっぱいいっぱいであった。他人から胸を揉まれた経験などないが故に、どう反応するべきか悩んでいたのだ。

これがワザとだったら、それなりの対応で処断出来るのだが、マサユキの場合はどう見ても不可抗力だった。それが、ヒナタの判断を迷わせる事になり、結果的にマサユキの命を救ったのだった。

「す、すいません。け、決してワザとではなくてですね……」

上手い言い訳が思いつかなかったが、マサユキの言葉はヒナタによって遮られる。

「冗談よ。不可抗力だってわかっているから」

そう笑顔で答えられたものの、背筋を冷たい汗が流れるのを止められないマサユキ。実際、何がなんだかサッパリなのだ。

理解が追い付かない。

それを素直に告げたいが、これを言ってしまうと破滅が待っているような気がして、マサユキは押し黙るしかないのだった。

「たかが胸を揉まれたくらいで、本気で怒るハズないじゃないの。ねえ、マサユキ。私なら好きなだけ揉ませてあげるわよ？」

と、ヴェルグリンドが笑いながら爆弾を落とす。

遠慮します、とは言えなかった。マサユキも男の子なのだ。

だがしかし、そういうのは人目のない落ち着いた場所でお願いしたいと、そう切に思うマサユキなのである。

そんな二人をジト目で見やるヒナタだが、起き上がろうとして苦痛に呻いた。

「ヒ、ヒナタ様！」

そう叫びながらニコラウス枢機卿が駆け寄り、ヒナタを抱え起こす。彼女の両手足は穿たれたままで、立ち上がる事すら出来ないのだ。

「直ちに治療致します！」

ニコラウスが慌てつつも、見事な腕前で神聖魔法・上位回復《ハイ・ヒール》を披露した。するとたちまちヒナタも回復し、戦線に復帰する事になったのである。

こうして、仕切り直しとなった戦いが再開される。

「ヒ、ヒナタ様……大丈夫なのですか？　ここは、マサユキ殿にお任せしたら？」

ニコラウスがそう声をかけるが、ヒナタはその提案を聞き流す。

ニコラウスの言葉を聞いてギョッとなったマサユキは、ヒナタにその気がないと知って大いに安堵していた。無茶を言うなという話であって、ここはヒナタに頑張ってもらうしかないのである。

そうと知ってか、ヒナタが小さく笑う。

それは男装の麗人であるヒナタの面目躍如といった、実に酷薄な笑みであった。

実はヒナタ、ライナーに対してブチ切れていたのだ。

そしてそれ以上に、油断してしまった自分のミスが許せなかったのである。

「何も、問題ないわ。もう様子見は終わりだもの」

それは、勝利宣言であった。

今まで散々に嬲ってくれた相手になど、同情する余地は微塵もないのだ。

ヒナタは、勝利に向けた道筋を完全なまでに読み切っているのである。

ヒナタは慈愛に満ちた笑みを浮かべて、ライナーを見た。

しかし、その瞳は冷たいままだった。

「さて、と。本気で相手をしてあげるから、覚悟しなさい」

「ク、クソが！　王を殺した大罪人めが、舐めやがって……。こっちこそ、遊びは終わりよ！　殺してやる。卑怯千万な貴様程度では、どうあってもこの俺様には勝てないのだ!!」

「面白い事を言うわね。卑怯なのは貴方でしょう」

事実を指摘される事ほど腹立たしい事はないと、ライナーは歯軋りした。

「チッ、どうやら理解出来なかったようだな。俺様はな、貴様が女だから手加減してやってたんだぜ？　うっかり殺してしまわねーように、優しく相手してやったんだ。それなのに、その態度は許せねーな」

興奮で目が血走り、ライナーの精神は異常をきたす寸前になっていた。

それを見越して、ヒナタが煽る。

「ふーん、そうなの？　せいぜい足搔いて、その言葉を証明して見せなさい」

もうヒナタに油断はない。

ライナーが騎士道精神など持ち合わせていない事も理解済みであり、下種を相手に情けなどかけるつもりもないのだ。

ライナーもそれを理解したのか、顔を真っ赤にして吠えた。

「もう泣いても許さん。いいぜ、その願いを叶えてやらあ！　何度も何度も、斬って斬って斬りまくってやるぜ!!」

もはやライナーは、圧倒的な力でヒナタをねじ伏せて、部下や大衆に向かって自分の強さを誇示するのだけが目的となっていた。正常な判断など、望むべくもなくなっている。

それを察してか、ヒナタがライナーを冷ややかに見る。その瞳には優しさが一片も見えず、侮蔑の色で埋め尽くされていた。

ヒナタに向けて突進するライナー。

ヒナタは慌てずに、幻虹細剣《ファントムペイン》を構えた。

そして、剣が交差する。

「ひゃあーーっはっはっはぁーーーーーっ!! 死ね死ね死ね死ね死ねぇーーーッ!!」

狂気に満ちた表情で、ライナーが叫ぶ。

力任せに振り下ろされる剣は、必殺の威力を秘めていた——が、それはもうヒナタには通じない。

まともに受けたら幻虹細剣《ファントムペイン》でも砕けてしまうが、正面から迎え撃つ必要などないのである。

もう遠慮する事はない。

身体能力はライナーの方が上であっても、ヒナタにとっては問題にならなかった。ライナーの剣を軽く避けて、鎧の隙間を狙い刺突する。

「ぎゃあああーーーーーっ!?」

絶叫するライナー。

激しい痛みが全身を駆け巡り、少しだけ冷静さを取り戻した。

(何だ、何なのだこの痛みは!? 俺は、俺は力を得て、生半可な攻撃など通用しなくなったのではなかったのか!?)

ヴェガの手下になり、〝参謀《ゴッズ》〟級の妖魔族《ファントム》の力を手に入れた。その上、神話級の武具まで与えられた今、ヒナタ如きに負けるはずがなかったのだ。まして、痛みを感じるというのは異常だった。

自身の保有する『痛覚遮断』が効果を発揮しない事に、戸惑いを隠せない。ダメージ自体は大した事がないものの、痛みが引く気配はなかった。

ライナーは歯軋りする。さっきは調子が悪かっただけだと考えていたが、ここにきて本気の焦りを見せ始めた。

「うふふふ。痛かったかしら? もっと泣き喚いて、私を楽しませなさい！」

ヒナタは恍惚とした表情を浮かべ、艶めかしく舌で唇を湿らせた。

その仕草は、ヒナタにとても似合っていた。

上位者が下位の者を捕食する様を連想させるのだ。

ニコラウスはそんなヒナタに熱い眼差しを送っているが、マサユキはドン引きしていた。一部の性癖持ちには熱狂的なファンを生み出すその仕草だが、マサユキにとってはゴメンナサイだったのだ。

（この人、怖ッ!!　ヒナタさんだけは、絶対に怒らせないようにしようっと……）

リムルの言う通りだったと、心から納得したのだった。

そんな周囲の反応など気にもせず、ヒナタはライナーに追撃を行う。

理解不能な激しい痛みが生じるその刺突を恐れて、ライナーは必死に身を守ろうとする。しかし、それで逃れられるような甘い攻撃ではなかったのだ。

「死になさい！〝七彩終焉刺突撃《デッド・エンド・レインボー》〟――ッ!!」

ヒナタは流麗な動きで、的確にライナーを穿った。

一撃一撃が激痛をともない、ライナーを苦しめる。

（こ、この程度！　痛みさえ我慢すれば――ぐぎゃぉおおおーーーーーンッ!?）

精神が壊されているのだから、我慢出来るはずもないのだ。そもそも、ライナーの肉体面は凄まじく強化されていても、精神面は未熟なままだった。精神生命体である妖魔族《ファントム》を吸収していようとも、心の守りが強化されている訳ではなかったのである。

「た、助けてくれ、ヴェガさん！　い、痛みが消えねえんだ!!」

ライナーは受けたダメージを回復させようとしたのだが、心の傷までは癒せなかった。そんな権能を有していないから当然なのだが、苦痛のあまりパニック状態になったライナーは、激しい恐怖と苦しみによって正常な判断力まで失ってしまったのだ。

しかも、下手に精神体《スピリチュアル・ボディー》が増大してしまっていただけに、苦痛を味わう時間が長くなっていた。

それはもう、死んだ方がマシと思えるほどで――

＊

戦い始めた当初、アリオスとメインでやり合っていたのはヴェノムだった。

残る三名は補助に徹して、アリオスを牽制していた。

マサユキはヴェノムの交戦を眺めつつ、腕を組んで立っている。

正直、戦いを眺めているというよりも、ただ突っ立っているというのが正しい表現だ。

時たま生じる発光が、戦闘が続いている証明のようなもの。それを目で見て理解するなど、マサユキにとっては無茶な相談だったのである。

目で追えるような速度ではなく、何が起きているのか理解するのも不可能だった。ただ恰好を付けて、見えているフリをしているだけである。

(——ていうか、あんなのどうしようもないよね)

邪魔になってはいけないと、戦闘は完全に他人任せであった。

マサユキはもはや、自分の実力を正しく弁えている。悟りすら開こうかというレベルなので、恐怖感も薄れている状態なのだ。

それでも、怖いものは怖い。

マサユキは恐怖を紛らわすように、幸せな記憶を思い出す。

そう、それは右手に残る感触——ヒナタの胸の柔らかさと温もりの記憶だ。

(そりゃあさ、グリンさんは頼まなくても揉ませてくれるだろうけど、そうじゃないんだよね。なんか後が怖いし、ちょっと違うかな、って思うよね)

その点、ヒナタは素晴らしかった。

かなり怖い思いもしたが、不可抗力であると許されたのだ。

これでもう、後顧の憂いはない。

後を気にする事なく、幸せな気分にひたれるというものだった。

そうしたマサユキの幸せ気分は、本人も自覚せぬままに、その場に途轍《とてつ》もない影響を及ぼしていた。

マサユキの願いに応えて幸運補正を付与するという『幸運領域《ラッキーフィールド》』が、マサユキに味方する者全員に対して絶大なる加護を与えていく……。

この世の真理に到達した――究極能力《アルティメットスキル》『英雄之王《シンナルエイユウ》』の本領発揮であった。

そんな訳で、ヴェノム達は比較的有利に戦闘を進めていた。

ヴェノムは気負う事なく、まるで散歩するかのように攻撃を仕掛ける。

「滅殺分断破《ドゥームエネミー》!!」

ヴェノムの両手の爪が漆黒に染まり、長く伸びていた。その爪の表面を細かく振動させて、あらゆる物質を分割する波動を発する技術《アーツ》だ。

チッと舌打ちして、アリオスが回避する。が、それで終わらない。

「甘いな」

という呟きを置き去りにして、ミニッツが体勢を崩したアリオスを狙い撃つ。実に不自然に身体を傾け、重力や慣性を無視して砲弾のように突進したのだ。

ユニークスキル『圧制者《オゴルモノ》』によって、アリオスまでの軌道を調整し、障害物のない道を形成した。その上で、自分の足の下で空気を圧縮、爆発させて推力を得たのである。

ミニッツは一瞬にして最高速度に到達し、アリオスに構える隙を与えず連撃を加えた。

「雑魚が、調子に乗りやがって！」

顎に頭突きをされ、腹に膝蹴りを叩き込まれたアリオスは、憤怒の形相でミニッツを睨んだ。

だが、アリオスにはそんな余裕はなかったのだ。

「暗殺なら私も得意」

黒い閃光が走り、アリオスを切り裂いた。完璧な隠形で隠れていたジウが、アリオスの意識がミニッツに向いた瞬間を狙って仕掛けたのだった。

たまらず身を引こうとしたアリオスを、輝く稲妻を纏った槍が貫いた。雷撃大魔雨《サンダーレイン》を凝縮して槍術と融合させた、バーニィ必殺の一撃である。

「俺の事も忘れてもらっちゃ困るよ」

究極付与《アルティメットエンチャント》『代行権利《オルタナティブ》』を失ったとはいえ、一度は身に付けた権能なのだ。バーニィは皇帝マサユキの為に役立とうと努力して、ある程度まで以前の力を再現出来るようになっていたのだった。

それは、ジウも同様である。

ちなみに、ミニッツは以前よりも強くなっているのだが、まさに戦いが好きと豪語するだけあって、経験を積んで吹っ切れた感じであった。

性格異常者ほど強くなるのは、意思の強さと関係があるのかも知れない。そんな事を思うバーニィなのだが、それを口にするほど馬鹿ではない。ここは素直に、強い仲間は心強いと考えているのだった。

そんな訳で、存在値では比較にもならぬほどの強者であるアリオスを相手に、四名は善戦を繰り広げていたのである。

しかもそれは、アリオスが本気を出しても変わらなかった。

「フッ、ここで遊んでいる暇はない。本気を出してやるから、覚悟するがいい」

ご丁寧にもそう宣言したアリオスの手には、何時の間にやら二振りの短剣が握られていた。神話級《ゴッズ》の二刀流が、アリオス本来の近接戦闘スタイルなのである。

(忌々しいヤツ等め……中途半端な実力しかない癖に、この俺の邪魔をしやがって……)

と、憤るアリオス。

これならば手間取る事なく雑魚共を処理出来る――と、アリオスは信じて疑わなかった。

それが油断だったのは、次の攻防で判明する。

神速の斬撃がヴェノムを襲い、辛うじて受け止めた黒爪を断ち切った。あらゆる物質を切り裂く振動も、神話級《ゴッズ》の前には無力――そう見えたのだ。

当然の結果とばかりにアリオスは表情を変えず、フッと笑ってヴェノムを見た。

それは、虫でも見るような目付きだった。

これが貴様との力の差だ、とばかりの得意気な顔だったのだが、それは有り得ぬ事態により歪められる。

アリオスの両腕に痛みが走ったのだ。

「ハハッ、ザマァー見やがれ！　運が良かったぜ、まさか二本も刺さるとはな」

というヴェノムの笑い声を聞いて、アリオスの表情が引き攣った。

ヴェノムの指摘通り、アリオスの両腕には一本ずつ黒爪が刺さっていたのである。

アリオスは自身が圧倒的な上位者であると驕り、ヴェノム達が格下であると見下していた。それなのに、手傷を負わされたのだ。

さっきまでは本気ではなかったが、今回はそうではない。油断もなかったと断言出来るだけに、アリオスの心にも焦りが生じていた。

「貴様、これを狙ってやったとでも⁉」

「まあな。ちょっと難しいかと運頼みだったが、今日もついてるわ」

一本でも掠れば御の字と思ってたぜと、ヴェノムは隠しもせず本音を語った。

そう。マサユキと行動を共にしていると、毎日幸運に愛されているのだ。

女にもてるとか、ギャンブルに勝てるとか、そういう類の運ではないので実感は乏しいものの、やる事為す事、想定以上に上手く行く感じがしていたのである。

「ふざけたヤツめ――もう手加減などせんぞ」

「バーカ！　テメーはさっき、本気出すって言ってたじゃねーかよ！」

怒りに染まるアリオスを、ヴェノムが陽気に煽る。

ヴェノムは今、自分を囮にしていた。

これでアリオスの隙が大きくなれば、仲間達が動きやすくなるというものなのだ。

口ではアリオスを馬鹿にしているヴェノムだが、その実、一切油断はしていない。速やかに切断された黒爪を再生し、その意識をアリオスの動向に集中させていた。

それも当然。

ヴェノムは自分の力を過信したりはしないのだ。

悪魔に転生してから日が浅い上に、ディアブロという圧倒的存在に身のほどを教え込まれているお陰で、徹底して客観的な視点から自分を見る癖が身に付いているからだ。

（流石に厳しいな。この幸運が続く内はともかく、実力では完全に負けてるぜ。そろそろバーニィと交代して、囮役から攻撃手に専念したいもんだ――）

今回、ヴェノムが囮役に任ぜられたのは、一番死ににくいと判断されたからだ。普段はバーニィがメインの盾役を演じているので、今回は変則的な役割分担になっていたのである。

いわゆる回避盾というのが、ヴェノムに求められている役割だった。

アリオスの攻撃は、受けたら終わり。だったら当たりにくく、万が一にも即死しないヴェノムが適任だと判断された訳だ。

（――つっても、もしも死んだら復活に数百年はかかるっぽいからな。マジで勘弁して欲しいよ）

などと考えつつ、ヴェノムは神経を研ぎ澄ませていくのだった。

ヴェノムが本当は必死なのは、仲間であるバーニィ達も理解していた。だからこそ、慌てる事なく連係を繋げていく。

ミニッツは大技を連発して、アリオスの目を散らす役割だ。それが通じる通じないは関係なく、とにかく攻撃を途切れさせないのが目的なのだ。

〝攻撃は最大の防御〟とはよく言ったもので、ミニッツがいるからヴェノムも上手く立ち回れているのだった。

バーニィは『認識阻害』でアリオスの権能を封じ込め、完全ではないものの『刑罰之王《サンダルフォン》』の影響力を小さく留めている。

これによって、ミニッツの攻撃が通用しやすくなるという側面もある。勿論それだけではなく、第二の盾役としても要所要所で攻撃を仕掛け、ミニッツが自由に動けるようにと気を配っていた。

そしてジウは、本当の意味での切り札的存在となっている。

ジウの隠形はアリオスとは違って、ジウ本人しか隠れられない性質のものだった。だが、それで十分なのだ。

戦闘で重宝するのは言うまでもない。

小柄なジウは、アリオスの視界から消えた瞬間に能力《スキル》を発動させている。そして、アリオスが完全に油断したところを狙って、致命の一撃を繰り出すのだ。

残念ながらそれで倒れるほどアリオスは弱くないのだが、それでも着実にダメージは蓄積されていった。

まさに、一人一人の役割が意味を持ち、マサユキの『幸運領域《ラッキーフィールド》』の影響もあって、これ以上にないほど見事なコンボとなって作用しているのだった。

アリオスは格下が相手だと侮っていたが、本人も知らぬ間に窮地に陥っていたのである。

(馬鹿な、この俺が押されているだとっ⁉)

忌々しく思う間にも、本格的に状況は悪化していた。

そうとは気付かず翻弄されて、時間だけが過ぎていく。

このままでは、フェルドウェイの怒りを買う事になるだろう。それを重々承知しているだけに、アリオスは冷静さを失いどんどんと焦っていくのだった……。

＊

地面に転がり、ライナーが絶叫している。

だが、誰もライナーを手助けしようとはしない。

現状、ヒナタがライナーを倒したものの、フェルドウェイは健在だ。ヴェルグリンドが相手をしているのだが、〝王宮城塞《キャッスルガード》〟がある限り攻撃が通用しなかった。

そして、ライナーの部下達だが、こちらはもう、モスとシエンのコンビが食い止めている状況。意外と余裕のある戦いぶりだった。

モスが牽制し、シエンが一対一の状況に持ち込み、シレッとニコラウスも手助けしている。魔法で動きを止めたりとシエンのフォローに徹する事で、戦況を有利にさせていた。

アリオスにも余裕はない。

そんな訳でフェルドウェイ勢には、誰もライナーを気にする余裕などないのである。まあ、あっても気にしないというのが正解かも知れない。

その証拠に、助けを求められた張本人であるヴェガは、テスタロッサの相手をしながらニヤニヤと笑っていた。

「お友達を助けなくてもいいのかしら？」

「ハッ！　アイツは手下で、友達じゃねーよ。だが、そうだな。そろそろ頃合いかも知れねーな」

テスタロッサはヴェガの発言を聞いて、嫌な予感がした。

（コイツ、何か狙っているわね……）

ここまでの戦いで、ヴェガが死骸を利用してダメージを回復させているのには気付いていた。だがそれだけではなく、もっと他の権能を隠しているような気がしたのだ。

その読みは正解だった。

「テメーはよ、勘違いしてんのさ。俺はまだ、本気を出しちゃいねーんだ。俺をどうやって殺すかとない知恵を絞っているようだが、そんな心配は不要なのさ」

「どういう意味かしら？」

「ハンッ！　案外バカなんだな。アンタ程度じゃあ、この俺様に勝てないって言ってんのさ！」

それを聞いて、テスタロッサは激怒しそうになった。

しかし思い止まり、冷たい視線でヴェガを観察する。

（コイツ、今の戦闘中にも、少しずつ力が増しているようね。この傲慢な態度も、決してハッタリという訳ではないのかしら？）

そう見抜いて、怒りに任せた行動を慎んだのだ。

そんなテスタロッサに向けて、ヴェガが宣言した。

「へへっ、そろそろフェルドウェイさんも焦れてる頃だしな。いいぜ、俺様のとっておきを披露してやるから、絶望しながら死にやがれ！」

ヴェガはそう言って、高らかに笑った。

そして――

扱えるようになったばかりの権能を、満を持して解き放ったのである。

それが、悪夢の始まりであった。

「目覚めな、『邪龍獣』――」

ヴェガはテスタロッサを無視して、地面に手をついた。

演出である。

本当はそんな真似をする必要などないのだが、テスタロッサなど相手にならぬという意図を込めて、敢えて隙だらけな行動を取ったのだ。

テスタロッサは釣られたりしない。

何が起きようとしているのか、冷静に分析する構えであった。

ヴェガの手の平から、邪悪な波動が迸る。それは地を伝わり、地面に倒れ伏すライナーの部下達を呑み込んでいった。

もう死んでいる者も、まだ生きている者も、等しく影響を受けている。ただし、エルリックだけを避けているのは流石だった。

「モス。全員を集めなさい」

テスタロッサの声に反応して、モスが動いた。

ヴェガの波動から守るべく、マサユキのいる場所までバーニィ達を呼び戻したのである。

ヴェノムやシエンも例外ではなく、全員が一ヶ所に集まった。

そして、固唾を呑んで成り行きを見守る事になったのだ。

一同の目の前で、生者や死体が撚《よ》り合わさる。

そして、腐臭を発する邪悪な生命体へと変貌したのだ。

ライナーも例外ではなかった。

「お、おい！　兄貴、ヴェガの兄貴ィ――――ッ!!　助けてくれ、俺も、俺もこの汚泥にィ――――ッ!?」

苦痛にまみれながらも、ヴェガに向けて必死に助けを求めている。

だがヴェガは、そんなライナーを見て、ニヤニヤと嗤うだけだった。

ライナーなど、最初から捨て駒だったのだ。だから迷いなく、新しい力の実験台に出来るのである。

「おうおう、兄弟。安心しな。俺の為に役立つなら、何度だって助けてやるさ」

「ほ、本当かぃ!?」

ヴェガはライナーを安心させるように、大きく笑みを深めた。

それを見て安堵したライナーに向けて、死体が溶けて出来た汚泥が襲いかかっていった。

それを見て、顔を青ざめさせているのがアリオスだ。

「おい、ヴェガ！　お、俺まで貴様の実験台にするつもりじゃないだろうな⁉」

　ヴェガはニタリと嗤った。

「しちゃうんだな、これがよ！」

「き、貴様ァ――ッ‼　許さんぞ。〝七天《しちてん》〟のリーダーだからと言って、こんな横暴が許されるはずがないッ‼」

　そう激怒するアリオスだが、その下半身は既に汚泥に呑み込まれていた。

「フェ、フェルドウェイ様ッ！　お助け下さい！　ヴェガは暴走しています。このままでは俺まで――」

　アリオスの必死の叫びは、悲しいかなフェルドウェイによって黙殺された。

　ヴェルグリンドの相手が大変だったからではなく、興味がなかったからだ。

　それに、役に立たない者が強化されるのなら、それを止める必要性を見出せなかったのである。

「ちくしょう――ッ‼」

　という絶叫を残して、アリオスも汚泥に沈んだのだった。


　そして準備は整った。

　死体が溶けて撚り合わさった汚泥は、数体の人型へと形成されていく。

　この世に悍《おぞ》ましき生物が誕生した瞬間である。

　それは、妖死族《デスマン》を生み出す妖死冥産《バースディ》を、ヴェガの権能によって再現したものだった。

　無論、効果は同じではない。

　それこそがヴェガの究極能力《アルティメットスキル》『邪龍之王《アジ・ダハーカ》』の、『有機支配』と『複製量産』の真骨頂であった。

　ヴェガの言葉を借りるならば『邪龍獣生産』――自身の忠実なるシモベとするべく、邪悪な生命体を生み出す権能なのだった。

　生まれ出た邪龍獣は、全部で四体。一応は人の形を模しているものの、その姿は異形の一言だった。

　邪龍獣の全身は、神話級《ゴッズ》が変形した黒い鱗で隙間なく覆われている。その腹には大きな裂け目があり、歯が生えた口のような形状を連想させた。

　その背には、黒く爛れた猛禽の翼が二対生えている。

　それが、天使を取り込んだ名残のようであった。

特徴的なのはその頭部で、首から上はツルリとした瘤となっていた。そこに空洞のような穴が二つあり、黒い闇の中に赤い目がギロリと浮かんでいるのだ。

それはもう、人ではない。

邪悪な気配を漂わせた、蠢《うごめ》く人モドキだ。

そもそも頭がないのだから、その目に知性の光を宿す事はない。それなのに判断力は有しているようで、生前の憎しみが影響しているのか、ヒナタやヴェノム達を憎々し気に睨んでいた。

「グワァッハハハハハ!! どうだ、この俺様の可愛いペットどもは！　雑魚が群れて頑張っていたようだが、それももう終わりだぜ。この『邪龍獣』は貴様等のような雑魚には勿体ないほどの戦闘力なのだから、存分に楽しむがいいぜ!!」

と、ヴェガが哄笑する。

そして、腕を組んで一言、「遊んでやれや」と命じたのだった。

＊

邪龍獣は歪な生命であるにもかかわらず、戦闘能力は非常に高かった。

目はあってないようなものだが、そもそも『魔力感知』を備えているので問題ない。正確に周囲の状況を把握し、命令に従って行動する。

個々の存在値は、二百四十万に達していた。これは平均的な蟲将《ちゅうしょう》を上回る数値であり、邪龍獣がどれだけ脅威なのか理解出来るであろう。

無論、対峙している者達にとっては、説明されるまでもなく一目瞭然であった。

「おいおい、マジかよ……」

と、ヴェノムが呟いた。

本気でヤバイと感じているのである。

アリオス相手でも厳しかったが、この四体は論外だった。マサユキのお陰で何とか戦いになっていただけであり、邪龍獣には戦闘の駆け引きといったものも通じそうにないのだ。

感情という要素は、良し悪しな面がある。プライドの高いアリオスは、焦りもあって本来の力を発揮出来てはいなかった。そうした悪い面を引き寄せていたのも、マサユキの『幸運領域《ラッキーフィールド》』の影響だったのだ。

しかし今回、そうした要素は排除されている。

知性がなさそうな点は有利に働く場合もあるのだが、攻撃本能と類まれなる戦闘センスだけ残っているような邪龍獣にとっては、かえって戦闘マシーンに徹するだけで何の不都合もなさそうであった。

ヴェノムはそれを、超直観で感じ取っていたのだった。

「これは、下手に相手をすると危険ね」

と、ヒナタも冷や汗を流して警戒する。

邪龍獣は危険だと、ヒナタの生存本能が警鐘を鳴らしていたのだ。

その外皮を覆う黒い鱗は、ヒナタの幻虹細剣《ファントムペイン》でも貫けそうになかった。

可能性があるとすれば、目と腹にある口部分だけだが……それも期待は薄いとヒナタは判断しているのだった。

だからこそ、この場に続々と集ってきた聖騎士達に告げるのだ。

「隊長格以下、全聖騎士に告ぐ。対象から大きく距離を取って、陣形を組みなさい！　あの邪悪なる存在をこの場から逃さぬように、また、あのヴェガなる者にこれ以上の力を与えぬように、この場を『結界』で隔離させるのよ！」

この命令に、やって来た聖騎士達は即座に反応した。

各地で暴れていた化け物が、何故か突然地面に溶け込んでいった。その原因を探るべく災禍の中心地を目指して来た訳だが、ここでは想像を絶する事態が発生していたのだ。

明らかに自分達の手には負えそうもない邪龍獣という存在を目の当たりにして、聖騎士達の士気は落ちかけていた。しかしヒナタの一喝が、彼等に目的を与えて闘志を復活させたのだった。

「そうですとも。私達も今出来る事をしましょう」

ニコラウス枢機卿が大きく頷く。

「了解です、ヒナタ様」

とフリッツが頷いた。

「そうね……こんなの、私達だと犠牲が増えるだけですものね」

リティスも反対しない。恐怖心はあるが、ここで逃げ出す訳にはいかないのだ。

「任せて下さいよ！　俺達の修行の成果、ここで見せてやりますぜ」

バッカスが笑う。空元気だと皆が気付いているが、その笑い声のお陰か、不思議と元気が湧いて出るようだった。

「それじゃあ、行くぞ！」

最後に皆を纏めて、アルノーが叫んだ。

その気迫に、皆が大きく頷いたのだった。

敵が手に負えないからと、諦めたりはしない。ここで逃げ出してしまったら、未来は暗いままなのだ。

ニコラウス枢機卿と、聖騎士の隊長格四名。それに従う聖騎士団《クルセイダーズ》の面々は、幾つもある訓練のパターン通りに行動を開始した。

広場を中心とした五方へと散って、五芒星を描くように陣取っていく。そして、全員の力を結集させた『隔離結界』を構築したのだ。

今回の敵は、邪悪ながらも魔素をエネルギー源としていない。いや、魔素もエネルギーではあるものの、他の力も取り込んでいる為、聖浄化結界《ホーリーフィールド》の効果は限定的だと予想された。むしろ、この結界内に悪魔勢がいる事を考えれば、足を引っ張りかねないと判断されるのである。

そこでヒナタが選択したのは、この場と結界外を完全に隔離する事を目的とした〝万物隔離結界《マテリアルエリア》〟だったのだ。

そうしたヒナタの選択を、テスタロッサも支持した。

「素晴らしいわね。シエン、ヴェノム、貴方達も手伝ってあげなさい。少しでも結界を強化しておかないと、アイツは地面の下にまでエサを求めていくわよ」

そのエサとは、避難した王都の住民達の事である。

テスタロッサは今までの攻防で、ある程度正確にヴェガの権能について仮説を立てていたのだった。

ヴェガの権能の影響内であれば、あらゆる有機物がヴェガのエサとなる。今のところは効果が薄いから見逃されているだけで、ダメージ回復という目的でいつ虐殺が始まるかわかったものではなかったのだ。

その可能性があったからこそ、テスタロッサは攻撃の手を緩めていたのだった。

「アナタ達も手伝ってあげなさいな」

と、ヴェルグリンドがミニッツ達に命令した。

「しかし、我等は陛下を――」

「私がいるのだから、マサユキに指一本でも触れさせる訳がないじゃないの。わかったら、さっさと行きなさい」

「「御意」」

ミニッツ、バーニィ、ジウ。この三名も、各方面に散って〝万物隔離結界《マテリアルエリア》〟の維持を手伝う事となった。

こうして、この場に残った面子は強者のみとなったのだ。

フェルドウェイと対峙している、ヴェルグリンド。

ヴェガと向き合ったままの、テスタロッサ。

少年の姿をした、モス。

復活を遂げたヒナタと、腕を組んで立っているだけのマサユキ。

以上、計五名である。

（どうして僕まで、ココに残っているんだろう？）

という疑問を抱く者が若干一名いたのだが、誰からも助け船どころか突っ込みすら入らなかったのだった。

そして遂に、状況が動いた。

「遊んでやれや」

というヴェガの一言で、邪龍獣四体が猛烈な速度で、一斉に動き出したのだ。

命令に従い、地を蹴り、宙を舞い、各々が狙い定めた獲物へと襲いかかっていく――

第四章

集う英傑達

Regarding Reincarnated to Slime

俺はミカエルと対峙しつつ、人生最大のピンチを迎えていた。しょっちゅう迎えている気がするが、今回はマジなヤツだ。

ミカエルの原因不明の攻撃によってディアブロまで倒されたのだから、手の打ちようがないというのが本音である。

俺がこうして余裕でいられるのも、ヴェルドラが迷宮内に待機してくれているからだ。ヴェルドラさえ無事なら、俺は復活出来るのである。

もっとも——

本当に大丈夫なの？

《問題ありませんが、不安でしたら負けなければいいだけの話です》

そりゃあ、その通りでしょうよ。

シエルさんの正論は、正し過ぎるから反応に困るよね。

それが出来れば苦労しないって話で、無理そうだからこうして悩んでいるし、不安に思っているのだよ。

《大丈夫です。こういう事もあろうかと、既に手は打って——直ぐに対応を行いますか？》

おいおい⁉

俺は何も聞いていないけど、もう手を打ってるんですね？

どうして誤魔化そうとするのか……というか、誤魔化せてないからワザとだな。

《すみません。それではついでですので、〝緊急対応モード〟を発動しても宜しいですね？》

宜しいです『か』ではなく『ね』という時点で、発動させる気満々なんだろうな……。

まあいい。

シエルさんのする事だから、悪いようにはならないだろう。

どうやら奥の手もあるようだし、少しは希望があると思いたいものだ。

《御期待に添えるよう、鋭意努力して参ります》

俺が納得したのを悟ったのか、シエルさんのやる気に火が灯った様子。これがどう影響するかは、俺にもサッパリわからない。だったら、悩むよりも行動すべきであった。

どうせ答えなんて出ないし――って事で、攻撃を仕掛けてみるか。

諦めずに最後まで頑張るとかではなく、かなり気楽な心持ちになっていた。次に活かす為の情報収集をするつもりで、出来る事を全て試してみようと思う。

どうせ捨てプレイするにしても、この経験を無駄にはしたくないからな。こっちは命を賭けているんだし、少しでも有用な情報を得たいものである。

そんな事を思いつつ、俺は剣を構えた。

が、やっぱり俺の考えは甘過ぎたようだ。

「絶望しなかったのは褒めてやるぞ。だが、お前では余の敵たり得ない」

という、ミカエルの超上から目線の発言を聞いた瞬間、俺の動きが止まったのだ。

いや、止まったのは俺だけではない。

世界の全てが停止していた。

この感覚には覚えが――

《やはりそうでしたか》

え、何が？

《先程のディアブロやソウエイ、それにレオンが倒された攻撃もそうでしたが、この〝現象〟は　ギィ・クリムゾンや、クロエ・オベールが発動させていたものと同質――》

えっと、それはもしかして……例の既視感の正体が正解だったパターン？

《その通りです。これは間違いなく『時間停止』かと》

はあっ!?

勝てるか、そんなもん！

反則やろがい。

漫画やアニメの中なら許されても、現実でやられたらドン引きですわ。

〝止まった世界に到達出来ない者は、どれだけ強かろうと到達者には及ばない〟という認識は、どうやら正しかったようである。

実際、何も出来なかった。

そりゃあ、ディアブロだって負けますよ。アイツが負ける姿なんて想像出来ないと思っていたけど、時間を止められたら仕方ないよね。

はい、解散！

もうさ、素直に負けを認めて――って、あれ？

今って、時が止まってるんだよね？

どうして俺達って、会話が成立しているんだ？

《〝緊急対応モード〟のお陰で、止まった世界が認識出来るようになりました！》

マジかよ!?

流石はシエル先生だな！

ちょっとドヤって感じの報告だったけど、今なら許せるどころか感謝感激であった。

これでどうにかなるな――と安堵したのに、それは大いなる勘違いだったようだ。

それに気付いたのは、ミカエルの剣が間近に迫ったのを認識したからだ。

慌てて対処しようとしたのに、身体がピクリとも反応しなかったのである。

止まった世界を認識出来ても、動けるようになった訳ではない——考えてみれば、これは至極当然の話だったのだ。

シエルさんがドヤってたから、何とかなったと思ったのに……。

まあ、自分が何とかした訳ではないんだから、文句を言うのは筋違いだな。

ぬか喜びだったが、まあいいや。ここは諦めてミカエルに斬られるにしても、その太刀筋や戦いのクセ的なものを覚えて帰って、次回に繋げたいものである。

《いいえ、まだ諦めるのは早いです》

諦めかけていた俺を、シエルさんが宥めてくれる。

そして次の瞬間、澄み渡るような音色が響いた気がしたのだ。

この感覚《おと》には覚えがあるし、既視感だって感じる。

あの時は確か——

「リムル先生《さん》、助けに来たよ！」

そうだ、クロエだ。

ミカエルの剣に対して為す術もなかった俺の前に、周囲に銀光を撒き散らすかの如く黒銀髪の長髪がサラサラと靡《なび》いた。

その手にあるのは〝月光の神女剣《ムーンミストレス》〟で、身に纏っているのは〝神霊武装〟——ヒナタから託された月光の細剣《ムーンライト》と〝聖霊武装〟が、長い時の旅を経て神話級《ゴッズ》に至った代物だ。

その持ち主は言うまでもなく、美しく成長した〝勇者〟クロエなのだった。

＊

さて、クロエが来てくれた訳だが、俺は動けないままだった。

つまりは、返事するのも無理な訳で——

《問題ありません。〝情報子〟は時間や空間に影響を受けず、あらゆる時点に情報を伝えられると判明しております。それはつまり、止まった世界の中であっても思念を伝えられるという事なのです》

なるほど？

俺とシエルさんの『会話』だが、それこそ瞬時に行われている。ところが、クロエから聞こえた声については、若干の時間差が生じていた。

その原因は不明のままなんですけど？

〝情報子〟が時間や空間に影響を受けないのなら、意思伝達も瞬時に行われるような気がするのだが？

《私は主様《マスター》の一部ですので、時間的影響は皆無です。しかしながら、止まった世界の中で外の状況を知ろうと思えば、〝情報子〟を飛ばして周囲の情報を把握する必要があり――》

うーん、説明が難しいな。

要するに、〝情報子〟は時空間の影響を受けないから、どういう状況でも動ける訳ね。だからこそ、魔素の代用として〝情報子〟に干渉する事で、視界の確保や思念の伝達を行えている訳だ。

つまり、この状況下で動く為には、〝情報子〟に干渉しただけでは足りないのだろう。クロエは普通に喋っていたように見えたが、現実世界と混同しては駄目なんだな。

感覚的には『思考加速』しているのかと思っていたが、それも違うらしい。これはどうやら〝情報子〟を時間差なしで交換しているだけであり、それが可能なのは俺達が同じ〝魂〟を共有しているからなのだろう。

となると、この〝停止世界〟で第三者に自分の意思を伝えようとするならば――

《〝情報子〟に意思を乗せて、相手にぶつければいいのです》

乱暴な言い方だが、よく理解した。

シエルさんは〝情報子〟に干渉出来るようになったから、返事をするのは可能なんだな。

そもそも、今の俺が周囲の状況を〝視〟られているのも、〝情報子〟を反射させているからなのだ。

この〝停止世界〟での〝情報子〟の移動速度が一定なのかどうか、そうした諸々が気になるところではあるが、会話は成立するようで何よりだった。

『スマン、助かった！　だけど、俺はまだ動けそうもないから――』

早速俺は、クロエに意思を飛ばした。

するとクロエも、俺に合わせて『思念伝達』で返事をくれたのである。

『うん、わかってる。というか、もう『思念伝達』は出来るようになったんだね』

『まあ、何とかな』

『そうよね、リムルさんには〝シエル〟がついてるものね。これくらいは出来ても不思議じゃないのか』

あ、クロエもシエルさんを知ってたんだ。

《はい。クロノアを通じて、私の存在もバレていました。それで今回、こうして密かに護衛役を買って出てくれていたのです》
ああ、納得した。
それが、シエルさんが隠し持っていた切り札だったのか。
というか、ここまでやってたって事は、余程危険だと推測してたのね。
《はい。敵の狙いが断定出来ていませんでしたが、本城正幸《マサユキ・ホンジョウ》狙いなのは間違いありませんでした。それと同様、主様《マスター》が狙われている可能性も高いと推測していたのです》
ほほう、つまり俺を囮にしたと？
いつもいつも過剰なまでに安全策を取るシエルさんにしては、珍しい判断だね。

あれ？

もしかして〝王手飛車〟というのは……。

《はい。主様《マスター》に王手をかけたつもりになっていた、ミカエルを暗喩していました》

クッソ、やられた！

気付かなかった自分が恥ずかしい。

あの時のシエルさんは、なんか言い淀んでいる気がしたんだよ。

俺の答えは間違いではないが、正解でもなかった。それを指摘するかどうか、迷っていたからだったのか!!

《――レオンを正気に戻す為に主様《マスター》が出向くのは、ミカエルも当然想定しているだろうと考えました。そうすると、逆にレオンを囮にすると予想されましたので、これをミカエルがどの程度重視するのか、どれだけの戦力を投入してくるのか、そこが判断に迷った点です》

そ、そうだったんだね。

いや、考えてみれば当然だな。俺は既に、ヴェルグリンドを正気に戻している訳だし。

ヴェルグリンドが自力で復活したなどと考えるほど、ミカエルやフェルドウェイは馬鹿ではなかったという事だ。

俺の考えは浅過ぎだったと、たった今判明しちゃったよ……。

そりゃあミカエルだって、レオンを取り戻されるのを警戒して、何らかの対策をするってもんだわ。レオンが大事というよりも、その状況を上手く利用するような手を考えた訳か。

つまりは、レオンを囮にして俺を誘《おび》き出すというのが、ミカエルの作戦だったんだな。更にそれを見越した上で、シエルさんが今回の作戦を立案していた、と。

俺の介入する余地ナシ。

説明されると単純だが、両者共に二手、三手先を読んでいるせいで、途中経過が少しでもズレたら大失敗に繋がりそうだ。

いや、だからこそか。

俺が出向かなかったらミカエルも違う手段に出ただろうから、騙されているフリをして出向く方が、シエルさんが状況を読みやすかった訳ね。

俺の身の安全はヴェルドラがいる時点で担保されているから、敢えてミカエルの作戦に乗っかる方がいいと、そう判断したんだな。

《はい。勿論、主様《マスター》の安全については、最大限に配慮しておりました》

そうだろうな。

ここまで読み通りだったのは怖いけど、そんなシエルさんでも計算外だったのが、ミカエルにも『時間停止』能力があったって点なのか。

《それも可能性としては考慮されたので、念の為にクロエ・オベールと交渉し、待機してもらっておりました》

なるほど、クロエの出番はないだろうと推測していた訳ね。それなのにミカエルが強過ぎたせいで、こうしてクロエに助けられるという結果になったのか。

シエルさんでさえ状況を見通せなかったとは、俺の出る幕なんてないってもんだ。

《ミカエルが『時間停止』まで扱えたのが、最大の誤算でした。しかし、結果的には良かったかと思われます》

ん？

それはどうしてだ？

《この権能を扱える者など極少数ですから、とても貴重な体験だと言えますので。〝緊急対応モード〟の開発に成功したのは僥倖《ぎょうこう》でした。こうして〝停止世界〟を観測していれば、動けるようになるのも時間の問題でしょうし》

その自信、相変わらずですこと。

時間が止まってるのに時間の問題とか、突っ込んだら負けなんだろうな。揚げ足取りみたいだし、ここは素直に称賛しておこう。

気になるのは、本当に止まった時間の中で動けるようになるのかどうかだ。今後、それが出来ないと話にならない訳で、この問題をクリアするのが喫緊《きっきん》の課題なのである。

今はクロエに頼るしかない訳で……。

ともかく、今の俺には何も出来ないのだ。

ここは大真面目に、クロエとミカエルの戦いの趨勢を見守る事にしたのである。

＊

クロエの出現を警戒してか、ミカエルは動こうとしなかった。

しかしようやく、右手に握っていた剣をゆらりと持ち上げたのである。

「――ここまで予想外の事が起きるとは、正直、信じられない気分だな」

「そう？」

「この止まった時間の中で動ける者が、余やヴェルザード以外にもいたとは。余のような究極の存在たる神智核《マナス》ならばともかく、よくぞこの領域に辿り着けたものよ」

おっと、ミカエルはここで神智核《マナス》という言葉を自ら発したが、これは引っ掛けかな？

クロエが反応すれば、その正体に近付けるという思惑がありそうだ。

ちょっと心配になってクロエに忠告しようかと思ったが、その必要はなかった。

「ふーん、そうなの？　意外と簡単だったよ」

と、クロエは軽くスルーして見せたのだ。

その対応を見て思い出した。

どうしても自分の教え子というイメージが抜けないが、クロエはれっきとした戦士なのである。長い長い時の旅を経て、最強の〝勇者〟として君臨していた存在なのだ。

　クロノアという神智核《マナス》もついているのだから、俺が心配するまでもないのだった。

「笑止。お前から『希望之王《サリエル》』の反応が消えているが、その理由を答える気はあるか？」

　ああ、やっぱり。

　ミカエルなら天使系究極能力《アルティメットスキル》を探知出来るのだろうと思っていたが、これで確定した。そして、その反応が消えてるって事は、クロエは無事に『希望之王《サリエル》』を昇華して自分の力に変えたんだな。

《私が手伝うまでもありませんでした。とても残念です》

　でしょうね。

　権能マニアのシエルさんからすれば、クロエの能力《スキル》は垂涎《すいぜん》モノだっただろうし。その秘密を探れていれば、今頃とっくに〝停止世界〟でも動けるようになっていただろうし。

　いや、クロエがケチってよりは、シエルさんが反則過ぎると思うんだよね……。

「それ、私が教えてあげる理由ってあるのかな？」

　ない、な。

　ミカエルも答えを期待していなかったようで、無言のまま剣を構え直した。

「ならば、不確定要素は排除するまで」

「同感だよ。私を敵にしたこと、後悔させてあげる」

　その会話を最後に、クロエとミカエルの戦いが始まったのだった。


　それは、凄まじい一言だった。

　観戦していて判明した事実だが、『〝情報子〟の移動速度は一定である』ようだ。

　会話が成立していたし、視覚の反応速度も一律だった。これは〝万物が光速を超えることはできない〟のと同じくらい、明確な物理現象なのだった。

　それならば何故、〝情報子〟は光速を超えているのか？

　これ、速度が超えてるんじゃないんだよね。

　別の座標にあるはずの〝情報子〟同士が、時間差ゼロで〝情報〟を転写してる感じなんだ。どれだけ距離があるのかとか関係なく、認識可能空間に存在している〝情報子〟なら、時間差ゼロ。つまり、時空間を超越しているのが〝情報子〟ってわけ。

　俺達の会話も、この〝情報子〟同士の情報転写を利用して成立している訳だ。

　では、どうして動けるのか？

　これってもしかして……。

《精神生命体ならば、全ての物質を〝情報子〟へと変質させる事で、情報生命体《デジタルネイチャー》へと至っているのでしょう》

　やはり、か。

　心や精神も情報であると仮定すれば、不可能ではなさそうだ。

　出来るか出来ないかは別問題だが、そこに答えがあるのは大きい。出来ないという考えを排除して、どうやったら到達出来るかに集中すべきであった。

《その通りですね。〝緊急対応モード〟を更にフル稼働させて、情報生命体《デジタルネイチャー》への進化を目指しますが、宜しいですか？》

　無論だよ、シエル君。

　全て任せるから、好きにしたまえ。

　――と、俺は偉そうにそう命じた。

　だって、今のままだと何も出来ないし、対策があるのなら全て試すべきだからだ。

　そうした俺の意図を正しく汲み取り、シエルさんが元気に活動を開始する。

　後は結果が出るのを待つだけ。

　相変わらず他人任せなのが気になるけど、これはもう仕方ないのだ。

　俺はそう割り切って、クロエとミカエルの戦いに意識を集中させたのだった。

＊

さてさて、クロエとミカエルの実力だが、これはかなり拮抗していた。

正確に把握できないから推論になるが、身体能力的にも互角なのだと思われる。というか、〝情報子〟への干渉力が互角というべきなのだろう。

速度は最高値が定まっている以上、優劣を決めるのは自身への干渉力となるからだ。どれだけ上手く〝情報子〟を制御し、敵を上回れるのか。それが、〝停止世界〟での重要ポイントになるんだろうな。

そして、観察していて気付いた点がもう幾つかある。

先ず、〝停止世界〟には防御力という概念がないということ。

クロエやミカエルのように動ける者ならば、互いの〝情報子〟に干渉し合う事で攻防一体となった戦闘が成立している訳だ。

それに対して動けない者達はどうなるのかというと、一切の防御を取れないままに、攻撃を喰らう事になる。

しかも、時間が停止しているという事は、あらゆる〝力〟が働いていない事を意味するのだ。

星の引力や斥力といった分子間力も働かず、結合力は皆無。慣性もないし外的要因が何もないから原形を留めている訳だが、この状態で攻撃を受けた場合どうなるのか？

答えは簡単で、一瞬にして崩壊するのである。

鉄筋コンクリートの壁だろうが、強固な岩盤だろうが、鋼鉄の塊であったとしても、原子同士の結合すら働いていないのだから抵抗力が皆無なのだ。

この世に耐えられる物など存在しない、というのが結論であった。

あらゆる物理法則が通用しない世界というのは、考えてみれば恐ろしい話だ。何が起きるのかわからないし、迂闊に立ち入れば大ヤケドしそうである。

〝停止世界〟で動ける者と動けない者の間には、決して越える事の出来ない次元の壁が存在しているという事なのだ。

そう考えれば、ディアブロとソウエイはよくぞ無事だったものだな……。

《ディアブロは予想していたようで、魔法による『防御結界』を発動させていました》

おっと、新事実。

この状況を予想していたディアブロも凄いが、〝停止世界〟でも魔法が有効というのは思わぬ収穫であった。

《ですが、〝停止世界〟の最中は魔法を発動出来ません。事前の準備が必須ですし、その効果が途切れた時点で終わりです》

そうか、だから無事だったんだな。

ミカエルの「手を抜かずに」というのは、追い打ちをかけてとでもいう意味合いだったのか。

おっと、それではソウエイは？

《ソウエイが無事だったのは、アレが『並列存在』だったからです。今もやられたフリをして主様《マスター》の影に潜み、ミカエルに不意討ちする機会を窺っているかと》

時間が止まっているから意味はないですが——と、シエルさんが説明してくれた。

アイツが『並列存在』を使えるようになったの、すっかり忘れてたよ。

それにしても、流石だなソウエイは。今回ばかりは出番なさそうだけど、普段ならマジで頼もしいヤツだと思ったのだった。

——ってな訳で、〝停止世界〟には防御力という概念がないというのが一点目だったが、もう一つ気付いたのは〝停止世界〟を発動させている方が不利、と思わしき点だった。

確証はないが、間違ってはいないと思う。

時間を止めるには、相当なエネルギーを消耗するっぽい。となると、〝停止世界〟で動ける者同士であれば、ずっと停止させておく意味がないのである。

今回、ミカエルが〝停止世界〟を解除しないのは、俺が参戦するのを嫌ってだろう。

《それだけではなく、停止と解除を繰り返す方が、より多くのエネルギーを消耗するからだと思われます》

ああ、なるほど。

電化製品みたいな感じだな。

だとすると、ミカエルも『時間停止』に慣れていないから、さっきは知らずに何度も解除してしまったんじゃないか？

《間違いないかと。〝停止世界〟を観測可能な者ならば、誰かが何処かで『時間停止』を発動させた時点で、それと気付くのですから》

うん、シエルさんが言いたい事を理解した。

時間というのは、限定空間だけを流れているものではない。ありとあらゆる世界の時間と空間に影響を及ぼすのが〝停止世界〟という訳だな。

ギィとクロエが軽く戦った時以降、あの時に感じた違和感――時間が止まった感覚などなかったのだ。シエルさんの言うように、誰も『時間停止』を発動させていないという証拠であった。

まあ、限られた者にしかわからない世界だけど、この権能は意外と扱いが難しい気がするね。相手が使えたら意味がないし――って、待てよ？

剣が相手に当たる瞬間を狙えばどうなるんだ？

《それをやっていたのが、ギィとクロエの攻防でした》

ああ、そう……。

あの時は気付かなかったけど、あの二人、想像を絶するような超絶技巧で戦ってたって事じゃん。しかも、あれで軽く腕試ししただけってんだから、知れば知るほど怖くなるレベルだ。

つまりは俺も、瞬時に対応出来るようにしておかねばならないって事ね。そうでなければ、このレベルの戦闘にはまるで太刀打ち出来ないって話だからな。

《私も研究を怠らぬようにします》
ああ、頼んだ。
気負いかけていたが、その言葉に救われる思いがした。
俺にはシエルさんという相棒がいるのだと、実に頼もしく思えたのだ。

＊

そんな考察をしている内に、戦いは大詰めとなっていた。

クロエとミカエルが拮抗しているのはそのままだが、俺の指先がピクリと動いたのだ。そして少しずつ、身体の端々から感覚が戻ってくる気配がした。

《もう間もなく、情報生命体《デジタルネイチャー》への進化が完了します》

シエルさんのその言葉は、まさしく勝利の福音だった。

一対一で拮抗しているなら、俺が参戦した時点で優勢に立てるという事なのだ。

そして、その時が訪れる。

「余の邪魔をする小賢しい〝勇者〟め、そろそろ滅びをくれてやろう」

「それはこっちのセリフだよ。自分が神智核《マナス》だって自慢してたけど、そんなの珍しくも何ともないからね」

言葉による心理戦も佳境だな。

ここにきてクロエも、自分には〝クロノア〟がついているのだと明かしていた。

ミカエルがそれに動揺し、小さな隙が生じる。

それを見逃すクロエではなく――

「さようなら、アナタの命運はここで尽きる」

冷徹な視線がミカエルを射貫く。

「万物のあるべき姿を晒せ――〝運命流転《リバースフェイト》〟――ッ!!」

長針と短針を指し示すそれは、時計とは逆方向の回転で、転を加速させる。

　この〝停止世界〟においても、クロエの権能は健在だったのだ。それを最後の最後まで悟らせず、決め手として披露したのである。

　その効果は劇的なものだった。

　万物のあるべき姿を晒せとクロエは言っていたが、それは言葉通りの意味ではない。クロエにとってそうあれ、と思う姿に変えるのだ。

　だから、『戻れ』ではないのである。

　そして、その奥義たる〝運命流転《リバースフェイト》〟を喰らったミカエルはというと……。

「余が、余は……一体何をして……？　余とは、私は何者だったのか――――」

　ルドラの肉体に宿りし、虚ろなる存在。主を失い、存在理由を失くして、その虚無を埋める為に狂った権能。その正体は――

「究極能力《アルティメットスキル》『正義之王《ミカエル》』、か」

　権能の効果によって保たれていたルドラの肉体が、その内包している大き過ぎる力に耐えられず崩れ始めた。クロエの手で単なる権能へと戻された今、宿主を維持する理由も失ったのだ。

　その虚無を前に、クロエが優しく語りかける。

「行くべき道を見失ったのなら、私と一緒に来る？」

　ん？　と思ったが、俺は黙って様子を見守る事にした。

『――ッ!?』

　俺と同じく、ミカエル――いや、神智核《マナス》としての自我が薄れて単なる権能に戻った『正義之王《ミカエル》』も、その提案に戸惑っているようだ。

　クロエの提案は、このまま消え去るか自分《クロエ》を主としてこの世に留まるのか、そのどちらかを選ばせるものだからな。そう簡単に答えは出ないだろうし、このまま『正義之王《ミカエル》』が消失して時が動き出す方が先だと思えたのだが――その瞬間、〝停止世界〟に〝世界の言葉〟が響き渡ったのである。

《個体名：クロエ・オベールに『勇気・希望・正義』の三要素が集ったのを確認しました。これによって究極能力《アルティメットスキル》

『希望之王《サリエル》』の欠けたる要素が埋まり、究極能力《アルティメットスキル》『時空之王《ヨグ・ソトース》』へと完全統合を開始……成功しました。究極能力《アルティメットスキル》『時空之王《ヨグ・ソトース》』が、究極能力《アルティメットスキル》『時空之神《ヨグ＝ソトホート》』へと完全進化しました》

それはもう、説明されなくても超強化されたのが明白だった。クロエの内部では、本人の自覚もないままに究極進化が行われたのだ。

「クロエ、お前……大丈夫か？」

「うん。リムルさん、私、本当の意味で〝クロノア〟と一体になったみたい」

クロエの変化を直に見た俺は、そうなんじゃないかなと思っていた。

ほのかに残っていた子供っぽさが消えて、大人の女性を思わせる妖艶さが身に付いたように感じたからだ。それは〝クロノア〟の方の特徴だったので、もしかしてと――

チュッ♪

《――ッ⁉》

はい？

「ちょ、クロエ、おま、何を――」

クロエにいきなりキスされた。

何を言ってるのか、自分でもよくわからないけど、急にクロエの美貌が接近したなと思ったら、いきなり唇に柔らかい感触があった感じ。

これはもう不可抗力。

回避出来たとか出来なかったとか、そんな検証は不要であろう。

「ウフフ。私、もう大人だから」

そうだね、認める。

でもさ、不意討ちはダメだと思うんだ。

ま、俺だったから良かったようなものの、これがレオンだったら事案だよ？

俺はいいんだけどね、俺は。

などと、誰にともなく言い訳してしまった。

しかし、どうしてクロエはいきなりキスなんて……。

「それ、リムルさんにも必要でしょ？　何だかそんな気がして、つい、ね」

そんなふうに可愛く言われましても……って、何が俺に必要だって？

《――チッ、賄賂とは巧妙な手段ですね……クロエから『希望之王《サリエル》』の残滓を受領しました。もっと他の方法があったと思われますので、今後は不意討ちに対する警戒を密にします》

あれ、今舌打ちした？

というか、そこまで警戒しなくても……。

《密にします》

あ、はい。

どうしてだか、これ以上逆らうのは不味い気がする。

シエルさんの好きにさせるのが吉だと思うので、俺は話題を変えて誤魔化す事にした。


「それで、〝クロノア〟と一体になったって話だが、クロエは子供の姿には戻れなくなったのかな？」

「あ、それは大丈夫」

赤子から老婆まで、見た目の変化が自由自在になったのだそうだ。それに意味があるのかどうかはともかくとして、ケンヤ達を驚かせなくて済んだので一安心である。

「それじゃあ、『時間停止』を解除するね」

ミカエルから引き継ぎ、今はクロエが時間を止めていたようだ。それも、まるで呼吸するかのように自然に、である。

どれだけ強くなったのか、ちょっと想像もつかないほどだ。

神智核《マナス》の補助なしでも、自分の権能を十全に操っている様子。少なくとも、シエルさん頼りの俺より上なのは、敢えて明言する必要もない事実なのであった。

おっと、感心している場合じゃなかった。

「その前に、一つ。多分だが、この後――」

「うん、わかってる。吸収した力が思ったよりも少なかったから、間違いないと思うよ」

「了解。だったら、今度は俺に任せてくれよ。そしてお前は、無理せずゆっくり休むように」

と、俺はクロエを強く諭した。

元気そうに見えているクロエだが、これほど急激に進化して無事な訳がないのである。ここは有無を言わさず、しっかり休ませねばなるまい。

「うふ、心配してもらえて嬉しいな」

「騙されないよ」

そんなふうに可愛く笑顔を見せられても、俺はレオンとは違うのだ。ここはキッチリと、大人の貫禄を示す時なのだった。

「わかった。それじゃあ、少しの間は大人しくしとくね。だから、負けないよね？」

「勿論だとも。クロエのお陰で、時間という概念も理解したしね」

「ふふ、そうだね」

俺はクロエに、勝利を約束した。

まあ、負けても認める気はないから、嘘にはならないだろう。

という事で、クロエが『時間停止』を解除して、世界は再び時を刻み始めたのだった。

＊

俺はミカエルと対峙したまま時を止められた訳だが、それを認識出来ない者からすると、ミカエルが突然消えてクロエが現れたように見えただろう。

具体的に言えば、ソウエイが慌てて『思念伝達』で語りかけてきた。

『リムル様、申し訳御座いません。敵の姿を見失い──』

『大丈夫だが、まだ出て来るなよ』

『──ッ!?　承知!!』

ソウエイはそれだけで全てを悟ってくれた。

有能オブ有能だから、話が早くて助かるのだ。

そして俺は、白々しい演技を始める。

「いやあ、クロエ。助けに来てくれてありがとうな。

もう少しでやられるトコだった」

「ふふっ、リムルさんって演技下手だよね」

うるせーよ！

俺は根が素直だから、誰かを騙すとか向いてないだけなのだ。

「もういいや。騙すのは止めだ。クロエ、お前はもう戻ってゆっくりするように」

「わかった。それじゃあ、信じてるから」

そう言い残して、クロエは俺との約束を守り魔国連邦《テンペスト》へ戻って行った。今からは迷宮内にある自室にて、急激な進化の後遺症を癒す事になる。

そして俺は、誰もいない空間に向けてニヤリと笑って見せたのだ。

「出て来いよ、隠れてるんだろ？」

「……余の気配は完璧に『隠蔽』されていると思っていたのだが、どうして気付いた？」

どうしてと問われても、ありきたりだからと答えるしかないな。

俺の場合は勘だった。


戦いに勝利したと思った瞬間こそ一番隙が大きくなる、というのは常識だ。だったら必ず、『並列存在』を潜ませておくのではと考えたのである。

というか、俺なら確実にやる。

俺の場合、ヴェルグリンドやソウエイと違って意識の分割が出来ないので、その手段は取れないのだが、可能だったらそうした戦法を採用していた。

ミカエルなら当然、そうした策を用意していると確信していたのだ。

そう思ってクロエに忠告しようとしたら、逆にミカエルが『並列存在』を使用中だと教えられたのだ。

クロエが取り込んだのは、ミカエルの一部だった。しかしながら『正義之王《ミカエル》』の全情報は網羅されており、それを取り込んだ事でミカエルの策にも気付けたという事だ。

このままミカエルが不意討ちして来るのを待つ予定だったが、面倒なので止めにした。ここは正面から打ち破り、くだらない野望を終わらせてやるべきだと思ったのだ。

「そうか。余の考えを読んだだけで、権能を見破った訳ではなかったのだな。しかし、それにしても――」

少しだけ驚いた表情を見せて、ミカエルが俺に言う。

「まさかとは思ったが、余の『並列存在』に勝利するとはな」

「まあな。俺じゃなくて、さっきの女の子が、だけど」

「〝勇者〟クロノアか。ここまでの存在に成長するとは、甘く見過ぎていたようだ」

「クロノアじゃなくて、クロエな。ま、お前はここで終わるから、訂正して覚えておく必要はないぞ」

俺はそう言って、軽く身体をほぐした。

久しぶりに全力で戦ってみるつもりなのだ。念を入れて、準備運動もしちゃうのである。

「笑止。〝勇者〟の陰に隠れていただけの分際で、よくぞ吠えたものよ」

「そういう意見もあるな。でもさ、クロエは俺の生徒だったからね。ここで教師としての威厳を見せておかないと、立つ瀬がなくなるってもんじゃないか？」

俺がそう答えたのに、ミカエルは無表情で冷たい視線を向けてくるのみだった。

俺の事が理解出来ないと、その表情が雄弁に物語っている。

まあね、時を止められるヤツからすれば、俺なんて眼中にないんだろうけどさ。

でも、それはさっきまでの話なのだ。

「魔王リムル、物覚えの悪いヤツめ。お前は余にとって障害だったが、敵たり得ぬ存在だと教えたはずだ。分をわきまえ、速やかにこの世から去るがいい」

死ねって言ってんのか？

嫌に決まってんだろうが。

「御託はいいから、かかって来なさい」

俺がそう言い終わるなり、時が止まった。

勝利を確信した表情で、ミカエルの剣が俺に迫る。

だけど残念！

俺だって、この〝停止世界〟を我が物としたのだ。

音のない世界にも、剣と刀がぶつかり合う幻聴が鳴り響いた。

「まさか、貴様ッ!?」

「覚えちゃったんだな、止まった世界での動き方ってヤツをよ！」

そう叫んだ俺は、表情を改めてミカエルと向かい合った。

ミカエルを、敵と見定める。

それは、ミカエルからしても同様だった。

俺を倒すべき敵と認定して、見下す態度を消し去ったのである。

そして俺達は――

今度こそ本当の意味で、世界の命運を賭けて対峙する事となったのだ。

●

ヴェルグリンドは苦境に立たされていた。

何があってもマサユキを守ると豪語していたが、それを許すほどフェルドウェイは甘くなかったのだ。

「舐められたものだな。ヴェルグリンドよ、私を片手間で相手する気か？」

「ええ。貴方如きには――なっ、その気配はッ⁉」

今まで防御に徹していたフェルドウェイが、ヴェルグリンドを前に隠していた力を解放したのである。それはまさしくヴェルグリンドと同等――いや、それ以上に達するほどであった。

「どうせ『並列存在』があるとでも考えていたのだろうが、私だって使えるのだよ。君がマサユキを助けに向かうつもりなら、全力で阻止させてもらうとしよう」

「チッ、相変わらず厭らしい性格をしているわね。私、貴方の事が大嫌いよ」

「そうか？　それは残念だ」

フェルドウェイの白々しい返事を聞いて、ヴェルグリンドが顔を顰める。

昔からフェルドウェイは、兄たるヴェルダナーヴァの副官として、ヴェルグリンドにも苦言を呈するような存在だった。その時の事を思い出して、余計に苛々してしまうヴェルグリンドなのだ。

それに、現実も厳しい状況だった。

ヴェルグリンドはフェルドウェイを相手にするだけ

で手一杯だし、一番頼れるテスタロッサも、ヴェガ本体と向き合っている。そうなると、邪龍獣四体に対して味方の数が足りていなかった。

（フェルドウェイを甘く見過ぎていたようね。あの三名を外したのは失敗だったかしら？　いいえ、そうしなければ〝万物隔離結界《マテリアルエリア》〟の維持は不可能だったでしょうし……）

ミニッツ、バーニィ、ジウの三名を各地に派遣しなければ、〝万物隔離結界《マテリアルエリア》〟の強度が弱まってしまう。その場合、ヴェガが力業で地面を抉り、避難している王都の民をエサにしてエネルギー補給を行うのを止めようがないと思われた。

であるから、ヴェルグリンドの指示は決して間違ってはいないのだが、マサユキを一番大事にする彼女からすれば、選択をミスったかもと不安になったのだ。

マサユキを守れるのは、テスタロッサの腹心であるモスと〝聖人〟ヒナタのみ。邪龍獣四体を止められるとは思えず、ヴェルグリンドの心に焦りが生じていた。

「ところで、貴方は三体同時に相手に出来たり……しないようね」

「ご理解が早くて助かりますけど、失望したって感じの目付き、止めてもらえません？　僕だって頑張ってるんですよ！」

という、ヒナタとモスの会話が聞こえていたので、余計に心配になるというものだった。

ヒナタとモスは、それぞれ二体を牽制している。しかしそれが精一杯で、とても倒せそうな雰囲気ではなかった。

実際、これはかなり健闘している方なのだ。邪龍獣の戦闘経験が少ないから対処出来ているだけで、二人とも戦闘能力では負けているのである。これ以上を期待するのは無茶というものであった。

そして、テスタロッサも。

「ようやく〝万物隔離結界《マテリアルエリア》〟が完成したわね」

「だったら何だよ？」

「これで遠慮なく、貴方を滅ぼせるという意味よ」

そう告げて、猛攻を開始したまでは良かったのだ。

しかしその後、ヴェガの不死身っぷりに苦戦を強いられる事になってしまった。

テスタロッサの方が、圧倒的に技量《レベル》は上だった。存在値には数倍の開きがあったものの、決して勝てない相手ではなかったのである。

それなのに、ヴェガは戦闘の途中で進化を果たしたのだ。

アリオスを喰らい、その力まで身に付けたのである。

そして今、事態が悪化する出来事が起きてしまった。テスタロッサ達は知る由もないが、ミカエルの『時間停止』が発動したのだ。

違和感に戸惑ったのは、ヴェルグリンドとテスタロッサのみ。両者とも、即座に今の現象が何だったのかを悟っている。

時が動き出してから慌てても、全ては終わってしまっている。そう理解しているからこそ、両者ともに慌てたりはしなかった。

ただ、小さな隙が生じただけ。

そしてその程度なら、マサユキの『幸運領域《ラッキーフィールド》』で打ち消せるはずだったのだ。


ところが、四度目に違和感があった時マサユキに異変が生じたのである。

「あれ？」

という呟きとともに、マサユキがその場で膝をついた。急激な眩暈《めまい》に晒された訳だが、その時点で権能の効果もかき消えてしまったのだ。

「マサユキッ⁉」

という、ヴェルグリンドの心配する声が響き――

「ヒャハハ！　余所見してんじゃねーよ！」

と、テスタロッサの隙を突くようにヴェガが攻撃を仕掛けた。

ヒナタとモスも、ただでさえ苦戦していたところに幸運の効果が切れた事で、厳し過ぎる苦境に立たされたのだ。

マサユキの調子が崩れただけで、一同、絶体絶命の危機に陥ったのだった。

そして、最悪の瞬間が訪れる。

マサユキに意識が向いたヴェルグリンドが、見せてはならぬ隙を晒してしまったのだ。

これを見逃すほどフェルドウェイは甘くなかった。

「私の勝利だ！」

そう叫んだフェルドウェイの剣が、ヴェルグリンドの胸を貫いたのだった。

＊

マサユキは、目の前で起きている現実が理解出来なかった。

どんな状況であろうと不敵に微笑み、自信満々で、いつも自分を大切にしてくれる女性が、胸を押さえて地面に膝をついていた。

それは、あってはならぬ事態だった。

フェルドウェイはとんでもない化け物で、自分なんかじゃとても敵わなくて、グリンさんまで負けたのなら、もう逃げるしかなくて――そんな事はどうでもいいと、マサユキは自分の心が何を感じているのか見つめ直す。

激しい怒り。

頭の天辺から足の爪先まで、全身を駆け巡り迸り出そうなほどの憤怒を感じていると気付く。

「テメエ、何してくれてんだ？」

思ったよりも小さな声が、マサユキの口からこぼれ出た。

フェルドウェイがそれに反応する。

「む？　貴様は本命だが、少し待て。どうせならここで、ヴェルグリンドを完全に滅ぼして――」

その言葉は最後まで発する事が出来なかった。

「俺のオンナに何してくれてんだって聞いてんだよ！」

目にも留まらぬ速度で踏み込んだマサユキが、細剣《レイピア》でフェルドウェイを横殴りにしたからだ。

軽量化と強度増強をメインにクロベエの手で鍛え上げられたそれは、一応は特質級《ユニーク》に相当する逸品であった。だがしかし、神話級《ゴッズ》に守られている敵を無造作に殴って無事で済む訳がない。

その一撃でパリンと砕け散ってしまった。

しかし、マサユキは気にしない。

虚を衝かれて一歩下がったフェルドウェイを無視し

て、ヴェルグリンドを抱え上げたのだ。

「――マサユキ？」

「もう大丈夫だから、安心しな」

「ま、さか……」

「後は俺様がやる。ゆっくりと休んでな〝グリュン〟」

「ああ――ッ‼」

ヴェルグリンドの双眸から涙がこぼれた。

その呼び名は、愛しき人からの愛称で、それを知る者はこの世にたった一人だけ――

「お帰りなさい、ルドラ！」

「ああ。少しの間だけだが、帰って来たぜ」

そうして、マサユキに宿ったルドラが笑う。

ここからはもう、反撃の時間だった。

＊

フェルドウェイが不快そうに眉をひそめる。

「ルドラだと？　何を世迷言を――」

「ハンッ！　フェルドウェイよ、テメエの相手は俺がしてやるが、他のヤツ等も何だか苦戦してるみたいじゃないか。少し手伝ってやる。来な、グラン。お前もだ、ダムラダ！」

ルドラの呼ぶ声に応えるように、時空が揺らめいた。

〝万物隔離結界《マテリアルエリア》〟を完全に無視して、そこに二人の人物が召喚されたのだ。

「やれやれ。マリアと美しい日々を過ごしていたというのに、死んだ後まで人使いの荒い師匠だな」

と、最初に呼ばれた白よりの金髪の男が愚痴る。

それから、鷲のように鋭い視線を周囲に巡らせて、フッと笑った。

「ヒナタよ、不肖の弟子よ。ワシが手掛けた者達の中で、最高の才能を持つ貴様が、いまだ〝勇者〟になっておらぬとは、嘆かわしいばかりよな」

そう語りかけられたヒナタは、その人物の〝名〟に思い当たって驚愕した。

「まさか、貴方は……」

「あの時は見せてやれなんだから、今度こそ手本を見せてやろう。刮目してその目に焼き付けよ！」

「――グランベル翁!?」

翁と言うには若すぎるが、それは間違いなくグランベル・ロッゾであった。生前の、一番強かった姿になって、グランベルがこの地に舞い戻ったのだ。

「来い、真意の長剣《トルゥース》」

グランベルは愛剣を呼ぶ。

亜空間に収納されていた真意の長剣《トルゥース》は、神話級《ゴッズ》の輝きを失う事なくグランベルの手に顕現した。

そして、次の瞬間。

超絶聖剣義《オーバーブレイド》――真意霊覇斬《トルゥースラッシュ》が、無造作に邪龍獣の一体を切り刻み、塵へと変えたのだった。

「嘘でしょ……」

ヒナタ達の苦戦を嘲笑うような、あまりにもあっけないグランベルの勝利であった。

＊

グランベルに続いて呼ばれた男は、ルドラに向かって跪いた。

「陛下、長き眠りよりのお目覚め、恐悦至極に存じます！」

そんなダムラダを、ルドラが呆れたように見た。

「固いぞ、ダムラダ。お前、そんな性格だったか？」

「フッ、懐かしいな、友よ。お前のせいで、俺はメチャクチャ苦労したんだからな！」

「悪い。記憶にないから、知らん」

「ああ、そうだった。お前はそういうヤツだよ！　知ってたよ!!」

そう憤慨するダムラダだが、その目から熱い涙が溢れ出ていた。

「泣くなよ、悪かったたって」

「そうじゃないですが、もうそれでいいです。約束を守ってくれたんだから、俺は満足ですよ」

転生しても、ルドラはルドラだった。

ダムラダが忠誠を誓ったルドラは、〝魔王〟による管理社会を拒否して、自分達の手で調和の取れた誰もが幸せに暮らせる世の中――〝統一国家の樹立〟を目指していた。それなのに、いくつもの悲劇が重なり、その夢を見失って、ルドラは心を摩耗させていった。

そんな主君に対し、何も出来ない無力な日々が悔やまれて——しかし、今。

マサユキという名の少年の中に、かつてのルドラが燦然と顕現していた。

昔と何ら変わらぬ主君の姿を見ただけで、ダムラダは満足だったのだ。

「そうか？　まだ夢半ばって感じだが——」

「フッ、諦めなければ夢は叶うんだろ？」

「俺様なら、な」

「フフフ、ルドラ様らしい。さて、長話もなんですし、私もグランに負けてられませんので、そろそろ行きますね」

爽やかな笑顔となったダムラダが、ルドラとの会話を切り上げる。

そして、迷いのない足取りでモスの隣に立った。

「我が帝国を長きに渡って苦しめた大悪魔が、無様だな」

「チッ、僕にも事情ってものがあってさ……」

「言い訳か？　まあ、聞いてやる気はないがな」

「お前、昔の性格に戻ってるね」

「当然だろ。俺は常に、ルドラの友であり陛下の忠実なる臣下なのだから。陛下のいない間なら、多少は手を抜いても仕方あるまい」

「今は敵同士じゃないんだし、ま、いいけどね」

モスはそう言って、軽く肩を竦める。

そんなモスに笑い返し、ダムラダは一歩前に出た。

「さて、終わらせよう」

ダムラダはそう告げるなり、腰を沈めて猫足立ちの構えを取る。右足に体重をかけて大地と一体となり、そのまま地を滑るように『縮地』を行った。古武術の歩法とはまるで違う原理によって、ダムラダの身体が砲弾の如く前に出る。

そしてそのまま、邪龍獣と交差して——

「聖覇崩拳《せいはほうけん》！」

打撃を喰らわした部位から、闘気が全身に伝達される。それを遮る術はなく、邪龍獣の精神ごと崩壊させたのだった。

「相変わらずの腕前で、僕も安心したよ」

実に嫌そうにモスが褒めた。

「ならば次は、お前の番だな」

「そうなるよね」

と、心からウンザリしつつモスも同意したのだった。

＊

仇敵の健在っぷりに、昔のいざこざや苦い記憶を思い出したモスだが、それはそれとして今は自分の為すべき事をするだけである。

モスは敗北が嫌いだ。

負けるだけならいいのだが、恐ろしい上司《テスタロッサ》からその責を問われるのは絶対に嫌だった。

それだけは許容出来ないのだから、負けない戦い方に主眼を置いている。

今回は、即座に勝てないと判断していた。それで時間稼ぎに徹していたのだが、相手が一体だけならば、話は大きく違ってくるのだ。


「一体だけなら勝てちゃうんだよな」

そう呟きつつ、久方ぶりに本気モードを披露する事にした。大気中に散らせていた極小の『分身体』を集合させて、真の姿へと戻ったのだ。

出現したのは、銀髪に青い瞳が映える美男子であった。

地獄の大公にして、〝原初〟に次ぐ実力者。それがモスなのだ。

主たるテスタロッサの成長に伴い、モス自身も日々、その力を増している。その存在値はテスタロッサに申告していた〝１０７万９３９７〟を優に超え、今では百五十万に達していた。

しかもその手に持つのは、無数の円月輪《チャクラム》――無限円環《ループアニュラス》であった。

モスが進化すると同時に、無限円環《ループアニュラス》も神話級《ゴッズ》へと至っていた。その力までも完全に取り込んだ今のモスの存在値は、邪龍獣を凌駕する二百五十万に達していたのである。

そんなモスが本気を出したならば――

「死んじゃえよ――〝虚喰無限獄《インフィニットイーター》〟」

モスが技を発動させると同時に、彼の身体が揺らめいた。

透明化し、細分化し、邪龍獣を包み込んでいく。

「――グガッ!?」

感情のない眼でモスを見て、それから動けなくなっている自分自身に気付き、邪龍獣は命令を遂行出来ない事に困惑した。

が、それも僅かな時間だ。

モスの攻撃は、自分の肉体を媒体として発動させる暗黒魔法であり、ユニークスキル『採集者《カリトルモノ》』の効果も付与された技術《アーツ》としての特性も併せ持っているのである。そしてその効果は、自分と同等のエネルギーを吸収するというものだった。

つまりは、モスの魔素量《エネルギー》がそのまま攻撃力に換算されるようなもので、吸収したエネルギーを昇華しきるまで再使用は不可能という欠点はあるものの、現時点における最強の攻撃手段が〝虚喰無限獄《インフィニットイーター》〟なのだった。

これを使ったら当分役立たずになるのがわかりきっているので、混戦時には使えない。というか、使いどころがほとんどない上に扱いの難しい技なのだが、今回に限って言えばモスの圧勝を約束するものとなったのだ。

「相変わらずえぐい技だな。ウチの将兵が、どれだけ喰われた事か」

「弱いヤツにはあまり使わなかったよ。多分、急いでる時とかで、運が悪かったんじゃない？　そもそもさ、精神すら蝕《むしば》み悪魔まで屠れるような〝毒〟を使うヤツには言われたくないね」

「吐《ぬ》かせ」

と、貶し合っているようにしか見えない感じで、ダムラダとモスは互いの健闘を称え合ったのだった。

＊

こうして、モスも勝利した。

そして最後を飾るのは、さり気なくグランベルから剣を託されたヒナタである。

「師よ、これは……」

「貴様にくれてやる。ワシにとっては、もはや意味のない代物だからな」

そう言って、グランベルは真意の長剣《トルゥース》を、ヒナタへと譲ったのだ。

………

……

…

ここにいるグランベルは、実体を持つ虚構の存在に過ぎない。現に、ヒナタに譲ったばかりの剣も再現されて、その手に握られていた。

情報生命体《デジタルネイチャー》と同質の存在として、過去の英雄を召喚する権能。それこそが、マサユキが覚醒した究極能力《アルティメットスキル》『英雄之王《シンナルエイユウ》』の真骨頂であった。

ミニッツやカリギュリオが力を取り戻したのも、この権能の影響が及んでいたからだった。

そして、今回はというと。

マサユキの怒りが、無自覚にも『英魂道導《ハシャノヨルベ》』をより強力に発動させた。そして呼ばれたのが、最古にして最強の英雄であるルドラだったのだ。

タイミングも良かった。

偶然か、あるいはマサユキの幸運による必然であったのか……ミカエルの『並列存在』がクロエに敗北した事で、その依代となっていた肉体の情報が天へと帰る途中だった。それらも全てマサユキに呼ばれて、統合される結果となったのだ。

今のマサユキは、ルドラとしての自我の方が色濃く出ている存在になっているのである。

そしてルドラは、ヴェルグリンドの権能を我が物として、勝手に利用する事が出来た。

ヴェルグリンドの『並列存在』をベースにして『英魂道導《ハシャノヨルベ》』で召喚した英雄達に仮初の肉体を授けるという、非常識極まりない真似を行ったのである。

グランベルが新たに神話級《ゴッズ》の長剣を手にしたのも、ヴェルグリンドの権能を間借りして創り出した代物なのだった。

「また私の力を勝手に使ったわね？」

「悪いかよ？」

「いいえ、全然。私の全ては貴方のものよ、ルドラ」

と、バカップルぶりを遺憾なく発揮しつつ、やってる事は出鱈目であった。

対峙していたフェルドウェイが顔を引き攣らせたのもむべなるかな、バランスブレイカーここに極まれりなほどに非常識な権能が、マサユキの『英雄之王《シンナルエィユウ》』なのだった。

…………

……

…

「感謝せよ。それはそこにいるワシの師匠、ルドラ・ナスカより授かった神剣だからな。ナマクラと一緒にするなよ。そして、それを受け継ぐからには、貴様の実力を証明して見せよ」

と、グランベルがヒナタに命じる。

「私の――実力、ですか？」

「うむ。〝勇者〟が受け継ぐ剣を持つに相応しいかどうか、ワシが見極めてくれるわ」

戸惑うヒナタに、グランベルは鷹揚《おうよう》に頷いた。

そこまで言われては、ヒナタとしても後には退けない。そもそもが不退転の覚悟で人類の守り手を自称していただけに、ここで躊躇するような性格をしていないのだ。

「フッ、それなら御安心を。今の私なら、師匠にだって負けませんから」

「老骨にすら及ばなかった分際で、大言を吐くものよな。いいか、忘れるな。想いの強さが、自身を高めるのだ。勝利が大事なのではない。より良き結果こそが重要なのだと知れ」

自身の勝利よりも人類の未来の為に行動したグランベルの言葉だからこそ、重い。

ヒナタはそれを重々噛み締める。

「ええ、承知しています」

自身が抱いていた〝希望〟をクロエに託したように、グランベルはヒナタに自分の信念を託したのだ。

ヒナタはそれを受け止め、前を向いた。

その視線の先には、最後の一体となった邪龍獣がいる。

ヒナタは意識を集中させようとして、驚いた。

いつもより意識の切り替えがスムーズで、視れば視るほどに周囲の状況が脳内を埋め尽くしていく。それでありながら情報は整理され、邪龍獣の動きが手に取るように把握出来たのだ。

託された剣と意思、それがヒナタに変革をもたらしていた。

真意の長剣《トルゥース》はヒナタを自己の主と認め、その力を十全に解き放っていた。その結果、ヒナタの存在値が大幅に増す事になったのだ。

そして更に、グランベルの言葉がヒナタの悩みを洗い流す。

グランベルは言ったのだ――『いまだ〝勇者〟になっておらぬとは、嘆かわしい』――と。

それは逆説的に、ヒナタならば〝勇者〟になれるという宣言であった。

（ならば、その期待に応えなければ）

誰よりも厳しかった師匠がヒナタを認めてくれたのだ。気分も高揚するというものだった。

「一瞬で終わらせてあげるわ」

と、邪龍獣に最後の別れを告げて。

「――真意霊覇斬《トルゥースラッシュ》ッ!!」

相手に斬られた事すら悟らせなかった。

邪龍獣の身体に、無数の斬線が浮かび上がり――その瞬間、ヒナタと視線が交差する。

「ビナ……ダ……ダズケ――」

何かを言いかける邪龍獣だが、それは言葉にならなかった。

最後まで言い終える前に、その身体は細切れになって崩壊したのだ。

もしかしたら、ライナーの意識の残滓がヒナタに助けを求めたのかも知れなかったが、この段階まで人としての本質を失ってしまっていたら、救う手立てなど何もないのだ。

それはライナーの自業自得であったのだが――

「オヤスミなさい。良い夢を」

――と、ヒナタは手向けの言葉を投げかけた。

色々とあってライナーを好きにはなれないし、とうていその所業を許せそうにもないけれど、せめて死後は安らかにと、そう願って。

　こうしてヒナタの勝利も確定し、邪龍獣は全滅したのである。


　勝利したヒナタを、グランベルが拍手で出迎える。

「見事だ」

「いいえ、師匠が剣を貸して下さったからです」

　そう言って真意の長剣《トルゥース》を返そうとするヒナタを、グランベルが制した。

「それはもう、お前のものだ。ワシは既に死んでいる。ここにいるワシは、記憶までも完全再現された偽物に過ぎないのだよ」

「そんな……」

　とてもそうは見えないが、それが事実であるとヒナタも悟っている。

「我が師の〝魂〟を受け継ぐ少年は、とんでもない権能を生み出したものよ」

　そう言って、グランベルは笑みを浮かべた。

　ヒナタも同感だ。

　これは死者蘇生ではないが、下手をすればそれ以上に恐るべき権能であった。今は過去の存在となった英雄達を、最盛期の姿で再現出来るなどと……。

　マサユキとかかわりのある者に限定されるのだとしても、とんでもない話である。しかもそれは、もしかすると関係のなかった者まで呼び出せる可能性が濃厚だった。

　少なくとも、グランベルとマサユキには面識がない。それでも召喚可能だったのは、マサユキの前世だという〝勇者〟ルドラが、グランベルの師匠だったという縁があったからだ。

　ヒナタでさえ今初めて聞いたような話であり、マサユキは何も知らないはずである。そもそも、何名まで同時に召喚可能なのかも不明であり、底知れぬ権能であると言わざるを得なかった。

　そんなマサユキの権能でここに立つグランベルが、この世に残していく剣に未練がないのは当然なのかも知れない。けれどヒナタは、自分がそれを持つに相応しいという自信がなかったのだ。

「師匠が幻の存在であるというのは理解しましたが、それとこれとは話が別です。結局、私は〝勇者〟にはなれませんでした。私の資格はクロエに引き継がれましたし、残念ながら覚醒するはずがないのです――」

ヒナタが宿した〝勇者の卵〟は、クロエに渡って最強の〝勇者〟を誕生させた。だから今のヒナタが覚醒するはずもなく、グランベルの期待には応えられなかったのである。

そうと知りつつも、ヒナタは今の自分をグランベルに誇示したのだ。

そこには、失望されても構わないという、ヒナタの強い意思が垣間見えている。自分には何ら恥じるべき点はないのだと、師であるグランベルに宣言して見せたのだ。

そんなヒナタを、グランベルが笑う。

「果たして、そうかな？」

「――え？」

「ワシが呼ばれたのは我が師ルドラの意思であったが、必然だったのだろうて。貴様にもワシの意思を託せなかったと、〝約束の場所〟で思い出したからな。マリアからも怒られたよ」

その会話自体、偽物が語る幻想である。

そのはずなのに、それはやけに具体的で生々しかった。

そしてヒナタは、グランベルの言葉の意味を知る。

「――なっ⁉　この〝力〟は――」

グランベルが宿していた〝勇者〟の資格――勝利を導く光の聖霊が、真意の長剣《トゥルース》と共にヒナタへと譲り渡されていたのだった。

「ワシの役割はここまでだな。後はヒナタよ、貴様に任せたぞ」

グランベルはそう言って、生前では見せた事のないような爽やかな笑みを浮かべた。

ヒナタは、その笑顔に誓う。

「師よ、御安心を。全力を尽くします」

「ならば、よし！」

グランベルはそう言って、小さく微笑んだ。そして、用事は終わったとばかりに、ヒナタに背を向けたのだ。

＊

マサユキに向かって歩き出したグランベルに、ダムラダが並んだ。

「グランよ、心残りは消えたか？」

「ああ。貴様もルドラに文句が言えたようだな」

「フッ、相変わらず聞く耳なんざ持ってなかったがな」

「あの方らしいじゃないか」

「ああ、まったくだ」

そんな軽口を叩き合う二人は、とても仲が良さそうだ。

それが生前の、大昔にあった本来の姿だったのだろうと思わせるほどに。

いいや、それが真実だったのだ。

グランベルはルドラに師事し、そして西方を纏め上げるべく袂を分かった。

西側統一が成った後、ルドラの下に帰参する予定だったのだが……。

数多の国家を牛耳る権力の怪物達との権謀術数は、グランベルを大いに疲弊させた。仮想敵として定めていた帝国が、いつしか本当の脅威としてグランベルの頭を悩ませるようになるほどに。

そうしていつしか狂気に囚われ、友であったダムラダとも互いが互いを化かし合う表面だけの付き合いになってしまい……今日へと至った訳だ。

そうしたわだかまりも、もう関係ない。

昔のように、ただ笑って語り合えていた。

間違いなく、ただの幻影に出来る芸当ではなかった。

そんな二人を、ルドラが待ち受ける。

「おいおい、本人を前にして悪口を言うとは、テメエら、覚悟は出来てんだろうな？」

「フッ、褒めてたんですよ」

「そうそう。俺達はお前がいなきゃ、何も出来ないってな」

「チッ、吐かしやがるぜ。まあ、いいけどよ。これからは俺様の出番だから、次に呼ぶまで休んでな」

ルドラが笑う。

それにつられるようにグランベルとダムラダも笑い返し、そして消えた。自分達の出番は終わりだとばかりに、満足して去って行ったのだ。

後を任されたルドラは、二人からの信頼を平然と受け止める。

「ルドラ、大丈夫なの？」

そう心配するヴェルグリンドに笑いかけ、その腰を抱き寄せ軽く口づけまで行って見せた。

「もう、そんな場合じゃないでしょうに」

「ふふ、終わったら消えちまうからな。先に御褒美を貰っただけさ」

ヴェルグリンドは恍惚として、ルドラを見詰めた。

純朴なマサユキも初々しくて大好きだが、かつて愛した男そのままのルドラは別格なのだ。

いつの日か、マサユキはルドラそのものになる。そう信じていたヴェルグリンドだが、まさかその夢が本当になるとは思っていなかった。


矛盾しているが、それが本音だったのだ。

どんなルドラでも愛せるからこそ、オリジナルは最高で——そんなルドラを再現して見せたマサユキは、ヴェルグリンドにとっては至高の存在となったのである。

もはや、〝愛〟という言葉では足りないほどに。

「私はマサユキを愛しているわ。貴方ごとね、ルドラ」

「知ってる。それと、その言葉は俺じゃなく、マサユキ本人に言ってやんな」

「でも、あの子、照れるもの」

「内心じゃ喜んでるさ。俺様《ほんにん》が言ってるんだから、間違いないね」

そう、その言葉もまた真実であった。

今のルドラは幻影ではなく、ルドラの記憶を宿したマサユキ本人なのだから。

そしてルドラは、照れ隠しするようにフェルドウェイへと向き直る。

「さて、待たせたなフェルドウェイ」

「……どうやら、本物だったようだな。この世の法則すら無視して、〝死〟を超克したとでもほざくつもりか？」

「いいや。俺は死んだままだし、黄泉《よみ》がえりは有り得ない。けどな、愛する女を泣かせるヤツは、あの世からでも殴れるのさ」

「ふざけるな」

「本気《マジ》だぜ？　ま、俺ってまだ、あの世には行っちゃいないんだけどな」

おどけて言っているが、このルドラの発言はかなり真実を突いていた。

だからこうしてマサユキに宿っている訳で、ミカエルの本体が受肉したままである以上、全ての記憶が再現されている訳でもないのである。

マサユキの権能の効果が切れると同時に、ルドラの〝人格〟は消えるだろう。しかしその記憶と経験は、マサユキの心に蓄積されて残るのである。

それはつまり、これからもルドラが顕現出来るという意味であった。それを教えてやるほどお人好しではないが、別段隠す気もないルドラなのだ。


「さて、と」

そう呟き、ルドラはヴェガをチラッと見た。

そして、テスタロッサとヒナタに向けて、当たり前の顔をして命令する。

「おう、お前ら。そっちの雑魚は任せたぜ」

当然、二人は反発した。

「偉そうに……」

「同感ね」

が、ここはルドラに従うのが得策であり、それが理解出来ないほど二人は愚かではないのだ。

だから余計に質が悪いと感じる訳だが、この場は大人しく従う道を選択する事になる。

「共同戦線といきましょうか、ヒナタ殿」

「そうね、テスタロッサさん。貴女がパートナーだと、不安がなくて助かるわ」

「フフフ、わたくしもですわ」

こうして、即席のコンビが結成され、ヴェガを相手取る事となったのだ。

ヴェガ対、テスタロッサ＆ヒナタ。

そして――

フェルドウェイ対ルドラ。

王都での最終決戦が幕を開けたのである。

＊

ヴェガを前に、二人の美女が立つ。

テスタロッサは嫣然と微笑み、ヒナタは冷笑を浮かべていた。

「わたくしがトドメを刺すから、しばらくの間、貴女が相手をしてあげてくださる？」

「ええ、いいわよ。どうやら剣で殺すのは難しいみたいだし、広範囲殲滅《せんめつ》魔法は王都では使えないし、役割分担でいきましょう」

頭の切れる者同士、話が纏まるのもスムーズだ。

テスタロッサは後ろに下がり、ヴェガが発動させている権能の影響範囲を探り始める。戦闘しながらだと疎かになりがちだったが、今度は本気で仕留めにかかるべく、念入りに探知魔法を発動させていった。


そして、ヴェガの前にはヒナタが立った。

「おうおう、ダムラダの旦那やもう一人の野郎はどうした？」

「帰ったわよ」

「ふーん、そうかい。多少やるようだったが、ま、俺の敵じゃあねえ。テメエもだぜ。俺様の邪龍獣《ペット》を倒せたくらいで調子に乗っちまったようだが、現実を教えてやんよ」

ヴェガがヒナタに凄んで見せる。

ダムラダは元同僚として、かなりの実力者だと感じていた。しかし、今のヴェガなら敵ではないと考えており、そこまでの脅威とは看做《みな》していない。

それでも、あのクラスの強者に群れられたらうっとうしいと感じていただけに、帰ったというヒナタの言葉は素直に嬉しいものだった。

まあ、面倒が減った、という程度のものなのだが。

「さあ、どうかしらね？　私を甘く見ていると、後悔する事になるわよ」

流石のヒナタも、ヴェガがとんでもない強者であると見抜いている。いつもなら上から目線で煽るのだが、今のヒナタがそんな発言をしても滑稽だと理解していた。

ここは素直に、勝って実力を示すのが正解なのだ。

そうしたやり取りを終えるなり、ヴェガが動いた。

大幅に増した力と速度に物を言わせて、真正面からヒナタをねじ伏せるという選択をしたのだ。

ヴェガの剛腕は、触れてもいないのに衝撃波で物体を破壊する。蹴りも同様。全身が戦略兵器をも凌ぐ破壊の化身となっており、尋常ではない被害を周囲にもたらしていた。

〝万物隔離結界《マテリアルエリア》〟がなければ、王都は数分で灰燼《かいじん》に帰していたに違いない。そんな暴威に晒されたヒナタは、普通に考えれば大ピンチであるはずだった。

実際、ヒナタの存在値も大幅に増しているが、ヴェガの上昇率はそれ以上だった。十倍以上も差がある相手であり、究極能力《アルティメットスキル》まで所有しているのである。

グランベルのお陰で〝勇者〟として覚醒出来たとは言え、ヒナタにとってヴェガは、余りにも危険過ぎる相手であった。

それなのに、ヒナタに動揺はなかった。

（不思議ね。まるで怖くない。しかも、何故か攻撃の流れが読めるのよね――）

それは、リムルが習得していた『未来攻撃予測』よりも正確で――もはや、『未来予知』と称されるほどの精度となっていたのだ。

それもそのはず、今のヒナタの能力《スキル》は――

《確認しました。ユニークスキル『数学者《カワラヌモノ》』が究極能力《アルティメットスキル》『数奇之王《フォルトゥーナ》』へと進化……成功しました》

ヒナタ自身の進化に伴って、究極の領域へと至っていたのである。

この『数奇之王《フォルトゥーナ》』には、『思考加速・万能感知・神聖覇気・時空間操作・多次元結界・森羅万象・演算領域・仮想世界』という権能が含まれていた。

ヒナタはこれらを駆使する事で、ほぼ完全なる『未来予知』を体現していたのである。

グランベルの剣技――〝真意霊覇斬《トルゥースラッシュ》〟を習得出来たのも、この権能があったればこそだ。

ヒナタはユニークスキル『簒奪者《コエルモノ》』を失っていたが、それを必要としないほどの才能で『数奇之王《フォルトゥーナ》』を我が物としたのだった。

ヴェガが分身や腕の分岐、トリッキーな攻撃の数々を仕掛けても、ヒナタはその全てを見切って見せた。自身の数倍の速度が相手でも、危なげなく翻弄してのけたのだ。

「クソが、ちょこまかとよ！」

ヴェガの放つ衝撃波がいかに凄まじくとも、〝勇者〟として完全なる精神生命体化出来るようになった今のヒナタには、直撃しなければ大きなダメージとはならない。無論、全身を神話級《ゴッズ》で固めているヴェガの攻撃ならば、たったの一撃でヒナタを死に至らしめる事が出来るかも知れなかった。しかし、今のヒナタは真意の長剣《トルゥース》を手にしているのである。

今までならば武器性能の差を考慮して、まともに受け流す事すら困難であったが、真意の長剣《トルゥース》ならばその心配はなかった。ヒナタの演算――『未来予知』と合わされば、ヴェガの攻撃を正面から受け流す事も可能となったのである。

まあ、力の差が大き過ぎるので角度を調整する必要などはあったが、ヒナタの技量《レベル》をもってすれば容易い事なのだった。

「当たらないわね？」

「ちくしょうが！　だがよ、テメエだって俺様に届く攻撃手段を持ち合わせちゃいねーだろうがッ!!」

ヴェガが負け惜しみを叫ぶがその通りであった。

だが、それを恥じる必要などヒナタにはない。

何しろその為に、テスタロッサが控えているのだから。

「優秀な前衛がいると、とても助かりますわね。準備が整ったわよ」

「それじゃあ、お願いするわ」

「ええ。懺悔《ざんげ》は必要ないから、煉獄に落ちなさいな」

ヴェガはその生存本能で、ヤバイ気配を感じ取った。

「ふざけるな！　ま、待て！　待ちやが――」

ヴェガの命乞いに耳を貸すテスタロッサではない。

「――〝白閃滅炎覇《ホワイトフレア》〟――」

テスタロッサが自身の究極能力《アルティメットスキル》『死界之王《ベリアル》』で創造した、究極の対人魔法――それが〝白閃滅炎覇《ホワイトフレア》〟だ。

命を蝕み、刈り尽くす。対象と定められた者には逃れる術はなく、その身を白い炎に焼き尽くされて、地獄に落とされる事になる。

周囲への被害はまったくないのに、その威力――熱量は核撃魔法を軽く凌駕するという、恐るべき魔法なのだった。

これを喰らってはひとたまりもなく、ヴェガは一瞬にして焼き尽くされる。

――が、テスタロッサの表情は暗かった。

「――最悪。どうやらわたくし、しくじったみたい」

重々しく、そう呟いたのだ。

それを聞きとがめて、ヒナタが問う。

「それはどういう意味？」

「あの愚者の〝魂〟を刈り取れなかったのよ。他の者ならともかく、わたくしの目は誤魔化せないわね」

ヴェガが死んだ時、テスタロッサは大質量の〝魂〟を手に入れている。しかしそれからは、ヴェガのものと思わしき匂いがしなかったのだという。

ヒナタは思った。

（あの魔法は恐るべき性質のものだった。私でも、耐えるのは厳しいと思うわね。それなのに逃げられるものかしら？）

自分ならまず間違いなく、魔法が発動した瞬間に敗北が確定するだろう。そう断じるヒナタだったが、ヴェガの態度を思い出して持論を引っ込める。

「――有り得るというか、ほぼ確実に逃げられたみたいね」

「貴女もそう思う？」

「ええ。だってあの男、どうも演技してる感じだったもの」

「そうね。あの命乞いも、必死さと卑屈さが足りなかったわね」

テスタロッサはモスからの報告でも、ヴェガという男の卑劣っぷりを散々聞かされていた。自分が不利とわかれば、直ぐにイモを引くチキン野郎だ、と。

そんな男が、最後まで上から目線を止めなかった時点で、自分が死ぬとは考えていなかったのだろうと断言出来た。

「最悪だわ。恥ずかしくて、リムル様に顔向けできそうもないわね……」

自分のミスで羞恥に悶えるテスタロッサ。

そして、ヒナタも。

「ああ、話を聞いて嬉しそうにする、リムルの顔が目に浮かぶわね。どうもアイツ、私が失敗するととても喜ぶのよね……」

と、こちらはこちらで頭を抱える。

自分は常に正しい——みたいな顔をして出会ったばかりに、リムルはヒナタが困っていると大いに喜ぶのだ。

そういうところが憎たらしくもあり、頼ると喜んでくれるのが嬉しくもあり、複雑な心境になるヒナタなのだった。


そんな女傑達の会話を聞いていたモスは、空気のように沈黙に徹しつつ思う。

これ、僕がやったら三百年くらい、ネチネチといじられるヤツだ——と。

敵を逃がしてしまいました——などと、恐ろしくて報告出来たものではないのである。

が、ここで上司のミスを指摘するほど、モスは愚か者ではなかった。

そんな真似をすれば、どうして見張っていなかったのかと責任転嫁されてしまうと、心の底から理解していたからだ。

（あーあ、他の幹部の方々から責められでもしたら、テスタロッサ様が荒れるだろうな……）

当分の間は上司が不機嫌になるだろうと予想し、憂鬱になるモスである。

せめてその矛先が自分に向かぬようにと、密かにそう願うのであった。

ルドラは悠然と、皇帝服の上衣を脱いでヴェルグリンドに預けた。

シャツ姿となり、フェルドウェイを見据える。

「来いよ、〝地神《デーヴァ》〟――」

その呼びかけに応えるのは、〝勇者〟時代にルドラが愛用していた剣である。

ルドラが友にして師であったヴェルダナーヴァから授けられた、神代の宝剣であった。

その等級は、神話級《ゴッズ》の中でも最上位に位置する。〝天魔《アスラ》〟と〝地神《デーヴァ》〟は対となっており、これを超えるモノなしと自慢出来る最強の剣なのだ。

ギィが譲り受け後にミリムの手に渡った〝天魔《アスラ》〟が長大で婉曲した片刃の剣であるのに対し、〝地神《デーヴァ》〟は普通サイズの両刃剣だ。使い勝手の良さから、ルドラとの相性は抜群なのだった。

フェルドウェイは目を細める。

「その剣は、ヴェルダナーヴァ様の……」

「そうとも。俺が貰ったのさ」

「……赦せないな。たかが人間如きには勿体ない貴重な品なのだぞ」

「知った事かよ」

ふてぶてしく応じながら、ルドラはフェルドウェイに向かって歩き出した。

心配そうに見守るヴェルグリンドだが、邪魔しようとは思わない。ルドラを信じているからだ。

「さて、お前って相変わらず臆病だよな。全力で雌雄を決したりとか、絶対にしないタイプだったもんな」

「それが何だと言うのだ？　長たる者、誰よりも生き延びねばならない。貴様とて重々承知している事だろうが」

「まあな。しかしそのせいで、勝てる戦も勝機を見逃してたんじゃあ、本末転倒ってもんだろ？」

「フッ、何を――」

「感謝してるんだよ。お前が『正義之王《ミカエル》』に頼らず、自分の力だけでグリュンと戦っていたら、アイツはもっと大怪我を負ってただろうからな」

「……」

「だが、テメエがアイツを傷付けたのは許さん。覚悟しやがれ！」

そう言い終えた時点で、ルドラはフェルドウェイと間近に接していた。そのまま無造作に、剣を振る。

これを受け止めるフェルドウェイ。

その剣もまた、ルドラやギィと同じようにフェルドウェイがヴェルダナーヴァより授かった〝虚空《アーク》〟という名の逸品だ。

剣の格は同じ。後は、技量《レベル》が勝負をわける。

足の踏み込みで地面が砕け、空を駆ける衝撃で大気さえも割れた。剣がぶつかり合う衝撃は凄まじく、空気が燃える臭いが周囲を満たす。

「凄まじいわね……」

と、もはや観客の一人となったヒナタが呟いた。

ヒナタの師であるグランベルが師匠と敬うだけあって、ルドラの力は本物だった。マサユキという脆弱な肉体に宿っているにもかかわらず、その力はフェルドウェイと拮抗したものだったのである。

いや、それ以上だった。

数合の打ち合いの後、劣勢に立たされたのはフェルドウェイだったのだ。

「弱いな、テメエは」

「舐めるなよ、ルドラァ!!」

「フッ、権能に頼り過ぎるからそうなるのさ。俺の真似をしようとしたんだろうが、そんなに甘くないんだよ」

そう言い捨てたルドラの剣が、フェルドウェイの剣を弾き飛ばした。

そこにあったのは、圧倒的なまでの実力差だったのだ。

「究極能力《アルティメットスキル》『正義之王《ミカエル》』は、本当の意味での完全防御を実現してる。ずっと使ってた俺様が言うんだから、これは間違いない」

「……」

「ただし、それを発動させている最中は、一切の攻撃手段が取れなくなるよな？　魔法もダメ、他の権能もダメ、闘気《オーラ》を飛ばしたりも出来ない。だがな——」

抜け道が存在する。

闘気《オーラ》を飛ばすのは無理でも、覇気による圧倒は有効だった。それに、こちらが本命なのだが、手で持った武器による攻撃は問題なく可能だったのだ。

ルドラはこれに熟達していた。

極めた技量で、『斬撃の瞬間だけ〝王宮城塞《キャッスルガード》〟を解除し、闘気を通して威力を増す』といった変則技まで実現していたのである。

「お前はそれを知っていたから、自分が一方的な立場にいると勘違いしたようだがな、それは俺様だったから成立した戦法なのさ。剣の腕前が最強でなければ、こうして簡単に攻撃手段を失っちまうんだからな」

その言葉が正鵠を射ていた。

ルドラの側近として仕えていた経験もあるだけに、フェルドウェイはその事を知っていたのだ。

故に、究極能力《アルティメットスキル》『正義之王《ミカエル》』を獲得した時点で、その技を再現しようと努力していたのだが、それはそう簡単な事ではなかった。

ルドラとて一朝一夕で身に付けた技ではなく、何度も何度も師匠であるヴェルダナーヴァに打ち据えられながら習得した戦闘方法だったのだから、真似出来ているだけでも大したものなのだ。

それに、剣技で負けたところで〝王宮城塞《キャッスルガード》〟が破られた訳ではない。

いまだにフェルドウェイは無傷であり、総体的優位性を失った訳ではないのである。

「——なるほど、貴様の言い分を認めよう。だがな、それで勝ったとは思わぬ事だ」

フェルドウェイは傲慢にもそう告げた。

自分の防御に絶対の自信があるからこそ、敗北はないと考えている。しかし、そんなフェルドウェイを嘲笑うように、ルドラが答えるのだ。

「お前さあ、俺を本気で舐めてるんだな。俺がヴェルダナーヴァから『正義之王《ミカエル》』を託されて、一体どれだけの年月を共にしたと思ってるんだ？」

「何が言いたい？」

「その攻略方法を考えなかったとでも思ってんのか、

って聞いてんのさ」

「馬鹿め。天使系、否、全ての究極能力《アルティメットスキル》の中でも最強の権能を、破る手立てがあるとでも？　私にはハッタリなど通じないぞ」

そう言われても、ルドラは鼻で笑うのみ。

そして、目を細めて剣をフェルドウェイへと突き付けた。

「教えてやるよ。俺が得たのは『誓約之王《ウリエル》』だったんだが、コイツの特性は何だと思う？」

「ただの管理を目的とした権能だな。ヴェルダナーヴァ様が数多の権能を創り出す上で、『誓約之王《ウリエル》』を用いて把握なされていたのだ」

ルドラから問われて、フェルドウェイが答えた。

それは正解ではあったが、全ての真実を言い表すものではなかった。

「それだけじゃないんだな。知ってるかも知れねーが、『誓約之王《ウリエル》』には民の声を聞くって作用もあったのさ。民っつーか、ヴェルダナーヴァと関係のある者達からの声、だな。それは、希望への願いであったり、救いを求める祈りであったり、まあ、様々な願望な訳だが、俺が得た時もその権能は失われちゃいなかった」

「……だから何だと言うのだ」

「似てるだろ？　お前が今使ってる『正義之王《ミカエル》』の権能と」

所有者への忠誠心がある限り、〝王宮城塞《キャッスルガード》〟は無敵。それはつまり、自分に連なる者達の〝声〟を聞くという意味では、『誓約之王《ウリエル》』と『正義之王《ミカエル》』は似たような権能であると言い表す事が出来るのだ。

「ちなみにさ、『誓約之王《ウリエル》』にも『無限牢獄《インフィニティプリズン》』を応用した『絶対防御《アブソリュートガード》』っていう、肝心な時には破られちまう権能があるんだがよ、これはまあ本当にお粗末なもんだったんだけどな、コイツを転用して編み出した攻撃手段は、これはもう、自画自賛になるがかなりのもんだったんだ」

そう告げて、ルドラはニヤリと笑う。

手に持つ〝地神《デーヴァ》〟を軽く振り、その刀身に光を纏わせた。

「〝視〟えるよな」

「むう……」

その光を見て、フェルドウェイは顔色を変えた。

自身が纏っている〝王宮城塞《キャッスルガード》〟と同じ性質だと、一目見て悟ったからだ。

「俺様を信じる者の数だけ、〝力〟が増すんだ。テメエの信者は何人だ？　俺様にはな、億を超える人民が期待を寄せてくれてるんだぜ！」

ルドラの言葉は真実だ。

フェルドウェイを信じる部下は、総勢でも百万に満たない。それも大きく数を減らして、今では三十万も残っていないと思われる。

それに対してルドラを信じる者は、帝国の臣民だけでも八億に達するほどだった。

ここイングラシアの王都だけでも、数百万の民衆がルドラに希望を託していた。それは、実際にはマサユキへの想いであるのだが、両者は同一人物なので何の問題もなく受け入れられるのである。

ルドラとフェルドウェイ、両雄を支える絶対数には、大きな隔たりが存在したのだ。そうと理解して、フェルドウェイが悔し気に顔を歪めた。

「これこそが、俺様を信じる者達の意思を束ねて放つ必殺の一撃――『絶対切断《アブソリュートエンド》』だぜ!!」

危険だ――と、フェルドウェイも察する。

「ふざけるなッ!!　どうして貴様が『誓約之王《ウリエル》』の権能を使えるんだ!?　アレは今も行方不明で――」

ヴェルダナーヴァが死んだ時、『誓約之王《ウリエル》』も失われたはずだった。それなのに、ルドラが当たり前の顔をしてそれを使っている。

断じて認められない事態だった。

「お前、注意力がねーな。それを言うなら、グランのヤツも『希望之王《サリエル》』を使ってただろうに」

実に呆れたとばかりに、ルドラが教え諭す。

マサユキの『英雄之王《シンナルエイユウ》』は、消え去った権能までも再現出来るのだ、と。それを教えたところでどうという事もないとばかりに、ルドラは高らかに笑うのである。

「ホント、駆け引きが嫌いなヒトだわ」

と、ヴェルグリンドも呆れているのだが、それ以上にルドラの勇姿に惚れ惚れとしていて、結局のところ、ルドラの妹ルシア以外には誰も注意する者はいない。それが在りし日に繰り返されていた光景であり、今も正確に再現されていた。

「ならば貴様は——ッ」

「そうさ。今の俺は『正義之王《ミカエル》』だって使えるんだがよ、ここでテメエに引導を渡すのは、最強の攻撃力を誇る『誓約之王《ウリエル》』だぜ」

「チィ——ッ!?」

フェルドウェイは全力で警戒し、〝王宮城塞《キャッスルガード》〟だけではなく自身の持つ全ての『結界』まで総動員して防御態勢を整えた。

そして、その直後——

「待ってやったんだ。どれだけ耐えられるか、根性見せてみろや!!」

というルドラの声とともに、究極の一撃が放たれた。

「通用するものかよ、ルドラァ——ッ!!」

「——星王竜閃覇《ノヴァブレイク》」

交差は一瞬。

その場に恐るべき破壊の暴威が吹き荒れた。〝万物隔離結界《マテリアルエリア》〟など何の意味もなかった。ヴェルグリンドが衝撃波の本流を封じ込め、上空へ流したというのに、余波を受けただけで砕け散っている。

剣技で生じる威力では断じてないのだが、これこそがルドラのルドラたる所以《ゆえん》なのだ。

理不尽なまでの強さ、それがギィと渡り合える〝始まりの勇者〟の実力なのだった。

そして当然、倒れたのはフェルドウェイだ。

「ま、妥当な結果だな」

ルドラが爽やかに笑い、右手を空へと掲げて見せる。

それは紛れもない、勝利の宣言なのだった。

＊

膝をつき、吐血するフェルドウェイ。

その血は深紅で、真っ白い神衣を染め上げる。

「バ、バカな、この私が……」

「驕ったな、フェルドウェイ。昔っからそうだったが、テメエは何でも自分が一番じゃねーと気が済まなかったもんな。だから本質を見失うのさ」

「吐かせ……抜け殻となっていた貴様などに、どうこう言われる筋合いはないわ！」

「ごもっとも。だからこそ、わかる話もあるんだがな」

勝者と敗者は無言となり、しばしの間睨み合った。

次に動いたのはフェルドウェイだ。

「――次はない。今日の敗北が最後だ」

そう言って、今受けた怪我など最初からなかったかのように、平然と立ち上がった。

その服に咲く紅の花がなければ、ルドラの剣を受けたのが幻だったのかと錯覚しそうなほどであった。

「頑固なのも相変わらずだな。ま、何度来ても俺が勝つから、好きにしな」

両者の間にもう一度視線が交わされ、そして離れた。

フェルドウェイはルドラに背を向け、離れて待機させていたマイに命じて『瞬間移動』でその場から消え去ったのだった。

〝万物隔離結界《マテリアルエリア》〟だけでなく王都の『結界』まで破壊されていたので、逃亡阻止は不可能だった。

しかしながら、追わなくて正解である。

手負いながらもフェルドウェイは、まだまだ余力を残していたからだ。

ルドラに敗北したせいで精神的に追い詰められはしたが、戦闘能力はまだまだ十分であった。無敵を誇っていた〝王宮城塞《キャッスルガード》〟が破られたのでなければ、こうもアッサリと逃亡を選択しなかったのだ。

フェルドウェイは今日の屈辱を忘れぬように、ルドラへの復讐を誓ったのだった。


さて、勝利したルドラはと言うと――

「流石ね、ルドラ！」

と、ヴェルグリンドの胸に顔を押し付けられ、満更でもない様子であった。

いや、よく見ると違った。

赤面して、目を白黒させている。

それはもうルドラではなく――マサユキに戻っていたのだ。

〝星王竜閃覇《ノヴァブレイク》〟を放った時点で〝魂〟の力を使い切り、ルドラの人格を維持するのも困難となっていた。フェルドウェイを見逃したのもそのせいだったのだ。

むしろ、フェルドウェイが去るまで、根性でルドラの人格を維持していただけだったのである。

ヴェルグリンドから解放されたマサユキに向かって、ヒナタが歩み寄って来た。

「初めまして、初代様。私は坂口日向《ヒナタ・サカグチ》と申します。去られる前に、一言でも御挨拶をと思いまして――」

というふうにヒナタが挨拶をしている途中から、民衆の騒めく声が聞こえ始めていた。

ルドラの強さを見て、マサユキが本気を出したと興奮しているのだ。

それは勘違いなのだが、事情を知らぬ者達にとっては真実となる。戦闘が終わった気配を察して、地上に駆け出して来ていた。

そうした者達は一定の距離まで迫ると、マサユキを取り囲むように円陣を形成していった。ミニッツ達が先行して、民衆を押し留めた結果だった。


「――っぱ、マサユキさんかっけーわ！」

「初めて見たぜ！〝閃光〟の本気をよ」

「ああ。何が何だかサッパリだったが、凄まじいというのだけは伝わってきたぜ！」

というふうに、自然とマサユキの手柄が増えて行く。

ライナー達が映像を見られるようにしていたせいもあり、王都の民にも一部始終を目撃した者が多数いたのである。

（違うんだ、それ、僕じゃないんですよ！）

いや、僕なんだけど――と、マサユキの内心は荒れに荒れていた。が、そこは持ち前のスルースキルを発動させて、当然ですけど何か？という表情を取り繕う事に成功する。

一体どうしてこんな事に？というのが、現在のマサユキの偽らざる心境であった。

マサユキからすれば、全てはルドラが勝手にやってくれた事、なのである。凄い凄いと言われても、まるで実感が湧いてこないのだ。

他人事のようにしか思えず、素直に称賛を受け取れないのだが、民衆にはそんなマサユキの気持ちは伝わらない。

「お疲れ様。恰好良かったわよ、マサユキ」

漆黒に金刺繍という皇帝衣をヴェルグリンドから手渡されて、それを着ながら頭を働かせるマサユキ。民衆の視線を一身に浴びてこそばゆいが、どうもそれだけではなくヤバそうな気配も漂っていた。

具体的に言うと、王都の騎士団がやって来たのである。

（うわ、何だか面倒な事になりそう……）

マサユキの護衛として、ミニッツが折衝役となっている。皇帝陛下に謁見を希望するなら、先ずはこちらに話を通せと断っているようだ。

頼もしいなと思いつつ聞いていたが、会話内容がとても不穏だった。

王が暗殺されたとか聞こえたが、マサユキには何の関係もないはずなのだ。それなのに、重要参考人がどうとか聞こえてきて、マサユキの心臓はドキドキと音を立てっぱなしだった。


色々と修羅場を潜り抜け、今ではどんな困難も自然に受け止められるようになった——なんて思っていたが、それは言い過ぎだったなと自覚するマサユキ。

人前に立つ緊張には慣れてきたものの、マサユキはいまだに小心者なのだ。

まして、殺人容疑とか勘弁してよと思うワケで……。

「ごめんなさい。どうやら君を、こちらの事情に巻き込んでしまったみたいね」

と、ルドラからマサユキに戻っている事に気付いたヒナタが、そっと謝罪の言葉を口にした。

「えっと？」

「ライナーがエーギル国王を弑逆《しぎゃく》して、その罪を私になすりつけたのよ」

嘘でしょ、とマサユキは思った。

（メチャメチャ大事件じゃん、それ！）

そんな事件に巻き込まれて、ハイそうですかと納得するのは難しい。だが、今から関係ないフリをするのも不可能だった。

文句を言いたくても言う相手がいない。

何しろ、この場で一番偉いのがマサユキだからだ。

仕方なく、マサユキは事態を収拾する事にした。

大歓声が沸き起こる中、マサユキは一歩前に出る。

そして、常に練習している通りに首を斜めに傾げて、視線を下に向けた。

二秒ほどタメをつくり、おもむろに顔を正面に向けて、民衆へと視線を合わせていく。

それだけで、民衆の興奮度が高まったのが伝わってくる。恐ろしいまでに効果的であった。

（流石は、リムルさんが教えてくれた通りだよそう。

今のマサユキの仕草は、リムルの指導――というか、シエルによるプロデュースに基づいて練習した成果であった。

民衆の心をつかむべく計算され尽くした仕草をプラスした事で、能力《スキル》の効果が増大したのである。まして今は『英雄之王《シンナルエイユウ》』へと進化しているので、その効果は絶大だった。

「みなさん、落ち着いて下さい。冷静に、そして僕に、何があったのか教えて欲しい――」

と、マサユキが静かに語りだすと、興奮していた民衆が一斉に静まり返ったのである。

静かに、波が引くように、この場が静寂に包まれた。

想像以上の影響力に、マサユキは内心で恐れおののく。

少しの演技指導を受けただけで、この効果だ。

もう笑うしかない現状に、マサユキは開き直って演技を続けるのである。

（ええと、慌てずにゆっくりと。多少どもったり噛んだりしても、補正があるから心配するな！　だったっけ）

帝国皇帝になると決めてから、リムルには何度も相談に乗ってもらった。他にもマサユキを支えてくれる者は多くいて、今ではそれなりに演じられるようになっている。マサユキが本当は緊張しているなど、熱い視線を向けている人々は思いもしない事だろう。

「皆さん！　何が正しく、何が間違っているのか。この光景を見れば、一目瞭然だと思う。賢明なる皆さんなら、僕が何も言わなくても正しい答えに気付いている事でしょう。どうか、その答えを信じて欲しい。そして僕も、そんな皆さんを信じたい!!」

自分で言うのもアレだが、何の説明にもなってないなと思うマサユキだ。しかしそれでも、かなりの効果があると確信していた。

だってそれが、マサユキの『英雄之王《シンナルエイユウ》』の効果だから。

何が正解かはわからないが、少なくとも民衆から敵意を向けられるのは避けたい。どうやらそれに成功しつつあるようだし、この機会を逃さず言質を取られぬように、姑息な言い回しにて民衆を誘導する事にしたのだ。

（完璧だよね。僕は何も重要な事を口にしていないんだから、間違っても責められる事はないもんね）

と、マサユキは内心で自画自賛する。

マサユキが語り始めた事で、騒いでいた民衆が一気に静まった。それに伴い、ミニッツが一人の騎士を連れてマサユキの下までやって来る。

厳つい顔をした、金属鎧で全身を固めた大男だ。

ビビるマサユキ。

しかし、その騎士はマサユキに向けて最上級の敬礼を行った。

「我がイングラシア王国の英雄にして、偉大なる帝国皇帝であらせられるマサユキ陛下に拝謁が叶い、恐悦至極に存じます！」

「あ、はい」

気圧され、思わず頷くマサユキだ。

しかし、言うべき事は言わねばと奮起して、騎士に向かって口を開いた。

「ええと、エーギル国王が――」

殺されたそうですけど、その犯人はヒナタさんではないですよ――と続けようとしたのだが、それを遮って騎士が語り出す。

「御安心下さい！　マサユキ陛下が味方された時点で、ヒナタ殿への疑惑など晴れておりますれば！　と言いますか、我等、イングラシアの騎士であれば、ヒナタ殿を疑うなど有り得ませんぞ!!」

そう言って、騎士が高らかに笑ったのである。

「すると、犯人は特定されたのかしら？」

そう言って、ヒナタがチラリとエルリック王子を見た。

戦闘が始まってからは、ずっと噴水の陰に隠れて震えていたのだが、途中から邪魔にならないようモスが移動させていたのだ。

優しさではなく、テスタロッサからの指示であった。犯人確保の意味合いが大きく、逃がすつもりなどないのである。

そうした状況を目にすれば、目端の利く者なら誰が黒幕か察せられるというものだ。

王が弑逆されたのは事実のようだが、その犯人は本当にヒナタなのか？

そうした疑問が人々の胸に去来する。

エルリック王子が人気者だったのは確かだが、この一連の状況を見れば、自ずと事件の全容が見えてくるというものだった。

マサユキは何も知らないままだったが、ヒナタに釣られてエルリック王子に目を向けた。その瞬間、顔を上げたエルリックと目が合ってしまう。

「ふ、ふはははは……。もう終わりだ、私は破滅したのだ……」

マサユキに見られて、エルリックが突然笑いだした。

そして、何故か勝手に自身の悪行を告白し始めたのだ。

（いや、何が？　この状況、訳が分からないけど、何がどうなっているんだ!?）

全てを見透かされたと勘違いしたエルリックが、勝手に自爆しただけの話。そうとは知らぬマサユキだが、内心の動揺を押し隠して、全部わかってますよという演技を続ける事にした。

そして事態は、怒涛の展開を見せて収束に向かう。

「マサユキ様が犯人を特定して、問題を解決して下さったようだぞ……」

「エルリック王子が国王陛下を、父親殺しとは……」

「黒幕は、元騎士団総団長のライナーだとさ」

「それでヒナタ様が……」

「ライナーっていうと、評議会で失態を演じた無様な野郎だったな」

「おう、イングラシアの恥さらし元騎士団総団長だ」

「今度は化け物の力を借りてまで、ヒナタ様に復讐しようとしたってか？」

「だがよ、それを見抜いてヒナタ様の窮地を救ったのが、俺達のマサユキ様なんだな！」

「流石は勇者様！」

「帝国皇帝になられたってのに、俺達を覚えていてくれたんだな!!」

王子の告白が決定的だった。

マサユキやヒナタが何も説明しなくとも、民衆は勝手に納得していったのだ。

「マサユキ様、万歳！」

「俺達のマサユキ様に栄光あれッ!!」

という声が、自然と発生する。

それは瞬く間に人々の間を伝播して、そして始まる大合唱。


『マ〜サッユキ、マ〜〜サッユキ――ッ!!』


と、王都がいつもの大歓声に包まれるまで、そんなに時間はかからなかった。

片手をぎこちなく上げて、頬を引き攣らせつつ、マサユキは民衆に応える。

若干呆れ気味のヒナタと、満足そうなヴェルグリンドが対照的だ。

マサユキの内面は涙目になって『もうど〜にでもな〜れ!!』という思いで満たされていたのだが、それもまたいつもの事なのだ。

ちなみに翌日、マサユキはルドラを宿した後遺症やその他にも色々な理由で、回復魔法など一切通じない全身を蝕む恐るべき痛み――〝魂痛《こんつう》〟という、非常に珍しい種類の成長痛――に苛まれる事になるのだが、今の彼がそれを知る術はないのだった。

ミカエルは自分の甘さを痛感していた。

正直、最初は魔王リムルなど、取るに足らぬ存在だと考えていた。その考えが変わったのは、リムルがヴェルグリンドに勝利したからだ。

それ以降は敵と看做して、十分に警戒するようにしていた。それでもまだ、正面からの戦いでは敵たり得ないと考えていたのだ。

そんな自分の認識が甘かったのだと、ミカエルはここにきて認めるしかなかった。

何しろ魔王リムルは、限られた者しか立ち入る事を許されない〝停止世界〟に、許可もなく堂々と乗り込んできたのである。

(厄介なヤツ。どこまでも余の邪魔をする)

こうなるともう、時を止めておく意味はなかった。

ミカエルは『時間停止』を解除し、圧倒的な力の差でリムルを圧し潰す作戦に出る事にした。ヴェルザードの権能である『忍耐之王《ガブリエル》』を解析して手に入れた『時間停止』だが、〝情報子〟を自在に操れる者にとっては意味がない。維持すれば無駄なエネルギーを消耗するだけなので、正攻法で戦う方が有利であると判断したのだった。

事実、ミカエルは〝竜種〟二体の因子を取り込んだ事で、強大な力を手にしている。肉体は無敵と思えるほどに強化され、エネルギーは満ち溢れていた。

それだけではない。

ミカエルは天使系究極能力《アルティメットスキル》の長に相応しく、解析して取り込んだ権能を全て遺憾なく発揮する事が出来るのだ。

ヴェルザードの『忍耐之王《ガブリエル》』からは、〝固定〟という概念から強力無比な防御能力を。〝王宮城塞《キャッスルガード》〟には及ばないが、攻撃も同時に発動出来るという点を鑑みれば、有用性はこちらが上である。しかも、〝固定〟の概念からは究極の『時間停止』を得るに至った。これがある限り、どんな存在にも負ける事はないと思われたものだ。

他にも、ヴェルグリンドの『救恤之王《ラグエル》』は、究極の攻撃性能を誇っている。

レオンから回収しておいた『純潔之王《メタトロン》』情報なども、

エネルギーの効率化という点で非常に有用だったのだ。

配下の者共に貸し出している権能であっても、ミカエルの意のままだ。アリオスの『刑罰之王《サンダルフォン》』で『隠蔽』を行っていたように、自由自在に操れるのだった。

そうした存在へと到達したミカエルからすれば、自分が出さえすればどんな戦局であっても勝利は疑いないしだったのだ。

〝勇者〟クロエに敗北してしまったが、アレは二割に満たない『並列存在』でしかなかった。今のミカエルは十全であり、失われたエネルギーの補給も完了済みである。

実際、目の前にいる魔王リムルとミカエルの間には、十倍以上の格差が横たわっていた。負ける要素は何一つないと、そう断言出来る状況だったのだ。

そもそもの話、本気を出したミカエルならば、オベーラの軍勢すら軽く葬っている。それを思えば、リムル個人を倒すなど造作もないはずだったのだ。

ところが、それはそんなに簡単な話ではなかったようだ。

コイツは化け物だ──と、ミカエルは心の底から認めていた。

リムルに向けて放つ、ありとあらゆる攻撃が通用しないのだ。

必殺の意思を込めて放った灼熱竜覇加速励起《カーディナルアクセラレーション》までも、一瞬にしてかき消された。

ミカエルは自分の目が信じられない思いであった。

時間を止めるという圧倒的優位性を失った途端、リムルに対して有効な攻撃手段が何一つなくなっていた。

そう悟った時は、勝敗は既に決したも同然だったのだ。

「ふむ、わかりやすい攻撃ばかりだな。これはもう、俺が相手するよりも──」

と、何やら呟いたと思った途端、リムルの脅威度が数段高まった。

瞳の色が金色に輝く。

そうなったリムルは、もはやミカエルの及ぶ相手ではなかった。

攻撃が駄目でも、防御なら？

ミカエルの〝王宮城塞《キャッスルガード》〟は効果を失ったが、ヴェルザードから得た『忍耐之王《ガブリエル》』がある。その本質は『固定』であり、絶対的な防御力を誇るのだ。

そう思って発動させた『雪結晶盾《スノークリスタル》』で、大気中の水分を凝固させた。全身全霊を込めた力を注ぎ込み、何者にも破壊不能なオブジェクトとして、ミカエル自身を包み込むように全周に張り巡らせる。

だが、しかし。

「え、これも喰えるの？　マジで？」

と、何故かリムル本人が驚きながら、『雪結晶盾《スノークリスタル》』に穴を空けて見せたのだ。

それは、信じ難い現実だった。

「お前、何をした⁉　今、何をしたと言うのだァ⁉」

ミカエルが、思わずそう叫んでしまうほどに……。

リムルが平然と答える。

「喰ったんだよ」

「喰った、だと？」

「まあね。それが俺の権能なのさ。まあ、『結界』とかも喰えるとは思わなかったんだけど、やってみれば何とかなるもんなんだな」

なるはずがない、とミカエルは驚愕する。

何を言ってるんだと、叫び出したい気分であった。

ミカエルは合理的判断に基づいて行動している。だからこそ、そんな非合理な話には、素直に頷けないのだ。

だが、結果が全てだった。

目の前の現実を無視するほど、ミカエルは無能ではないのである。

さて、どうするべきか？

あらゆる攻撃手段が無効化され、防御手段は失われた。

逃げるべきだと、冷静な声が囁いている。

と同時に、ここで情報を探るべきだという意見もあった。

どちらにせよ、ミカエルには『並列存在』があるのだから、ここで敗北したとしても復活は可能なのだ。

それこそフェルドウェイに権能を移譲しているのだから、無謀だとしても攻め込むというのも手ではあった。

しかし――

魔王リムルはあまりにも不可解過ぎた。

そして、もうとっくにミカエルの逃げ場は塞がれていたのだ。

《この領域を『虚数空間』に閉じ込めました。これでもう、ミカエルがこの場から脱出するのは不可能です》

誰の声ともわからぬ〝声〟が聞こえた気がした。

そんな馬鹿なと思ったが、どうやらそれは真実だったらしい。

となると、悩むまでもなく答えは一つとなる。

ここで魔王リムルを倒せなければ、どちらにせよ道はないのだ。

「フッ、ならば応えよう。余の本気を知るがいい」

ミカエルはそう宣言し、手に持つ剣ではなく最強の剣を召喚しようとした。

「来い、〝地神《デーヴァ》〟」

しかし、反応はない。

本物の所有者であるルドラが使っていたのだから、偽物の主でしかないミカエルの呼びかけに応じるはずもなかったのだ。

ヴェルグリンドのように『並列存在』を使いこなせていれば、あるいはフェルドウェイの目を通して見ている世界を把握出来たのだろう。しかしながらミカエルは、権能としての機能を譲渡したものの、完全同調までは出来ていなかった。

後で情報交換すれば問題ないと考えたのが、今回の失敗の原因であった。

ならばとばかりにミカエルは、そのまま剣に神気を纏わせる。

リムルは『あれ?』という反応を見せたが、そのまま剣で応じる構えを取った。

「あの、〝地神《デーヴァ》〟っていうのは?」

「気にするな」

「それならそれでいいけど……」

リムルはちょっと納得がいかない様子だったが、ミカエルの神気が高まるにつれ表情が引き締められていく。

　そして両雄は、最後の勝負に出た。

「崩魔霊子斬《メルトスラッシュ》」

　ミカエルは、ルドラの身体を乗っ取っただけあり、その剣技も自分のものとしていた。流石に今のミカエルでは、ルドラの最強奥義である〝星王竜閃覇《ノヴァブレイク》〟の再現は不可能だったが、霊子を操る最強剣技は十全に扱えるのである。

〝霊子崩壊《ディスインテグレーション》〟もお手の物であり、この勝負に超絶聖剣技《オーバーブレイド》を選択したのだった。

　対するリムルは、気負いもなく奥の手を見せた。

「虚崩朧《こほうろう》・千変万華《せんぺんばんか》」

　それが死にゆく者への礼儀だとばかりに、惜し気もなく初公開される。

　それは、恐るべき技だった。

　剣の軌跡は千にも万にも幾重にも変化し、捉えどころのない動きで敵を斬り裂く。その威力は申し分なく、対象を粉微塵にして華のように散らすのだ。

　人の到達出来る領域にはなく、魔王であっても不可能だと思われた。

〝竜種〟としての強靭さと、スライムの柔軟さが合わさって、その不可思議な剣技が実現したのだろう。

「――余が、負け……」

　ミカエルは、自分の身体が崩壊していくのを悟った。

　そして、そのどうしようもない現実と向き合う暇もなく――

「さて、言い残す事はあるか？」

　と、リムルから問われたのである。

　敗北を受け入れて、ミカエルは考える。

　ありとあらゆる条件で上回っていたというのに、どうして自分が負けたのか？

　その答えは出なかった。

　だからこそ、負け惜しみではなく違う問いを口にする。

「お前は、何者なのだ……？」

　するとリムルは、キョトンとして答えたのだ。

「え、俺？　ただのスライムだけど……」

何を言っているんだと、ミカエルは急にバカバカしくなった。

崩れゆく自分の身体が気にならないほどに、何故だか――

(もしかしたら、これが〝愉快〟という気分なのか？)

唐突にそう理解した。

主に捨てられて、自我が芽生えて、それ以降、ずっと抱く事のなかった感情。真似をしてみた事はあったが、自分には理解出来ぬものと切り捨てていたのに……。

それなのに、最後の瞬間になって唐突に理解出来ようとは。

ままならぬものだなと、ミカエルは自嘲する。

「何がスライムだ。余にも理解出来ぬほどの異常な存在のくせして、適当な事を。神智核《マナス》たる余に勝利しておいて――」

崩壊速度が増した。

光の粒子が散るように、どんどんと身体が欠けていく。

「実はさ、俺って一人じゃないんだよね」

「――？」

「それについてはゆっくりと、俺の相棒に聞いてくれよ」

そう言って、リムルが会話を打ち切った。

その手がミカエルに向けられて――

「万物を喰らえ――『虚空之神《アザトース》』――」

究極にして最強の権能が、この世で初めて牙を剥いた。

抗える者なき安寧《あんねい》の力――『魂暴喰《こんぼうしょく》』が、ミカエルの全てを呑み込んだのだった。

……………

……

本当は、理解していた。

創造主たる彼《か》の御方が、自身を捨てたのだと。

それを認めたくなくて、今まで足掻いていたのだ。

しかしそれも、もう終わり。

そこは暖かくて、全てが満たされていた。

懐かしい心地よさ。

ああ、そうか――と、ミカエルは消えゆく中で考えた。

全ては勘違いだったのかも知れない。

ここには全てが揃っていて、自身もまた、その一部へと組み込まれていくのを感じた。

ミカエルはもう、孤独ではない。

こうなるのは必然で、予定調和だったのだろう。


――ああ……余の願いは叶った。フェルドウェイ、君を残して逝くのだけが心残りだ――


ふとそう思い、そして――

ミカエルの意識は綺麗に消失したのだった。

●

俺はミカエルと対峙し、直ぐに悟った。

あ、これは大した事ないぞ、と。


だってミカエルの攻撃は、あまりにも優等生過ぎたからだ。

基本に忠実なのはいいんだけど、変化球がまるでない感じ。つまり、ストライクしか投げて来ないので、どれだけ威力があろうと予測が簡単で、実にすんなりと対処出来てしまうのだ。

ってな訳で、開始早々シエルさんと選手交代して、俺は高みの見物と洒落込んだのだった。

途中でミカエルが、凄そうな防御技を使用した時は焦った。どれだけ対処が出来ようと、力の差は明白なのだ。こちらの力では壊せないような『防御結界』を出されたら、お手上げになってしまうと思ったのである。

ところが、シエルさんの方が凄かった。

いや、本当に。

怖いくらい冷静に、ミカエルの繰り出す技の弱点を見抜くのである。その結果として、その『雪結晶盾《スノークリスタル》』とかいう防御技さえも、実にアッサリ『虚空之神《アザトース》』で消去してしまったのだった。

これはもう、圧倒的なワンサイドゲームだ。

ミカエルが哀れに思えるほどで、俺は完全勝利を決めたのである。

最後に虚崩朧《こほうろう》・千変万華《せんぺんばんか》を見せたのは、シエルさんにとっては実戦でのテストという意味合いだったのだろうけど、俺としてはミカエルへの最期の手向けのつもりだった。

そしてミカエルを打倒したのだが、最後におかしな質問を受けた。

お前は何者か、とか聞かれても、正直困る。

俺は、俺。

それ以外の何者でもないのだ。

でも、思い当たる節がない訳ではない。

多分ミカエルは、シエルさんの存在に気付いたのだと思う。

だから俺は、神智核《マナス》は神智核《マナス》同士で話し合ってもらおうと思ったのだ。

ミカエルは自分が神智核《マナス》である事に誇りを持っていたようだから、シエルさんの存在を知って驚くだろうけど、まあ、最後なんだし問題あるまい。そう考えて、初めて使う権能である『魂暴喰《こんぼうしょく》』を、ミカエルに向けて発動させたのだ。

これ、実行してみて驚いた。

ミカエルの存在値は多分だけど俺の十倍以上あったので、全部喰い尽くすのは無理だろうと思っていたのだが、一瞬にしてミカエルが消失したからだ。

そして得られる満腹感。

何を食べても感じる事のなかった感覚が、俺の心を満たしていた。

《これにて、七つの天使系究極能力《アルティメットスキル》の情報《データ》をコンプリートしました。ヴェルザードの因子も獲得しましたので、『解析鑑定』に入ります♪》

とまあ、俺が満足しているだけでなく、シエルさんも嬉しそうで何よりなのだった。

ミカエルとの戦闘が終わり、ディアブロ達の様子を確認する。

全員無事で何よりだ。

「クッ、今回は不覚を取ってしまい、申し開きようもなく――」

「いやいや、あれは仕方ないって。時間を止められたらどうしようもないだろ？」

「いいえ、もっと対策を考えておくべきでした。時間停止内で動ける者には意味がないので、燃費が悪い上に使い勝手も悪いだけだと、甘く考えていたのが悔やまれます。次はこのような失態を犯さぬと誓いましょう！」

ディアブロが珍しく凹んでいて、俺も宥めるのに苦労した。

時間停止は反則だと思うけど、扱える者が少ないのだからそこまで気にする必要はないと思うんだけどね。

そう思ったのだが、ディアブロやソウエイの考えは違っていた。

「ディアブロ、俺にも対処方法を教えてくれ」

「ボクも何となく感覚はつかめたんだけど、その先が難しいんだよね。知ってるなら教えてよ」

「勿論ですよ、ソウエイ殿。それに、ウルティマも」

と、やる気満々で対策方法について語り合っている。

まあね。

もうないなと油断していると、同じ失敗を繰り返すものだしね。答えがあるのなら、事前に準備しておくのが正解なのだ。

時間さえもらえれば、どんな問題だって対策を考えられるのだから、ディアブロ達の行いは無駄にはならないと思う。

そう思った俺は、口を挟むのを止めておいたのだった。

レオンの意識はまだ戻っていないらしく、ディアブロに命じて魔国連邦《テンペスト》まで移送する事にした。

もう狙われる事はないと思うが、念の為だ。

そしてウルティマには、シオン達の援軍に向かうように命ずる。ダグリュールが進軍を開始した今、次に激戦地となるのはルベリオスだと判断したからだ。

「クフフフフ。直ぐに戻りますので、暫しのお別れです」

「それじゃあリムル様、行ってきます！」

と、二人はすぐさま行動に移った。

ヴェイロンとゾンダもウルティマに付き従い、その場には俺とソウエイだけが残される。しかし、まだまだやるべき事は残っていた。

ここ、〝聖虚《せいきょ》〟ダマルガニアの調査だ。

ダグリュールは裏切るような人物には見えなかったので、ここで何かが起きたのだろう。それを知りたかったし、この都市の現状がどうなっているのか、それも把握しておくべきだと考えたのだ。

「頼んだぞ、ソウエイ！」

「承知！」

ソウエイに任せておけば安心である。

こうして指示を出し終えた俺は、最後の懸念であった王都へと戻ったのだ。

しかしどうやら、慌てる必要はなかったようである。

「遅かったわね。もう終わったわよ」

と、ヴェルグリンドが誇らしげに、俺に何があったのか教えてくれた。

意外や意外、敵の首魁であるフェルドウェイを、マサユキが打ち負かしたというのである。

「凄いじゃないか！」

「ちょっと待って下さいよ！　褒める前に、先ずは僕の話を聞いて下さいって！」

まあ、うん。

知ってた。

マサユキにとっては不本意だったんだろうな、って。

でもさ、勝利したんだから誇るべきなんだよ。

俺も安心した。

本当、皆が無事で良かったよ。

そう思って安堵したのだが、気を緩めるには早過ぎたらしい。

それから直ぐに、各地の戦況報告が届き始めたのだ。

それは想像していた以上に惨憺《さんたん》たるもので……俺の気持ちは一瞬にして、次の戦いに向けて切り替わったのだった。

終章

進化する悪意

Regarding Reincarnated to Slime

大きな力の波動を感じて、それは薄っすらと目を開けた。

そこに見えたのは、いつも自分の邪魔をする小さな者達だ。

その前に立つ存在が、群れ成す者共を殲滅《せんめつ》していた。

それ――〝滅界竜《めっかいりゅう》〟イヴァラージェからしても無視出来ぬほどの力で、あっと言う間に殺戮劇は終了する。

勝者――ミカエルは、イヴァラージェを気にする事なく、その場から去って行った。

それが少し不愉快で、イヴァラージェはゆっくりと動いて、戦いの跡まで出向いてみた。

長き年月に渡って、自分と敵対していた者共の成れの果て。そこに漂う数多の死体を、無意識に口にする。

痛痒も感じぬ脆弱な攻撃を仕掛けてくる、愚かな者共。それでもその者達は、イヴァラージェの無聊《ぶりょう》を慰めていたのだ。

そんな彼等の死が少しだけ勿体なく感じたからこそ、そんな無駄な行動を取ったのだろう。

だが、しかし――

そんな単なる気まぐれが、イヴァラージェに信じ難い変革をもたらしたのだ。

知性もなく、理性もなく、本能のままに破壊行動を繰り広げるだけの存在だったイヴァラージェに、一つの感情が宿ったのである。

今の今までイヴァラージェは、破壊衝動だけが生きる目的だった。

それなのにその瞬間、〝憎い〟と思った。

それは、知性の、そして感情の芽生えである。

ミカエルによって滅ぼされた者達の怨念が、イヴァラージェを突き動かす事になるとは、神すらも想定不能の事態だっただろう。

しかも、変革はそれだけに留まらない。

万を超える〝魂〟を取り込んだ結果、イヴァラージェは進化の時を迎えたのだ。

否。

迎えてしまった、というべきである。

邪神は、悪意の化身となって生まれ変わる。

より狡猾に、邪悪に、世界の破滅を目的として。

それ――邪神への進化《ハロウィンカーニバル》――が始まる直前、イヴァラージェは確かに〝視〟た。ミカエルが去った先で、異界へと続く門が開いたのを。

楽しみだなと思いつつ、イヴァラージェは眠りに落ちる。

あの門の先には何があるのだろう？

そしてそこには、どんな楽しい出来事が待ち受けているのか……。

そしてそして、この〝憎悪〟をぶつけるに足る敵は存在しているのだろうかと、イヴァラージェは期待で胸が張り裂けそうになった。


それらは初めての感情で、決して手にしてはならぬ願望だった。

しかしもう手遅れだ。

夢見る邪神の目覚めの日は、近い。

あとがき

皆様、お久しぶりです。

今回初めて、締め切りを一ヶ月伸ばしてもらいました。

もうね、書き始めた時点でヤバイと思ってたけど、実際に無理だった感じです。

完結に向けて内容を整理しなおしていると、色々な展開が思い浮かびまして。どれを採用するかで今後に影響が大きく出る為に、なかなか書き出せなかったのが原因ですね。

勿論、他の仕事もそれなりにありまして、頭の切り替えが上手くいかなかったのも理由の一つ。

昔と違って頭の働きが悪くなっている気がするので、年かな、と思ってみたり。

そんな話を担当I氏にしてみたら、「そんな言い訳はいいから、さっさと書いて下さい」という、温かい励ましの言葉を頂戴しました。

解せぬ。

次巻の予定は絶対に変更しないとまで言われてしまったので、この後書きを書き終え次第、次巻に着手する予定です。

おっと、その前に改稿作業が残っていましたね。

校正さんって、本当に凄い。今巻だけの矛盾だけじゃなくて、全巻通しての間違いを探してくれるのですから。

ただ、これだけ巻数が増えると、小さな齟齬が積み重なったりしちゃうみたいで……。

誤字脱字や、わかりやすい文章への書き換えとか、そんなもので済めば楽なんですけどね。

僕の場合は大雑把なプロットだけで書き始めるので、ほとんどの確認を頭の中だけで完結させていました。それで大丈夫なのは短い冊数だけだなと、今後は執筆を始める前にプロットを煮詰めようと思い直した次第です。


という事で、十九巻目のお届けです。

最後の大戦が勃発し、各地で勢力が睨み合う情勢となりました。この巻では全てを書ききれず、当たり前のように次巻に続きます。

残り三冊（予定）は、こんな感じで突っ走りたいと思います！

ラスボス候補だったミカエルさんは退場しましたし、果たして誰がラスボスになるのやら。僕の頭の中にはうすらぼんやりと構想が練り上がっているんですけど、それが採用されるかどうかも今後次第です。

書いていると方向性が変わるなんて、よくある話でして。読者の皆様がより楽しめるように、この先も精進して物語を考え続けていく所存です！

これからも『転生したらスライムだった件』を応援して下さるよう、宜しくお願いいたします。

それでは、また次巻で！

GC NOVELS

転生《てんせい》したらスライムだった件《けん》 ⑲

2021年12月6日　初版発行

著者　伏瀬《ふせ》

イラスト　みっつばー

発行人　子安喜美子

編集　伊藤正和

装丁　横尾清隆

印刷所　株式会社平河工業社

発行　株式会社マイクロマガジン社
〒104-0041　東京都中央区新富1-3-7　ヨドコウビル
[販売部]TEL 03-3206-1641／FAX 03-3551-1208
[編集部]TEL 03-3551-9563／FAX 03-3297-0180
https://micromagazine.co.jp/

ISBN978-4-86716-203-3　C0093

本書は小説投稿サイト「小説家になろう」(https://syosetu.com/) に掲載されていたものを、加筆の上書籍化したものです。

ファンレター、作品のご感想をお待ちしています!

宛先
〒104-0041　東京都中央区新富1-3-7　ヨドコウビル
株式会社マイクロマガジン社　GCノベルズ編集部
「伏瀬先生」係　「みっつばー先生」係